LE DUC GALANT

LES INSAISISSABLES
LIVRE NEUF

DARCY BURKE

Traduit par
SOPHIE SALAÜN

Zealous Quill Press

LE DUC GALANT

Lady Lavinia Gillingham préfère les cailloux et la terre au mariage. Elle est passionnée de sciences et elle est déterminée à se marier si, et seulement si, elle trouve un homme qui partage ses intérêts et son esprit. Jusqu'à présent, elle est parvenue à éviter d'attirer l'attention sur le marché du mariage, mais lorsque le Duc Galant rédige des lettres anonymes chantant ses louanges, elle devient soudain la coqueluche de la haute société, et le mariage semble imminent.

William Beckett, marquis de Northam, a la réputation d'être un coureur de jupons, mais en secret, c'est un romantique. Éconduit à l'âge de seize ans et sachant que sa sœur s'est retrouvée malmenée par la haute société, il se sert de la musique et de la poésie pour combler le vide qui s'est creusé dans son âme. En tant que duc Galant, il fait appel à son talent pour aider Lavinia, sans jamais se douter qu'elle n'a nullement envie qu'on lui porte assistance ni qu'elle pourrait être le remède dont il a besoin. Mais quand celle-ci est sur le

point de se fiancer, Beck parviendra-t-il à repousser les
ombres du passé et à ouvrir son cœur à nouveau ?

Pour Steve
Les roses sont rouges,
Les violettes sont bleues.
Ce n'est pas toujours facile (et ce poème est ringard)
Mais je suis heureuse de le faire avec toi.

Pour toi aussi, Zane
Merci de porter tes lentilles. Désolée pour les gènes de myopie !

CHAPITRE 1

Ô mon cœur, reconnais la main qui conquiert.
Jeune fille radieuse, parcourant la terre.
D'un mot, elle saisit votre esprit,
Laissant derrière elle les fardeaux de la vie.

-Extrait de *Ode à Mademoiselle Anne Berwick*
Par le duc Galant

Londres, février 1818

Lady Lavinia Gillingham se faufila dans la bibliothèque de Lord Evenrude et referma doucement la porte derrière elle, étouffant le bruit, pas si lointain, du bal auquel elle venait d'échapper. Sachant que le temps lui était compté, elle se précipita vers les étagères, son regard parcourant les tranches en quête du livre qu'elle cherchait.

Ah, il était là !

Histoire géologique des Cornouailles.

Son cœur s'emballa lorsqu'elle le prit sur l'étagère et s'installa sur un canapé voisin. Un feu brûlait dans le foyer, offrant de la lumière en plus des appliques sur les murs et d'une petite lanterne posée sur une table près de l'endroit où elle était assise.

L'ouvrage n'était pas très long, pourtant elle n'aurait pas le temps de le lire en entier. Elle ferait de son mieux, et trouverait peut-être une autre occasion d'entrer dans la bibliothèque de Lord Evenrude. Il était membre de la Royal Society, et si cela n'avait pas risqué de choquer et d'horrifier ses parents, elle aurait simplement demandé à l'emprunter. Dans tous les cas, ils seraient choqués et horrifiés. Alors, elle menait ses recherches et ses études dans un secret relatif.

Elle s'absorba rapidement dans la description des rochers et de la terre de Cornouailles et elle aurait pu s'y croire sans la soudaine prise de conscience qui accompagna la douce pression de lèvres contre son cou. Des lèvres ?

Haletante, elle referma le livre et le laissa tomber sur le canapé, se levant d'un bond. Elle se tourna pour faire face au seul homme assez audacieux pour faire une telle chose. Lord Northam, bien évidemment.

Elle plissa aussitôt les yeux.

— Qu'est-ce que vous faites ?

Il eut la grâce de paraître désolé.

— Je vous demande pardon. Je vous ai prise pour quelqu'un d'autre.

— Évidemment que oui ! répliqua Lavinia, sans prendre la peine de masquer son sarcasme.

Il s'inclina ; son grand corps athlétique se plia avec grâce et élégance.

— Mes plus sincères excuses. Je ne voulais pas interrompre votre lecture.

Il baissa les yeux sur le livre, et se pencha légèrement en avant sur le dossier du canapé, comme pour essayer de lire le titre sur la tranche.

— Eh bien, vous l'avez fait. Et maintenant, je suppose que je dois m'en aller pour que vous puissiez retrouver votre… amante.

Le mot paraissait étrange sur sa langue, ou peut-être était-ce parce qu'elle était seule dans un endroit isolé avec l'un des séducteurs les plus connus de Londres.

Il écarquilla les yeux un bref instant.

— Euh, oui, répondit-il avant de secouer vivement la tête. Je veux dire, non. Je vous laisse à votre livre.

— Comme c'est aimable de votre part, alors que vous avez déjà provoqué de sérieuses perturbations ! Je suppose que dès que je vais me rasseoir, votre amante m'interrompra à son tour ! Non, je devrais m'en aller.

Elle commença à contourner le canapé.

— Eh bien, c'est très attentionné de votre…

Le bruit de la porte qui s'ouvrait interrompit Lord Northam.

— Cachez-vous sous le bureau, siffla-t-il. Vite !

Il se retourna brusquement et se précipita vers la porte.

Ou du moins, Lavinia supposa que c'était là qu'il comptait aller puisqu'elle ne resta pas pour regarder. Elle fit volte-face et se jeta sous le bureau de Lord Evenrude. Il était assez large pour qu'elle puisse s'y cacher, mais ouvert au centre. Ainsi, si l'amie de Northam portait son regard dans cette direction, elle verrait sans doute la robe bleue de Lavinia se détacher sur l'acajou foncé du bois.

C'était pourtant le mieux qu'elle pouvait faire. Avec le recul, elle aurait dû se précipiter derrière les rideaux. D'un autre côté, cela lui permettait de voir ce qui se passait dans la bibliothèque.

D'un autre *autre* côté, elle n'avait sans doute pas envie de le faire.

— Oh, Northam !

Cette exclamation, prononcée d'une voix haletante, résonna dans la bibliothèque et Lavinia observa le mouvement d'une jupe à volants rose foncé lorsque la femme se tourna vers le marquis, ses mains se glissant autour de son cou.

Lavinia se crispa quand elle se hissa sur la pointe des pieds, sans doute pour l'embrasser. Mais Northam saisit le haut de ses bras et l'éloigna doucement de lui.

— Je crains que nous ne devions reporter notre rendez-vous.

— Pourquoi ?

Lavinia entendit la moue dans la voix de la femme et serra les dents.

— Avez-vous changé d'avis ?

Elle se détourna de lui, et Lavinia plissa les yeux en observant la femme, qu'elle reconnut aussitôt comme étant Lady Fairwell, une jeune vicomtesse un peu plus âgée qu'elle, qui avait vingt-trois ans.

— Beatrice m'avait prévenue, elle m'a dit que vous vous lasseriez très rapidement de moi.

— C'est absurde ! la rassura-t-il, tendant la main vers elle pour lui faire faire demi-tour, au grand soulagement de Lavinia.

Son regard se porta sur la jeune femme, et ils eurent un contact visuel bref, mais net. Elle ignorait ce qu'il souhaitait lui dire, ou même si c'était vraiment le cas, mais elle leva les yeux au ciel.

— Je crains que quelqu'un ne m'ait vu venir par ici. J'allais partir lorsque vous êtes arrivée.

Lady Fairwell haleta.

— Je ne peux pas être découverte avec vous !

Alors peut-être ne devriez-vous pas entretenir une relation avec un homme qui n'est pas votre mari, se dit Lavinia. Elle secoua la tête en se blottissant sous le bureau.

— Bien sûr que non. Retournez au bal, et nous trouverons un autre moment pour nous retrouver.

— C'est promis ? le supplia Lady Fairwell.

— Je vous le promets.

Lavinia refréna un haut-le-cœur, surtout lorsque Lady Fairwell se mit à nouveau sur la pointe des pieds pour poser sa bouche sur celle de Northam. Le baiser s'acheva aussi vite qu'il avait débuté, lorsque le marquis éloigna la vicomtesse de lui et fit un geste en direction de la porte.

— Partez vite maintenant, insista-t-il.

Elle sortit de la pièce, et le marquis referma la porte.

Lavinia sortit de sous le bureau, tandis qu'il se précipitait pour l'aider à se relever. Elle ne prit pas la main qu'il lui offrait. Dans sa hâte, elle marcha sur l'ourlet de sa robe et trébucha… Directement dans les bras de Northam.

Il la serra contre lui.

— Je vous tiens !

Son étreinte était solide et ferme, et il sentait le clou de girofle et le cuir. S'il s'était agi d'un autre, elle aurait pu envisager de s'attarder un moment.

— Et maintenant, vous pouvez me laisser partir.

Elle s'assura que son talon était bien dégagé de l'ourlet lorsqu'il la redressa sur ses pieds.

— J'essayais simplement d'aider, constata-t-il, légèrement sur la défensive.

Il fronça les sourcils en reculant.

— Je n'ai pas besoin de votre aide, Lord Northam.

Il lissa le revers de sa veste. Ses yeux gris-vert se plissèrent légèrement, d'une manière qui ne faisait que le rendre plus séduisant. Domaine dans lequel il n'avait pas besoin d'aide : il était déjà l'un des hommes les plus beaux de Grande-Bretagne. Il faisait partie de ces gentlemen qui étaient dangereusement beaux à un moment donné, quand il ne souriait pas comme maintenant, et étonnamment charmants l'instant d'après, quand il souriait, comme il le fit l'instant suivant.

— Vous savez qui je suis ?

Ses lèvres se retroussèrent, laissant brièvement apparaître ses dents blanches et droites.

Lavinia ricana, sans se préoccuper de ce qu'il pourrait en penser.

— Tout le monde sait qui vous êtes.

— Je suis donc désavantagé, car j'ignore totalement votre identité.

Le ton qu'il employait laissait transparaître une pointe de flirt, et elle supposa que c'était plus fort que lui.

— Et c'est très bien ainsi.

Mais une partie d'elle se sentait déçue. *Pourquoi devrait-il te connaître ?* Ils n'avaient aucune raison de se croiser. En fait, il aurait fallu qu'elle échappe à cette parenthèse au plus vite.

Il la regarda en clignant des yeux, attendant manifestement quelque chose.

— Allez-vous m'éclairer ?

— Non. Je vais m'en aller.

— Allons, vous devez me dire votre nom, au moins.

Elle lui jeta un regard sceptique.

— Vraiment ? Nous n'avons pas été correctement présentés.

— Quelque chose me dit que ce n'est pas une chose qui vous dérangerait en temps normal, dit-il avec ironie.

Elle lui jeta un regard noir.

— Ne flirtez pas avec moi. Je ne prendrai pas la place de Lady Fairwell.

Il inclina la tête sur le côté.

— Mes excuses, *encore.* Je n'insinuais pas que vous devriez le faire.

Elle se redressa, puis se rappela brusquement ce qu'il avait dit à Lady Fairwell.

— Quelqu'un vous a-t-il vraiment vu entrer ici ?

Une bouffée de panique lui remonta le long de la colonne vertébrale.

— Non, j'ai dit ça pour faire partir Matilda… Lady Fairwell.

Lavinia en fut soulagée, mais elle ne voulait pas prendre de risque.

— Je dois faire de même, annonça-t-elle, le contournant pour se diriger vers la porte.

— Vous n'allez rien dire à ce sujet, n'est-ce pas ?

Elle se retourna à moitié ; il avait pivoté, et l'observait avec méfiance.

— Non. Je n'aime pas les commérages.

— Prenez soin de bien regarder avant de sortir… assurez-vous qu'il n'y a personne à l'extérieur.

Il hocha la tête avec un sourire tranquille, mais encourageant.

Mince. Son cœur s'emballa alors qu'elle s'avançait vers la porte. Elle la déverrouilla et l'ouvrit lentement, juste assez pour jeter un coup d'œil à l'extérieur et vérifier si personne ne traînait dans les parages.

S'étant assurée que la voie était libre, elle se glissa à travers l'ouverture et referma la porte derrière elle sans un regard en arrière. Prenant une profonde inspiration, elle passa ses mains sur sa taille en se précipitant vers la salle de bal. Juste avant d'y arriver, elle se retourna pour regarder vers la bibliothèque, se souvenant qu'elle avait laissé le livre sur le canapé. Elle n'osait pas y retourner pour le replacer sur l'étagère. Eh bien, elle n'y pouvait plus rien. Lord Evenrude saurait que quelqu'un avait lu son livre sur les formations rocheuses des Cornouailles.

Elle pivota et se heurta à une autre personne, une jeune femme qu'elle ne connaissait pas.

Lavinia les empêcha toutes les deux de tomber.

— Oh, mon Dieu ! Je vous demande pardon !

— Ce n'est rien. J'ai bien peur de m'être faufilée derrière vous. Je vous ai pris pour quelqu'un d'autre.

La jeune femme devait avoir quelques années de moins que Lavinia. Ses cheveux étaient d'un roux doré éclatant, et elle avait des yeux bleu-vert vifs.

— Je m'appelle Frances Snowden.

— Comment allez-vous ? Je suis Lady Lavinia Gillingham.

— Enchantée de vous rencontrer. Ce n'est que mon deuxième bal, je ne connais donc pas grand monde.

— Vraiment ? demanda Lavinia, passant son bras sous celui de la jeune femme. Venez avec moi, mademoiselle Snowden, et je vous présenterai mon amie, Mlle Colton. Nous disions tout à l'heure qu'il nous fallait une troisième.

— Une troisième ?

Elles entrèrent dans la salle de bal, et Lavinia plissa les yeux en s'avançant vers Sarah, qui se tenait seule dans un coin. La jeune femme grimaça. Lorsqu'elle était partie pour la bibliothèque, son amie était en compagnie de sa mère.

— Nous formions un trio auparavant, expliqua Lavinia. Jusqu'à ce que notre amie Diana épouse un duc en décembre dernier. Il nous manque une troisième personne dans notre groupe.

Elles étaient arrivées auprès de Sarah, et Lavinia retira son bras de celui de Mlle Snowden.

— Avec une troisième personne, il y a moins de chances que quelqu'un se retrouve seul, dit-elle avec un regard d'excuses à Sarah. Je ne serais pas partie si j'avais su que ta mère t'abandonnerait !

— Eh bien, tu es partie *longtemps*, constata Sarah, une pointe de curiosité dans le regard.

— Permets-moi de te présenter Mlle Frances Snowden, annonça Lavinia avec un geste vers leur nouvelle recrue. C'est sa première saison, elle a donc naturellement besoin de nous.

Une étincelle brilla dans les yeux de Sarah qui sourit.

— Formidable ! Connaissons-nous sa marraine ?

Lavinia se tourna vers Mlle Snowden qui répondit.

— Ce serait ma sœur, Sa Grâce, la duchesse de Clare.

Lavinia échangea un regard avec Sarah avant de grimacer en regardant de Mlle Snowden.

— Peut-être souhaiteriez-vous d'autres amies ? Nous, euh… nous avons tendance à faire tapisserie.

— Volontairement ? s'enquit Mlle Snowden.

— Un peu, dit Lavinia. C'est notre quatrième saison, et nous ne sommes pas… enfin, nous ne sommes pas liées à un Insaisissable, si vous voyez ce que je veux dire.

Mlle Snowden hocha la tête d'un air entendu.

— Mon beau-frère est le duc des Désirs, confirma-t-elle, se penchant vers elles en baissant la voix. Savez-vous que c'est ma sœur et ses amies qui ont trouvé ces surnoms ? Elles le regrettent un peu, car les choses semblent s'être emballées. Il y a maintenant un duc de tout et n'importe quoi. Du moins en apparence. Prenez ce duc Galant. Je suppose qu'aucune d'entre vous ne sait qui il est ?

Sarah secoua la tête.

— Nous l'ignorons. Que savez-vous de lui, mademoiselle Snowden ?

— Tout d'abord, vous devez m'appeler Fanny, et je pense que nous pouvons nous tutoyer. Et j'ai bien peur de ne pas pouvoir trouver d'autres amies. J'ai déjà décidé que j'allais vous apprécier toutes les deux, alors vous êtes coincées avec moi. En ce qui concerne le duc Galant, j'en sais sans doute autant que vous. Il écrit ces magnifiques poèmes dans le *Morning Chronicle* et, jusqu'à présent, deux des quatre femmes dont il a parlé ont échappé au célibat et se sont mariées ou fiancées.

— Je crois que ce nombre va grimper à trois, annonça Sarah. Ma mère m'a informée ce soir que Mlle Lennox est sur le point de se fiancer à son tour.

— Eh bien, trois sur quatre, donc, dit Fanny avec un sourire. Elles ont de la chance !

— À condition qu'elles soient heureuses, insista Lavinia en frémissant. Il n'y a rien de pire que de devoir se marier quand on ne le souhaite pas.

— Il me semble que vous deux avez évité un tel destin, dit Fanny. Cela vous a-t-il été difficile ?

Lavinia lui lança un regard sinistre.

— Progressivement, ça l'est devenu. Je crains que nous n'ayons toutes les deux besoin de nous trouver des maris cette saison, faute de quoi nous nous verrons contraintes à des unions que nous n'aurons pas choisies.

— Vos parents ne vous obligeraient certainement pas à épouser quelqu'un que vous ne voulez pas, objecta Fanny avant de lever une main. Oubliez ce que j'ai dit. J'ignore totalement comment est censé fonctionner le marché du mariage. Je ne suis ici que grâce à ma sœur, et je ne subis aucune pression pour me marier, hormis celle de mes attentes.

Sarah la regarda attentivement.

— Et quelles sont-elles ?

— Je veux tomber amoureuse comme ma sœur. Trouver un homme qui me regarde comme West, le duc de Clare, la regarde.

Lavinia entendit la nostalgie dans sa voix.

— Je crois que c'est ce que nous voulons toutes, confirma-t-elle avec un petit sourire.

Pour une raison inexplicable, elle songea à Lord Northam. C'était un redoutable séducteur. Était-ce ce qu'il voulait ? Ou bien se contentait-il de liaisons temporaires qui étaient sans rapport avec le fait de tomber amoureux ?

Sarah se tourna vers Fanny.

— Si tu espères tomber amoureuse, tu devrais peut-être choisir d'autres amies. Nous ne sommes pas souvent invitées à danser ou à nous promener. Comme l'a dit Lavinia, nous faisons tapisserie.

— Eh bien, je n'aurais que deux choses à dire à ce sujet, répondit Fanny d'un ton autoritaire. Premièrement, j'ai dit que je ne voulais pas d'amies différentes, et je le pensais. Si vous me rejetiez, ce serait très cruel de votre part.

Elle esquissa un sourire, comme pour leur montrer qu'elle ne les croyait pas capables de faire une chose pareille. Et, bien sûr, elle avait raison.

— Deuxièmement, comme je suis une *épouvantable* danseuse, il est peut-être préférable que je m'associe à des personnes qui ne dansent pas.

Cela les fit toutes rire aux éclats, jusqu'à ce que l'œil de Lavinia perçoive un tourbillon de jupes rose foncé tout près d'elle. Elle leva le nez et vit Lady Fairwell qui passait devant elle en compagnie d'une autre femme, la tête penchée, en grande conversation.

En les observant, Lavinia se rendit compte qu'elle n'avait rien dit à Sarah, et maintenant à Fanny, de sa rencontre avec Northam. C'était simplement parce qu'elles avaient parlé d'autre chose, se dit-elle. Elle pouvait leur raconter maintenant.

Les paroles de Northam lui revinrent, et elle se rappela avoir affirmé qu'elle n'aimait pas les commérages. Elle n'avait jamais estimé que le fait de partager des informations avec ses confidentes constituait des ragots, mais il avait exprimé le souhait qu'elle ne dise rien. Et elle était une femme d'honneur. Ou du moins, elle essayait de l'être.

D'ailleurs, il n'y avait pas vraiment grand-chose à dire ; elle l'avait vu s'extirper de l'étreinte de Lady Fairwell. Ensuite, Lavinia avait échangé quelques mots avec lui. Ou, plus exactement, elle lui avait lancé des piques, et lui avait flirté. Et il l'avait prise dans ses bras. Il l'avait aussi embrassée dans le cou. Une rougeur se répandit sur sa peau lorsqu'elle se souvint du contact de ses lèvres sur sa chair. Elle avait été embrassée par le séduisant marquis de Northam. Et elle n'allait le raconter à personne.

— Quel genre d'homme écrirait des poèmes sur des jeunes femmes ? demanda Sarah au moment où Lavinia chercha à reprendre le fil de la conversation, après s'être perdue dans ses pensées.

Malheureusement, cela lui arrivait souvent, et elle avait appris à le compenser.

— Cela aurait dû être un véritable scandale, déclara Lavinia, comme si son esprit ne venait pas de vagabonder.

Sarah acquiesça, une boucle sombre effleurant sa tempe.

— Et pourtant, cela n'a pas été le cas.

— Je pense que c'est parce que ses mots étaient très beaux.

— Et bien qu'ils soient clairement descriptifs de son sujet, il ne semble pas être un intime, remarqua Sarah. Toutes les femmes sur lesquelles il a écrit ont précisé qu'elles ignoraient aussi qui il était. Et il était évident qu'il ne les voulait pas pour lui, sinon il se serait fait connaître.

Cet homme semblait vouloir mettre en lumière celles qui avaient été reléguées aux oubliettes, ou presque. Lavinia avait rencontré Mlle Berwick, son premier sujet. Même si elles n'étaient pas des amies proches, elle savait qu'elle avait vingt-six ans et que ses parents avaient décidé de ne pas insister pour qu'elle se marie cette saison. Mlle Berwick n'était pas d'une grande beauté ; elle était studieuse et calme. Elle semblait destinée à devenir gouvernante, jusqu'à ce que le duc Galant fasse d'elle la femme la plus populaire de Londres à l'automne dernier. Alors que Lavinia et Sarah assistaient à une partie de campagne, Mlle Berwick s'était retrouvée au royaume des Insaisissables. En janvier, elle avait épousé un comte veuf et était aussitôt devenue la mère de ses deux jeunes enfants. Elle était follement heureuse, comme en témoignait la lettre de remerciements, publiée dans le *Morning Chronicle,* qu'elle avait adressée au duc Galant.

Et voilà que Lavinia s'était encore perdue dans ses pensées. Elle s'efforça de reprendre le fil de la conversation.

— Eh bien, ce doit être une âme au grand cœur, à tout le moins, dit Fanny.

— Que crois-tu qu'il soit, Lavinia ?

— Tu veux dire « qui » ?

Sarah laissa échapper un petit rire.

— Je crains qu'elle ne se soit égarée, Fanny. Cela lui arrive parfois, dit-elle avant de se tourner vers Lavinia. Nous nous demandions quel genre d'homme il était. Est-il marié ? Nous avons tranché : c'est peu probable. Pourtant, il semble avoir connu l'amour. Nous soupçonnons qu'il s'agit d'un veuf. Et qu'il est peut-être plus âgé. Je dirais qu'il a au moins quarante ans. Il semble posséder une sagesse que les plus jeunes n'ont pas.

— Voilà une déduction judicieuse, constata Lavinia. S'il est veuf et qu'il a déjà aimé, on pourrait penser qu'il chercherait à retrouver l'amour. Pourquoi ne pas courtiser l'une de ces jeunes femmes qu'il a mises en lumière ?

Fanny tapota son menton du bout du doigt.

— Voilà une excellente question. Peut-être ne croit-il pas pouvoir trouver l'amour une seconde fois ?

— Ou peut-être est-il encore tellement amoureux de sa défunte femme qu'il ne peut pas en aimer une autre.

Le regard embué de Sarah oscilla de l'une à l'autre.

— Le ton excessivement romantique de ses poèmes va effectivement dans ce sens, confirma Lavinia.

Fanny sourit.

— Peut-être écrira-t-il un poème sur l'une d'entre vous.

Sarah éclata de rire, mais intérieurement, Lavinia grimaça.

— Je crains que faire l'objet d'un examen aussi minutieux ne soit assez déstabilisant, dit-elle.

Si elle devait attirer l'attention de la bonne société, elle voulait que ce soit pour une bonne raison, comme une découverte géologique. Pas parce qu'on se demandait qui elle pourrait ou non épouser.

— De toute manière, cela n'arrivera pas. Non, je crois que nous sommes tranquilles, Sarah.

— Sans doute, acquiesça-t-elle avec un soupir. D'ici la fin de la saison, nous serons mariées, ou en route pour l'autel, ou nous deviendrons officiellement vieilles filles.

Pour l'instant, Lavinia ne savait pas ce qu'elle préférait.

~

*W*illiam Beckett, marquis de Northam, fixa la porte fermée pendant un moment avant de se tourner vers la bibliothèque, dans l'espoir que Lord Evenrude y conserverait une bouteille de whisky. N'en voyant aucune, le regard de Beck se posa sur le livre que la femme mystérieuse avait jeté sur le canapé.

Contournant le meuble, il s'en saisit et en lut la tranche. *Histoire géologique des Cornouailles.* Quel genre de jeune femme lisait une telle chose ?

Il feuilleta le livre un instant et secoua la tête avant de chercher sa place sur l'étagère. Trouvant un espace, il le rangea entre deux autres livres.

La géologie. Elle s'était introduite dans la bibliothèque

d'un vicomte pour y lire des ouvrages de géologie. Il se sentait soudain gêné par son rendez-vous clandestin, ce qui était étrange puisqu'il ne l'avait jamais été auparavant. Mais il n'avait jamais été confronté à une jeune femme hautaine qui avait cherché à utiliser une bibliothèque à bon escient, tandis que lui avait prévu de la galvauder. Oui, la gêne était de mise.

Une jeune femme hautaine aux yeux chocolat spectaculaires et aux cheveux couleur cannelle. Bon sang, est-ce qu'il avait faim pour faire de telles comparaisons ? Ou bien était-ce parce qu'elle était assez jolie pour lui donner envie de la manger ? Non, pas jolie. Ce n'était pas la bonne description. Elle était séduisante, mais son menton était peut-être un peu trop fort et ses joues trop sévères. Elle était captivante, dotée d'une qualité indéfinissable qui donnait envie d'en savoir plus sur elle dans l'espoir de mettre un nom dessus.

Et pour l'instant, il ne connaissait même pas *son* nom. Il se tourna, quitta la bibliothèque et partit à la recherche de son ami Felix, le comte de Ware. Il le retrouva dans la salle de jeu, et attendit qu'il s'extirpe de la partie de cartes et le rejoigne près de la porte.

— Prêt à partir ? s'enquit Felix.

— Pas tout à fait. Allons un moment dans la salle de bal.

Il n'attendit pas la réponse de Felix avant de se retourner et de l'entraîner vers la porte menant à la salle en question.

Son ami gémit.

— Pourquoi ? Si tu as l'intention de danser, je m'en vais sans toi.

Ils avaient prévu de se rendre chez Brooks dès que Beck aurait terminé son rendez-vous.

— Je ne vais pas danser. J'essaie simplement de retrouver une femme.

— Ne viens-tu pas d'en voir une ? ricana Felix. Tu es insatiable.

Beck leva les yeux au ciel.

— Nos plans ont été interrompus.

— Je vois. Comme c'est décevant ! As-tu besoin que je crée une diversion pour que tu puisses retenter ta chance ?

Felix était très doué pour créer des perturbations, généralement dans le but de provoquer l'hilarité générale. Mais il arrivait aussi que ce soit pour permettre à Beck ou à une autre de leurs connaissances d'accomplir quelque chose. À Oxford, Felix avait été relativement connu pour ses compétences. Aujourd'hui, il avait tendance à s'en servir pour l'organisation d'événements. Personne mieux que lui ne pouvait planifier un jeu ou une activité.

Grâce à cette aptitude, Felix connaissait des gens que Beck ne connaissait pas. Cependant, identifier une jeune femme sur le marché du mariage n'était peut-être pas à sa portée. Comme Beck, son ami se tenait à l'écart de celles qui recherchaient un mari.

— Je n'ai pas besoin d'une diversion, affirma-t-il. J'ai besoin que tu me dises qui est cette personne.

Ils entrèrent dans la salle de bal et Beck ressentit aussitôt une pointe d'agacement. L'idée même de jeunes femmes qui s'exposaient comme des légumes sur un étal de marché le dégoûtait. La société accordait bien trop d'importance à l'apparence d'une femme et à sa position dans sa hiérarchie figée.

— Pourquoi déambulons-nous dans la salle de bal ? s'enquit Felix.

— J'ai rencontré une jeune femme tout à l'heure, dont je n'ai pas obtenu le nom. J'espère que tu la connais.

Felix s'arrêta et le fixa.

— Une jeune femme ? Tu hais le marché du mariage ! Qu'est-ce qui te prend ?

Beck se renfrogna et tira sur la manche de Felix.

— Ne t'arrête pas. Sinon les gens vont vouloir s'approcher pour nous parler.

— Et ce n'est pas ce que nous voulons, marmonna Felix. Où se trouve cette étonnante jeune femme ?

Poursuivant son inspection de la salle, Beck scruta les coins les plus éloignés. Il l'aperçut enfin, assise avec deux autres jeunes femmes.

— À dix heures, dans le coin. Cheveux cann... roux brun. Robe bleue. Plus grande que les deux autres avec qui elle discute.

— À première vue, je ne la reconnais pas, mais d'un autre côté, je n'arrive pas à bien la voir, dit Felix. Je suggérerais bien que nous nous rapprochions, mais je devine que tu vas refuser.

— Nous pouvons peut-être nous rapprocher un peu, concéda Beck en le conduisant plus près du mur.

Felix lui jeta un regard acerbe.

— Voilà un comportement inédit chez toi. Pourquoi cette femme est-elle si importante ? Si tu l'as rencontrée, pourquoi n'as-tu pas obtenu son nom ?

— Ne t'occupe pas de cela. Je suis simplement curieux.

— Je la vois maintenant. Il s'agit de Lady Lavinia Gillingham. C'est une amie proche de Sarah, qui se trouve à sa droite.

Beck se tourna vers Felix et s'arrêta.

— Colton ?

Il acquiesça.

— La sœur d'Anthony, oui

Anthony Colton était l'un des amis les plus proches de Felix. Ils avaient grandi ensemble.

— Veux-tu que j'organise une présentation formelle ? s'enquit celui-ci.

— Ce ne sera pas nécessaire. J'étais simplement curieux.

Lady Lavinia... *Gillingham*. Son père était comte. Et Beck s'était retrouvé enfermé seul avec elle. Bon sang, il l'avait embrassée dans le cou ! Soudain pris d'un coup de chaud, il eut envie de quitter précipitamment la salle.

— Je crois que c'est l'amie bas-bleu[1] de Sarah. Anthony dit qu'elle est extrêmement intelligente, et qu'elle l'aurait sans doute battu à l'école.

Voilà qui expliquait sans doute son intérêt pour la géologie. Quel genre de jeune femme quittait un bal pour aller lire ? Le genre intéressant.

— Sarah est du genre à faire tapisserie, n'est-ce pas ? demanda Beck alors qu'ils quittaient la salle de bal.

— Oui, mais je ne comprends pas pourquoi elle et ses amies ne sont pas mariées. Elles sont séduisantes, et issues de bonne famille.

— Cela ne suffit pas toujours.

Beck se garda bien de laisser ses ténèbres transparaître dans son ton, mais sa voix n'en était pas moins bourrue. C'était plus fort que lui. Il ne savait que trop bien ce que traversaient les jeunes femmes et comment le fait d'être acceptées ou de réussir pouvait les affecter. La sensation familière d'oppression dans sa poitrine lui coupa le souffle un instant.

— Au club, alors ? demanda Felix.

— Non, je crois que la soirée est terminée pour moi.

L'humeur de Beck s'était assombrie et sa muse dansait sur une mélodie joyeuse dans sa tête.

Une heure plus tard, il était adossé à son fauteuil derrière son bureau, et se passait une main sur le visage. Sa cravate dénouée pendait autour de son cou, et sa veste traînait sur le sol. Il déboutonna son gilet en contemplant les mots qu'il avait écrits. Cela ne correspondait pas à son style de travail habituel, mais cette femme ne correspondait pas non plus à son sujet de prédilection. Lady Lavinia ne semblait pas du genre à se retrouver vieille fille, mais qu'en savait-il vraiment ?

Pas grand-chose. Et, en général, il essayait de glaner autant d'informations que possible avant de lancer une campagne. Cependant, Lady Lavinia était différente.

Pour une raison qu'il ignorait, il se sentait mal à propos de leur rencontre plus tôt. Il l'avait embrassée, avait flirté avec elle, et l'avait, de manière générale, mise dans une situation inconfortable. Aucune des autres femmes sur lesquelles il avait écrit n'avait souffert de ses mauvais comportements. Lady Lavinia avait géré toute cette histoire avec aplomb, démontrant ainsi sa capacité à se débrouiller par elle-même. Pourquoi, alors, ressentait-il l'envie de l'aider ?

Parce qu'elle méritait d'être remarquée. Elle était intelligente et belle, et elle *faisait tapisserie*. Il fallait qu'elle ait le choix entre plusieurs gentlemen. Et Beck veillerait à ce que ce soit le cas.

CHAPITRE 2

*L*avinia grignotait son petit pain tout en feuilletant le *Botanical Magazine*. Les petits-déjeuners avec ses parents consistaient toujours à lire des journaux et des magazines et, de manière générale, à s'ignorer mutuellement. Son père était assis à sa droite et sa mère, comme toujours, était en retard à la table.

La comtesse se glissa dans le salon où ils prenaient leur petit-déjeuner en profitant de la vue sur le patio et le petit jardin. Elle se laissa tomber à sa place à la petite table ronde en murmurant un « bonjour », ce qui lui valut une réponse tout aussi brève que peu sonore.

Quelques minutes plus tard, alors que Lavinia terminait son petit pain en lisant attentivement un article sur les violettes, le cri de sa mère retentit dans l'air. La jeune femme releva la tête.

— Mais qu'est-ce qui ne va pas chez toi ? demanda son père, affolé.

Sa mère poussa le journal vers son père, tout en lui adressant un sourire extatique.

— Il a écrit un poème pour Lavinia ! *Ode à Lady Lavinia Gillingham.*

— Qui ? demanda son père d'un ton bourru.

Il prit le journal et se mit à lire le texte.

— Le duc Galant !

Le ton de sa mère était empreint de fierté et d'enthousiasme.

Lavinia eut soudain envie de rendre le petit pain qu'elle venait de manger. Elle ne voulait pas de son stupide poème ni de l'attention qu'il allait susciter.

Son père la regarda par-dessus le journal, plissant les yeux.

— Qu'est-ce que c'est que cette absurdité ? Quelqu'un te ferait-il la cour sans m'en avoir parlé ? Quel genre de canaille se comporte de la sorte ?

Sa mère poussa un soupir exaspéré.

— Ce n'est pas comme cela. Le duc Galant écrit des poèmes au sujet de jeunes femmes qui ont besoin d'une petite aide sur le marché du mariage. Il l'a déjà fait pour quatre d'entre elles, et deux se sont mariées ou fiancées.

Le père souffla impatiemment.

— Cela ne signifie pas que je veux qu'il écrive au sujet de ma fille.

— Même si cela lui permet de se marier d'ici la fin de la

saison ? Elle va devenir instantanément populaire, tout comme l'ont été les autres jeunes femmes.

Le père de Lavinia posa le journal, et son expression passa de l'agacement à l'intérêt.

— D'ici la fin de la saison, dis-tu ?

Lavinia refréna l'envie de se lever d'un bond et de s'enfuir en courant de la pièce, ou même de la maison.

— Ou pas. Cela pourrait n'avoir aucun impact.

Elle ne pouvait que l'espérer.

— C'est absurde, dit sa mère en secouant la tête. Tu es plutôt jolie, ton père est un comte, et tu as une dot. Tu n'auras qu'à arrêter de parler de pierres et te taire la plupart du temps. Je suis convaincue que tu peux le faire.

Le regard implorant de ses yeux bruns prouvait qu'elle n'était pas aussi sûre d'elle qu'elle le prétendait.

— Elle ferait mieux, intervint son père. Il est grand temps que tu te maries. Nous t'avons laissée chercher le gentleman que tu voulais, mais peut-être que tes attentes sont trop élevées, lui dit-il en posant le journal près de sa mère.

Ah, oui, les centres d'intérêt partagés, le respect mutuel, l'amour… C'était ridicule d'espérer cela.

— Très certainement, acquiesça sa mère. Mais maintenant, elle pourra choisir parmi un plus grand nombre de gentlemen. Peut-être que l'un d'entre eux se démarquera et suffira.

Suffira.

— L'un d'entre vous se soucie-t-il du fait que je préférerais ne pas être le dernier sujet de commérages en date ?

La mère de la jeune femme cligna des yeux.

— Bien sûr que je m'en soucie. Mais je ne comprends pas. Pourquoi ne voudrais-tu pas être la fille la plus populaire de Londres, ne serait-ce que pour une courte période ?

Ce n'était pas la popularité qui était en cause, mais la raison de cette popularité. Si elle pouvait être reconnue pour une découverte scientifique quelconque, elle accepterait volontiers d'être le centre de l'attention. Mais porter le fardeau de la curiosité des autres et de leur indiscrétion n'était pas une chose qu'elle désirait. Et c'était ce maudit duc Galant le responsable. Elle se demanda ce que ses autres sujets ressentaient au sujet de cette soudaine notoriété. Apparemment, cela ne les dérangeait pas, puisque deux d'entre elles, et sans doute trois, étaient maintenant fiancées. Qui était la quatrième ? Peut-être que Lavinia la chercherait…

La comtesse ramassa le journal et le tendit à Lavinia.

— Ne veux-tu pas lire ton poème ?

— Pas particulièrement.

S'il était comme les autres, ce serait une mosaïque de jolis mots et de phrases charmantes. Ce serait beau et flatteur, sans aucune trace d'intimité. Elle songea aux gentlemen qu'elle connaissait, et essaya d'imaginer lequel d'entre eux pourrait être ce duc présomptueux. Présomptueux au point de s'être lui-même attribué ce surnom ducal.

Ses amies et elles avaient été stupides de le croire bienveillant. Cet homme était une menace, et Lavinia avait bien l'intention de le démasquer pour mettre un terme à cette folie.

Sa mère fit la moue.

— C'est un très beau poème. Le meilleur jusqu'à présent, à mon sens. Il vante même ton intelligence. Visiblement, il te connaît.

Lavinia essaya de résister à la tentation de lire le poème, mais elle était curieuse de savoir ce que l'homme avait écrit au sujet de son intelligence. Sans prendre le journal, elle cambra le cou pour lire les mots. Il n'était pas très long, mais aucun des précédents ne l'était, si ses souvenirs étaient exacts. Trois ou quatre strophes. Le sien en comportait quatre.

— Peut-être y aura-t-il un second poème.

Le ton plein d'espoir de sa mère incita Lavinia à lever le nez du journal.

— J'espère bien que non !

Cependant, Lavinia était presque sûre qu'il avait écrit plus d'un poème sur chacun de ses sujets. À l'exception, peut-être, de la dernière jeune femme, Mlle Jane Pemberton.

Son père la fixa, plongeant ses yeux marron foncé dans les siens.

— Cela pourrait représenter une aubaine pour toi, et tu vas considérer cela comme tel. Je suis lassé de financer des saisons, grommela-t-il.

Sa mère tenta de l'amadouer :

— Oui, vois cela comme une aubaine. Nous irons au parc un peu plus tôt aujourd'hui, et nous verrons bien ce qui se passera, annonça-t-elle en se levant de table. Nous devons choisir ton plus bel ensemble de promenade. Viens, allons nous préparer.

Elle se retourna et quitta la salle du petit-déjeuner.

Lavinia sentait le peu de liberté qu'elle avait lui échapper.

— Lève-toi donc ! lui intima son père d'une voix forte, mais sans crier.

Faisant taire sa frustration, Lavinia se leva et suivit sa mère hors de la pièce. Elle maudit le duc Galant à chaque pas.

~

Par chance, l'après-midi était tempéré lorsqu'elles entrèrent dans le parc à presque quatre heures et quart. Elles étaient un peu en avance, mais toujours dans la norme. Du moins, c'était ce que prétendait la mère de Lavinia. Elle avait aussi insisté pour que la jeune femme ne parle pas de pierres, de terre ou de quoi que ce soit en rapport avec la science.

Tout en vouant une série de malheurs au duc Galant, Lavinia était parvenue à envoyer des notes à Sarah et Fanny plus tôt dans l'après-midi, leur demandant de la rejoindre dans le parc.

Elles l'attendaient juste après Grosvenor Gate, et la jeune femme était impatiente de les voir. Elle s'attendait à ce que sa mère la réprimande de les rejoindre immédiatement, mais la comtesse était très occupée avec son propre groupe de femmes qui, au vu des fréquents regards qu'elles jetaient à Lavinia, l'assaillaient de questions au sujet du duc Galant.

Cela avait déjà commencé.

— Marchons, proposa la jeune femme, qui souhaitait quitter les lieux au plus vite.

Elle était autorisée à marcher avec ses amies sur le chemin menant à la Serpentine, le lac situé au cœur de Hyde Park.

Sarah se plaça à la gauche de Lavinia, et Fanny à sa droite.

— Mon pronostic s'est donc réalisé, il a écrit sur l'une d'entre vous, constata Fanny, mais sans la moindre fierté ni excitation.

Elle regarda Lavinia d'un air inquiet, le front plissé en rides droites et nettes.

— Visiblement, tu n'es pas ravie.

Lavinia serra les dents.

— Je n'ai aucune envie de devenir intéressante parce qu'un homme anonyme a déclaré que je l'étais.

— Mais ses motivations semblent pures, protesta Fanny, même si sa voix contenait une pointe d'interrogation.

— Comment pourrions-nous en être certaines ? s'enquit Lavinia alors qu'une brise fraîche agitait les rubans de sa coiffe sous son menton. Peut-être que s'il se faisait connaître, nous pourrions comprendre son véritable raisonnement. Cet anonymat ajoute un côté un peu inquiétant, vous ne trouvez pas ?

— Inquiétant ? répéta Sarah avant d'éclater de rire. Lavinia dramatise, Fanny. Elle le fait parfois. Elle peut aussi se montrer plutôt intrépide, et je gage que si elle connaissait l'identité du duc Galant, elle le rappellerait à l'ordre sans délai.

— C'est en effet ce que je ferais. C'est pourquoi j'aimerais savoir qui il est.

— Bien sûr que tu aimerais le savoir, dit Sarah. Comme tout le monde.

— Mais j'ai de bonnes raisons pour cela, au-delà de la curiosité. Il se mêle de mes affaires, de ma vie.

— Oui, tu dramatises, murmura Sarah.

Lavinia fronça les sourcils en fixant son amie la plus chère.

— Comment te sentirais-tu s'il écrivait un poème sur toi ? Tu es peut-être la prochaine, après tout.

Sarah pencha la tête sur le côté.

— Je ne suis pas certaine de ce que je ressentirais, mais si cela signifiait que je pourrais danser, ou même rencontrer l'homme de mes rêves, j'apprécierais son aide, répondit-elle en se tournant vers Lavinia. Peut-être rencontreras-tu l'homme dont tu es destinée à tomber amoureuse.

— Ou peut-être vais-je rencontrer un homme avec qui mes parents me marieront et qui ne me soutiendra pas dans mes projets.

— Ta géologie, tu veux dire, intervint Fanny.

Lavinia avait discuté de ses centres d'intérêt la veille avec elle, lorsque avec Sarah, elles lui avaient rendu visite. Elles avaient consolidé l'amitié qu'elles avaient débutée le soir d'avant au bal des Evenrude.

Sarah souffla.

— Il ne faut pas être pessimiste. Pourquoi ne pas attendre de voir ce qui va se passer ?

— Mes parents m'ont interdit de parler de géologie ou de

tout autre sujet qui m'intéresse. Comment pourrais-je m'assurer qu'un gentleman et moi nous conviendrons ?

Grimaçant, Sarah baissa la tête.

— Je vois ce que tu veux dire.

Lavinia passa le bras dans celui de Sarah.

— Je sais que tu essaies de trouver le bon côté des choses, et je t'aime pour cela. Je vais *essayer* de faire de même. J'aimerais discuter avec Mlle Pemberton.

— Pour quelle raison ? s'enquit Fanny.

Lavinia prit ensuite le bras de Fanny, de sorte qu'elles étaient toutes liées en avançant vers la Serpentine.

— Je suis curieuse de savoir ce que cela a eu comme effet sur ses possibilités de mariage, si cela a été une aide ou un obstacle.

— Mais nous savons déjà qu'il a aidé au moins deux de ses sujets, si ce n'est trois, déclara Fanny.

— C'est ce qu'il semblerait. Mais savons-nous si elles sont toutes heureuses ?

Lavinia prévoyait de réserver son jugement jusqu'à ce qu'elle ait pu discuter avec l'une ou plusieurs d'entre elles.

— Ce ne serait pas nécessairement la faute du duc Galant, n'est-ce pas ? insista Sarah. Il n'a fait qu'accroître leur visibilité. Ce qui s'est produit ensuite pourrait être dû à un certain nombre d'influences.

— Je commence à être d'accord avec Lavinia, dit Fanny. C'est un jeu dangereux qu'a débuté le duc Galant. Même si ses raisons sont bienveillantes, qui peut dire si une jeune femme a envie d'être encadrée de la sorte ?

Lavinia hocha vivement la tête en souriant.

— C'est exactement ce que je veux dire !

— On dirait qu'il y a des problèmes.

Une voix masculine forte incita Lavinia à plisser les yeux sur trois hommes qui se dirigeaient vers elles. À cause du soleil couchant et de sa myopie, elle ne put les identifier tout de suite.

Sarah, par chance, était au courant du problème de vue de son amie, et vint à son secours.

— Des problèmes, ricana-t-elle. C'est toi, le problème, Anthony.

Anthony étant le frère de Sarah, Lavinia connaissait au moins l'un d'entre eux. L'espace entre eux se réduisit, et elle reconnut l'homme qui se tenait à sa gauche : le maudit marquis de Northam.

— Bonjour, ma chère sœur, la salua Anthony en s'inclinant. Tu connais Felix, bien sûr.

Il fit un geste vers sa droite, en direction du comte de Ware. Lavinia l'avait déjà rencontré.

— Bien sûr, répondit la jeune femme.

Sarah montra Fanny d'un geste de la main, et Lavinia détacha ses bras des leurs.

— Permets-moi de vous présenter notre nouvelle amie, Mlle Frances Snowden, sœur de la duchesse de Clare.

Les sourcils sombres d'Anthony remontèrent sur son front.

— Voilà une compagnie prometteuse, ma sœur.

— Pas plus que toi, répondit Sarah, avec un signe de tête vers Northam.

— N'as-tu pas déjà rencontré Northam ? s'enquit Anthony. Je suppose qu'il n'a pas besoin d'être présenté. Voici le marquis de Northam.

Ledit marquis s'inclina vers elles trois, mais son regard se posa uniquement sur Lavinia, qui le salua.

— Je suis ravie de faire votre connaissance.

Le nom de la jeune femme n'avait pas encore été prononcé, pourtant, elle était convaincue qu'il le connaissait déjà. Comment ? S'était-il renseigné sur elle ? Anthony le lui avait-il donné pendant qu'ils s'approchaient le long du sentier ? Oh, zut ! Était-ce vraiment *important* ? Elle lui avait caché son identité l'autre soir uniquement pour le contrarier. Parce qu'il l'avait embrassée dans le cou en pensant qu'elle était son amante. Un frisson lui parcourut l'échine, et elle le mit sur le compte de l'air qui se rafraîchissait.

— Voici ma chère amie, Lady Lavinia Gillingham, annonça Sarah.

— Lady Lavinia.

Les yeux de Northam étincelèrent, et même si Lavinia n'en voyait pas la couleur de loin, elle savait, depuis leur rencontre dans la bibliothèque de Lord Evenrude, qu'ils étaient d'un vert-gris. Comme la mousse sur un arbre caché au fond de la forêt. Un arbre à secrets.

Un arbre à secrets ? Doux Jésus ! Il suffisait qu'elle reçoive un poème flatteur pour qu'elle devienne soudain romantique.

— Où allez-vous, mesdames ? s'enquit Anthony.

— À la Serpentine, répondit Sarah avec un coup d'œil au ciel qui s'assombrissait. Mais je me demande si nous ne devrions pas faire demi-tour.

Les nuages s'étaient installés, et, avec le soleil couchant, le crépuscule arrivait à grands pas.

— Pourrions-nous vous escorter ? demanda poliment Northam.

Heureusement, il avait dirigé son attention vers Sarah pour poser la question. Lavinia prit un moment pour se détendre, et réfléchir à la raison pour laquelle il la mettait sur les nerfs.

Sarah échangea un regard avec ses deux amies avant d'accepter son offre.

Les gentlemen firent demi-tour, et le groupe se remit à suivre le sentier. D'une manière ou d'une autre, Lavinia se retrouva à l'arrière, avec le marquis. Elle refusait de se laisser déstabiliser par lui, ou de penser à ses lèvres sur sa chair.

— Puis-je vous présenter à nouveau mes excuses pour
l'autre soir ?

— Vous pouvez vous excuser tous les jours pour l'éternité
si vous le souhaitez. Vous ne me devez ni explications ni
excuses. Fort heureusement, il n'y a pas eu de mal de fait.

— En dehors du livre que vous avez laissé sur le canapé,
murmura-t-il.

Elle tourna la tête vers lui.

— Pourquoi en parler ?

— Votre choix m'a intéressé. *Histoire géologique des
Cornouailles,* cita-t-il en inclinant la tête. Je l'ai remis sur l'étagère pour vous.

— C'était le moins que vous puissiez faire après m'avoir
interrompue.

La bouche du marquis se fendit d'un sourire.

— Effectivement.

Lavinia décida d'ignorer la manière dont son ventre se
contractait lorsqu'il souriait ainsi.

— Avez-vous pu retrouver Lady… je veux dire, votre
amante, plus tard ?

Elle secoua la tête et fixa son regard vers l'avant. Elle avait
voulu le taquiner, mais elle se rendait compte qu'il s'agissait
d'une question déplacée.

— Oubliez cela.

Pourquoi essayait-elle de le taquiner ? Pour se sentir plus
à l'aise ?

— Je n'ai pas pu, hélas. En fait, je ne l'ai pas revue
depuis.

L'envie de le narguer prit le dessus.

— Prenez garde, vous allez perdre votre statut de
séducteur.

Il rit, trop fort d'abord, attirant l'attention des autres qui
tournèrent la tête. Étouffant rapidement son hilarité, il agita
la main.

— J'ai fait un mauvais jeu de mots. Cela ne vaut pas la peine de le répéter.

Il afficha un sourire pour faire bonne mesure ; Lavinia se doutait bien que cela dissuaderait les gens d'insister. Ils marchèrent en silence pendant un moment, tandis que la conversation se poursuivait devant eux.

Enfin, il murmura :

— Vous me taquinez, Lady Lavinia ?

Il s'était légèrement rapproché. Le timbre de sa voix et sa proximité la firent à nouveau frissonner, cette fois au niveau des épaules. Si elle fermait les yeux, elle était convaincue qu'elle pourrait sentir le contact de sa bouche sur son cou.

Non, elle n'allait pas songer à cela.

— C'était inapproprié, dit-elle à voix basse. Mes excuses.

— Vous ne devez jamais vous excuser auprès de moi, répondit-il. N'oubliez pas que je dois implorer votre pardon jusqu'à la fin de mes jours.

À présent, c'était lui qui la taquinait. Ou qui flirtait. Oui, il flirtait. C'était ce qu'il avait fait l'autre soir. Elle lui jeta un regard en coin.

— Êtes-vous capable de converser avec une femme sans flirter ?

— Oui, mais j'ai bien compris que mon statut de séducteur serait remis en question, et je ne peux pas l'accepter.

Oh ! Il était doué, elle pouvait le lui accorder. Lavinia se laissa aller à un sourire tout en réprimant un petit rire.

— J'ai réussi, se réjouit-il à voix basse, sans doute pour ne pas attirer à nouveau l'attention des autres. Je vous ai fait sourire.

— Ce n'est pas difficile, dit-elle avec plus qu'un brin de sarcasme. De manière générale, on me considère comme une personne joviale, lui confia-t-elle, plissant les yeux. Pourquoi voulez-vous me faire sourire ?

— Je me montre simplement amical.

— Allons-nous devenir amis ? lui demanda-t-elle avec un sourire ironique. Avez-vous beaucoup d'amies jeunes et célibataires ?

Il rit à nouveau, mais doucement cette fois.

— Non. Vous seriez ma première.

— Je crains de ne compter aucun marquis parmi mes proches connaissances. Et compte tenu de votre... réputation, je crains qu'une amitié entre nous ne soit pas acceptable.

— Car la bonne société désapprouverait, répondit-il d'un ton plat qui la surprit.

— Et vous désapprouvez les règles de la société ?

— Lorsqu'elles n'ont pas de sens, oui. Pourquoi les hommes et les femmes non mariés ne pourraient-ils pas être amis ?

Il avait posé cette question d'une voix trop haute, et le sujet était bien trop provocateur pour qu'on l'ignore.

— Parce que quelque chose d'inapproprié pourrait se produire, dit le comte de Ware, fixant le marquis en secouant la tête. Serais-tu devenu fou, Beck ?

Tout le monde rit, sauf Lavinia, qui jeta un coup d'œil à l'homme à côté d'elle. Beck. Le nom lui convenait. Fort, concis, avec un côté audacieux, mais aussi charmant, d'une certaine manière. Sa réputation faisait de lui un homme dangereux, et pourtant elle ne pouvait s'empêcher de le trouver séduisant.

Et ce n'était pas à cause des frissons que lui avait procurés son baiser.

Enfin, peut-être un peu.

La conversation se prolongea tandis que Grosvenor Gate apparaissait, quoique de manière floue pour Lavinia.

— Les hommes et les femmes célibataires peuvent être amis, dit Sarah en jetant un regard hautain à Ware. Je vous connais depuis des années, Felix. Cela ne fait-il pas de nous des amis ?

Anthony ricana.

— Non, cela fait de Felix *mon* ami et de toi ma sœur.

— Je dois me ranger du côté de Mlle Colton sur ce point, dit le marquis. Si elle connaît Ware depuis des années et que Ware est un bon ami de son frère, ne faut-il pas en déduire qu'ils sont également amis ?

Le comte jeta un regard à Northam.

— Chut ! Ne laisse personne t'entendre ! Le simple fait de suggérer une telle chose nous fera nous marier avant le printemps, dit-il avant d'adresser une grimace d'excuse à Sarah. Non pas que le mariage avec vous serait horrible, mais je crois que nous serions tous les deux d'accord pour dire que nous ne nous conviendrions pas.

— Mon Dieu ! Non ! s'exclama Anthony. N'y pensez plus.

Sarah les regarda tous les deux, les lèvres pincées.

— Heureusement pour vous deux, je suis d'accord. Sans cela, je pourrais être terriblement offensée !

— Je commence à penser que la vie à Londres est complètement folle ! dit Fanny d'un ton doux, promenant son regard sur tout le monde.

Northam sourit.

— Vous avez parfaitement raison !

— Ah, te voilà ! s'exclama la mère de Lavinia, fondant sur le groupe comme un oiseau de proie.

La jeune femme se sentit prise au piège.

— Il y a des gens qui veulent te rencontrer.

Elle jeta un œil vers Sarah et son frère, qu'elle connaissait depuis des années. À l'évidence, sa mère préférait que Lavinia profite de sa récente célébrité plutôt que de perdre son temps avec ses amis.

— J'étais justement en train de rencontrer de nouvelles

personnes, mère, lui dit-elle gentiment. Connaissez-vous le marquis de Northam ?

La marquise ne l'avait sans doute même pas remarqué, car ses yeux s'écarquillèrent brièvement. Elle se ressaisit tout aussi vite, et lui fit la révérence.

— Je ne suis pas certaine que nous ayons été présentés. C'est un plaisir, my lord.

Il s'inclina en réponse.

— Tout le plaisir est pour moi, répondit-il avant de s'incliner également devant Lavinia. Merci pour la promenade, Lady Lavinia.

Ils échangèrent leurs adieux et le trio de gentlemen s'en alla, tandis que Sarah se retirait auprès de sa mère et que Fanny rejoignait sa sœur et d'autres dames.

— Tu t'es promenée avec le marquis ? Il a dû lire le poème ! s'exclama la mère de Lavinia, joignant les mains avec un large sourire. Cela fonctionne déjà !

— J'ignore s'il l'a lu ou non, mère. Il se trouvait simplement avec Anthony lorsque nous les avons croisés sur le sentier. Il aurait été impoli de ne pas nous présenter. Il a également rencontré Fanny.

Sa mère pinça les lèvres.

— C'est peut-être la belle-sœur d'un duc, mais ce n'est que sa première saison, ajouta-t-elle d'un ton cassant. C'est ton tour, pas le sien.

— Ce n'est pas ainsi que cela fonctionne, mère, insista Lavinia en soupirant.

Secouant la tête pour chasser son irritation, la comtesse s'efforça d'afficher un sourire radieux.

— Viens, il y a des gens qui voulaient te rencontrer et d'autres qui voulaient te saluer. Tu es très demandée, ma chère. Et il était temps.

Se tournant pour marcher auprès d'elle, elle espérait intérieurement que ce ne serait que de courte durée. Plus vite elle pourrait retrouver son anonymat chéri, mieux ce serait.

～

Deux jours plus tard, Beck se leva de table après son petit-déjeuner, satisfait. La troisième femme au sujet de laquelle il avait écrit, Mlle Lennox, venait juste de se fiancer à M. Laurence Sainsbury. Cela faisait donc trois femmes qu'il avait aidées à réussir sur le plan matrimonial. Il ne pouvait qu'espérer que Mlle Pemberton et Lady Lavinia connaîtraient le même sort.

Beck entra dans son bureau, où son regard se porta aussitôt sur le petit portrait de sa demi-sœur qui trônait sur la table de travail. Avec ses cheveux noirs et sa petite carrure, Helen tenait de sa mère, la première femme du père de Beck. La solennité de Helen était manifeste sur le portrait. Ses yeux verts étaient sombres et sérieux, sa bouche prenait une inclinaison légèrement triste. Ou peut-être projetait-il sa propre tristesse sur l'image. Chaque fois qu'il la regardait, il ressentait un pincement au cœur et des regrets. S'il avait été plus âgé, il aurait pu l'aider. Il aurait fait n'importe quoi pour assurer sa sécurité et son bonheur. Mais du haut de ses treize ans, il était trop jeune pour pouvoir faire autre chose que de la regarder, impuissant, devenir la proie des cruautés de la bonne société.

Tout ce qu'il pouvait faire à présent, c'était tenter, tant bien que mal, d'aider celles qui en avaient besoin. Il ne voulait pas qu'une jeune femme endure la même chose qu'elle. Et apparemment, il faisait une différence.

Les membres de sa famille qui n'étaient plus, Helen, son père et sa mère, lui manquaient. Il lui restait sa demi-sœur aînée, dont il n'était pas très proche, et sa famille, ainsi que sa belle-mère, Rachel, et son demi-frère. George n'avait que onze ans, mais son éducation en tant que prochain marquis de Northam était déjà bien avancée.

Contournant le bureau, Beck se dirigea vers le coin où il gardait ses trois guitares. Prenant son instrument préféré, il fit courir ses doigts sur les cordes, d'abord sans y penser, puis il se mit à jouer un air. D'une certaine manière, c'était plus simple que les mots, qu'ils soient prononcés ou écrits. Avec la musique, il pouvait se libérer de tout ce qui était emprisonné en lui, jusqu'à être totalement soulagé.

Il se laissa aller pendant quelques minutes, à moins que ce ne fût une heure, à jouer ce qui lui passait par la tête, suivant un chemin d'émotions et de découvertes. Il se sentait bien mieux lorsqu'il eut terminé, même s'il ne s'était pas senti particulièrement mal au départ. La musique rendait tout meilleur.

Un léger coup fut frappé à la porte qu'il avait laissée entrouverte, attirant son attention.

— Entrez.

Son majordome, le très compétent et serviable Gage, entra.

— Je ne vous dérange pas, n'est-ce pas, my lord ?

Gage veillait toujours à attendre une pause dans la musique.

— Pas du tout. Avez-vous le courrier du jour ? s'enquit Beck en le rejoignant près de la porte.

— Oui.

Il tendit à Beck la pile de missives, et celui-ci repartit vers son bureau.

Gage le suivit, sa haute charpente musclée se déplaçant avec une grâce surprenante, en dépit de ses cinquante ans.

— J'ai aimé ce que vous avez joué à la fin.

Beck prit place derrière le bureau et leva les yeux de sa correspondance.

— Merci. C'est un travail en cours.

— L'un de vos plus beaux morceaux, à mon avis.

Reconnaissant la main de son avocat, Beck ouvrit cette lettre et y trouva ce qu'il attendait : un autre courrier du rédacteur en chef du *Morning Chronicle*. Il parcourut la missive et en fit un résumé pour Gage.

— Il veut d'autres poèmes. Apparemment, le tirage est en hausse.

Il laissa tomber les lettres sur son bureau et lança un regard ironique à son majordome.

— Ce n'est pas surprenant. Le duc Galant est très populaire, même parmi les domestiques, affirma Gage.

Il secoua ensuite sa tête, qui arborait toujours une épaisse crinière de cheveux noirs striés d'argent.

— Non, aucun d'entre eux n'a compris qui il était.

L'espace d'un instant, Beck s'était crispé. Mais il soupira, soulagé. Gage était la seule personne à connaître son identité secrète, et Beck lui faisait entièrement confiance.

— Je ne peux pas les écrire trop vite. Chacune d'entre elles a besoin de temps pour en récolter les fruits et espérer faire une rencontre.

Il avait craint de ne pas avoir laissé passer assez de temps avant d'écrire le poème sur Lady Lavinia, mais il était trop impatient de l'aider.

— Vous n'êtes pas obligé d'écrire un poème sur une jeune femme qui a besoin d'attention, lui fit remarquer Gage. En fait, vous n'avez pas besoin d'écrire quoi que ce soit de nouveau. Vous avez un vaste inventaire d'œuvres.

Gage était son valet de chambre lorsqu'il avait quitté Oxford, et il l'avait promu lorsque l'ancien majordome avait pris sa retraite à la suite de la mort du père de Beck. Parce qu'il était à ses côtés depuis si longtemps, il en savait plus sur sa vie que quiconque. Cela incluait sa musique, sa poésie, et sa mascarade en tant que duc Galant. En réalité, c'était Gage qui avait eu l'idée de ce surnom.

— Je ne veux rien publier de tout cela, affirma Beck, répétant ce qu'il avait déjà dit à maintes reprises.

En vérité, Gage était en train de l'avoir lentement à l'usure. Peut-être que dans dix ans, il serait prêt.

— Je sais que vous pensez que c'est trop sombre, mais c'est honnête et magnifique. Et certains d'entre eux sont très romantiques.

— Si vous considérez que *Roméo et Juliette* est romantique, alors oui, répondit Beck, qui parvint à ne pas lever les yeux au ciel.

Gage s'esclaffa.

— D'accord, une partie de vos travaux penche vers le tragique, mais pas tout.

Beck haussa un sourcil.

— Vous n'en avez pas lu la moitié, comment pourriez-vous le dire ?

— En fait, je n'en sais rien. Vous êtes plutôt prolifique, et j'ai conscience qu'il y a des choses que vous ne partagez pas. Même avec moi.

C'était la vérité. Beck s'interdit de poser les yeux sur le portrait de Helen.

— J'ai cru comprendre que Mlle Lennox était fiancée, dit Gage.

Beck hocha la tête.

— À Sainsbury. C'est une belle association. Je crois. Qu'en sais-je ?

— Avez-vous des indications sur le succès des autres ? Même si je suppose que, pour le dernier poème, il est trop tôt pour le dire.

Effectivement, mais d'après tout ce que Beck avait observé et entendu au cours des deux derniers jours, la popularité de Lady Lavinia avait augmenté de façon spectaculaire. Il n'arrivait toujours pas à croire qu'il avait dû intervenir pour cela. Elle faisait preuve d'un esprit exceptionnel. L'autre jour, il avait apprécié leurs échanges au parc.

— Je suis optimiste pour les deux, déclara Beck. Et je crois savoir qui sera la prochaine.

Il avait le sentiment de devoir apporter la même aide à Mlle Colton, l'amie de Lady Lavinia. Son frère Anthony apprécierait sans doute le geste.

Les yeux bleu foncé de Gage s'illuminèrent de surprise.

— Déjà ?

— C'est une amie de Lady Lavinia. Et la sœur d'un ami.

— Vous avez une âme bonne et généreuse, dit doucement Gage. Mais je me demande parfois si vous n'aidez pas les autres parce que vous voulez vous aider vous-même.

Les mots frappèrent Beck en plein cœur, le faisant tressaillir intérieurement.

— Vous pensez que j'ai besoin d'aide ?

— Ce n'est pas ce que j'ai dit. Pardonnez-moi si je parle à tort et à travers.

Beck laissa échapper un bruit qui tenait à la fois du grognement et du ricanement.

— Vous savez que c'est impossible.

Gage était à la fois un père, un ami et un assistant irremplaçable. Il était la seule constante sur laquelle Beck s'autorisait à compter. Sa belle-mère se concentrait sur son plus jeune fils, comme il se devait. Comme ses parents l'avaient fait avec lui lorsqu'il était jeune. Jusqu'à la mort de Helen. Et puis tout s'était effondré.

— Non, je n'en sais rien.

Gage parlait d'un ton léger, mais il y avait du vrai dans ce qu'il disait. Beck gardait certaines choses pour lui, et, parfois, Gage s'approchait trop près. Dans ces moments-là, le marquis lui disait de s'éloigner. Et une fois en particulier, Beck avait sans doute perdu son sang-froid. Cela ne lui arrivait pas souvent, mais lorsque c'était le cas, il y avait généralement des victimes.

Beck repensa à ce que Gage avait dit, à savoir qu'il aidait les autres dans le but de s'aider lui-même. C'était logique, se dit-il. Et maintenant, il avait envie d'écrire à ce sujet. Mais il devait d'abord s'occuper de sa correspondance.

Un bruit provenant de l'extérieur les fit se précipiter vers la fenêtre donnant sur la rue. Une berline était couchée, sa roue s'était détachée. Sans un mot, Beck quitta précipitamment le bureau pour se rendre dans le hall, Gage sur ses talons.

La fin de matinée était fraîche, avec une épaisse couverture nuageuse. Beck leva les yeux, se disant qu'il pourrait pleuvoir. Plus vite ils déblaieraient la rue, mieux ce serait.

Il fonça vers la berline au moment où le cocher ouvrait la portière et demandait à l'occupante si elle allait bien.

— Êtes-vous blessée, my lady ?

Ce pauvre cocher semblait sérieusement désemparé.

Beck se tourna vers Gage.

— Allez chercher Cartwright.

Le majordome fila vers les écuries pour aller chercher le palefrenier en chef.

Beck se retourna vers la berline au moment où son occupante en sortait.

— Lady Fairwell ! s'exclama-t-il sans prendre la peine de cacher sa surprise.

Les joues de la jeune femme prirent une teinte rose foncé. Cela pouvait être dû au froid ou à la tension provoquée par l'accident, mais Beck n'était pas sûr que ce soit l'un ou l'autre.

— Lord Northam, quelle surprise de vous voir ici ! Vivez-vous à proximité ?

Bien qu'elle ne soit jamais venue chez lui, il se doutait qu'elle savait où il vivait.

— Oui, juste là.

Il tourna la tête et montra sa maison.

— Oh ! Je ne savais pas.

Elle lui adressa un sourire coquet tandis que le cocher s'en allait voir ce qui s'était passé avec la roue.

Beck n'était pas sûr de la croire, même si cela n'avait pas d'importance.

— Mon palefrenier en chef va venir nous aider. Avec un peu de chance, nous pourrons réparer et vous pourrez reprendre la route avant la pluie.

— Peut-être pourriez-vous raccompagner Madame chez elle ? s'enquit le cocher, l'air inquiet. Ou la garder à l'intérieur si la pluie se met à tomber ?

— Je serais heureuse d'attendre à l'intérieur.

Beck tourna la tête et vit Matilda sourire, une lueur impatiente dans le regard.

Il réfléchit à la situation. Ce ne serait pas forcément un scandale de l'inviter à l'intérieur dans ces circonstances, mais il n'en avait pas envie. Il s'approcha d'elle pour lui parler à voix basse ; il murmurait presque.

— Il serait sans doute préférable que vous n'entriez pas.

Elle battit des cils, flirtant ouvertement.

— Pourquoi donc ? Ma berline est en panne, et il va pleuvoir. En fait, je crois que je viens de sentir une goutte d'eau.

Comment ? Le large bord de sa coiffe lui abritait le visage, tandis que le reste de son corps était protégé par des gants, une robe et une pèlerine. De plus, il n'avait rien senti.

Beck observa la rue, pour voir si des gouttes tombaient. Mais il ne vit que des voisins qui étaient sortis pour s'enquérir de ce qui s'était passé. Mme Law, une commère notoire, vivait de l'autre côté de la rue. Elle s'approcha d'eux et Beck sut qu'il ne pourrait y avoir de rendez-vous entre Matilda et lui ; de toute manière, il n'en voulait pas. En réalité, ils n'auraient plus jamais de rendez-vous. Cette scène mettait un terme à leur liaison.

Il en était étonnamment soulagé.

— Je ne peux pas vous inviter à entrer, Tilly, dit-il à voix basse, observant Mme Law qui se rapprochait. Ni maintenant ni jamais.

Elle inspira brusquement.

— Donc, vous vouliez en finir l'autre soir lorsque vous m'avez poussée hors de la bibliothèque de Lord Evenrude. Vous êtes un animal.

Gage était de retour avec Cartwright, et Beck était presque sûr que son majordome avait entendu le commentaire de Lady Fairwell.

Mme Law les rejoignit à cet instant. Elle plissa les yeux en regardant Beck.

— Mon Dieu ! Lord Northam, ne pourriez-vous pas enfiler une *veste* ? Sans parler d'un chapeau ou de gants ?

— J'étais pressé de m'assurer que les occupants de cette berline endommagée allaient bien. Je vois que vous avez pris soin de vous habiller pour une excursion avant de sortir.

Il parlait d'un ton léger et enjoué, mais il savait qu'elle sentirait la pointe acerbe dans ses paroles. Les odieuses commères telles qu'elle le méritaient.

— Il se trouve que j'ai prévu une excursion, répondit-elle d'un ton très hautain, avant de se tourner vers Lady Fairwell. Puis-je vous raccompagner, Lady Fairwell ?

— Oui, merci, dit cette dernière, posant un regard perturbé sur Beck. Merci pour votre aide avec ma berline.

Beck s'inclina.

— Avec plaisir, my lady. Je veillerai à ce que votre véhicule réparé soit envoyé à votre domicile. Vous pouvez assurer à votre mari que son bien lui sera rendu en excellent état, bien que légèrement abîmé.

Il n'avait pas l'intention de faire de double sens ou de proférer une insulte, mais il se rendit compte qu'il l'avait fait. En tant qu'écrivain, son cerveau établissait parfois des connexions qu'il n'aurait pas dû faire. Et en tant qu'homme, ces liens produisaient parfois des mots qu'il valait peut-être mieux ne pas prononcer. Tant pis, il était trop tard maintenant.

Les yeux de Matilda s'écarquillèrent légèrement, et ses lèvres s'écartèrent brièvement avant de se refermer. Sans ajouter un mot, elle se retourna et partit en compagnie de Mme Law.

— Bon après-midi ! leur cria Beck.

Il rejoignit Cartwright qui se penchait sur le véhicule cassé avec le cocher de Matilda. Non, ce n'était plus Matilda. *Lady Fairwell.*

— Peut-on le réparer ?

Cartwright, agenouillé dans la rue, leva le nez.

— Je crois que oui, my lord. Nous ferons de notre mieux pour corriger le problème dans les plus brefs délais. Philip et Fred sont en route avec des outils.

Beck savait que la situation était entre de bonnes mains avec ses palefreniers.

— Parfait. Faites-moi savoir si vous avez besoin de quoi que ce soit.

Il se retourna, et repartit vers la maison ; Gage le devança et lui ouvrit la porte.

Une fois à l'intérieur, le majordome referma derrière eux.

— Votre dernière amante en date, je suppose ? Lady Fairwell, je veux dire, pas Mme Law. Je serais choqué s'il s'agissait de cette dernière.

— Pourquoi ? Je suis persuadé que Mme Law a des distractions en dehors de son mariage. Avez-vous remarqué la façon dont elle vous regarde ?

Beck envoya à Gage un regard en coin teinté d'humour. Son majordome, un veuf, était plutôt beau. Partout où il allait, il attirait les regards, toutes classes confondues.

Gage leva les yeux au ciel.

— Je voulais dire que vous ne lui donneriez même pas l'heure. Ce n'est pas le genre de femme avec laquelle vous aimez passer du temps.

Non, effectivement. Il détestait les commères, et les gens qui se permettaient de juger en permanence.

— Oui, Lady Fairwell était ma dernière amante.

— Était, my lord ? Je devine que ce n'étaient pas des chansons sur elle que vous écriviez ce matin ? Ni des poèmes sur elle hier soir ?

— Oui, c'est du passé. Ce n'était qu'une liaison éphémère, ce qui me convient parfaitement.

En fait, il n'avait rien écrit sur Matilda. Le sujet de la nuit passée, comme souvent, avait été un produit de son imagination : une intellectuelle dont les qualités étaient ignorées au détriment de tous.

Soudain, il se rendit compte qu'il ne l'avait peut-être pas tout à fait inventée.

Chassant de sa tête l'image de Lady Lavinia, il pivota sur ses talons.

— Je retourne à ma correspondance.

Alors qu'il entrait dans son bureau, Beck se sentit de nouveau attiré par sa guitare. Une ballade commençait à s'imposer à son esprit, mais elle n'était pas encore tout à fait formée. Il allait la laisser se composer et mûrir, et plus tard, il l'écrirait. À moins qu'elle ne s'envole, comme tant d'autres idées.

Toutes ne méritaient pas d'être exprimées. Mais les meilleures d'entre elles pouvaient créer… de la magie.

CHAPITRE 3

Elle effleure le sable de sa démarche légère.
Sa chevelure cuivrée brille dans la lumière.
Sa parole est sûre, pleine de sagesse et d'esprit,
À son charme, je suis entièrement soumis.

-Extrait de *Ode à Lady Lavinia Gillingham*
Par le duc Galant

J'espère que le spectacle musical de ce soir sera divertissant.

Lavinia décida que c'était la seule façon de sauver sa soirée. Après qu'un second poème, intitulé *Une chanson pour Lady Lavinia Gillingham*, évoquant ses qualités, avait été publié dans le journal du matin, elle avait eu envie de se plonger dans un livre et de rester enfermée dans sa chambre pendant une semaine. Ses parents, en revanche, avaient d'autres projets.

Sa mère était ravie, et elle avait même insisté pour

entraîner Lavinia à Bond Street cet après-midi-là pour lui trouver une nouvelle tenue pour la soirée. Elle avait également insisté pour que Sarah, qui adorait faire les boutiques, les accompagne, et la jeune femme n'aurait jamais refusé une occasion d'avoir sa meilleure amie à ses côtés.

Elles avaient déniché une robe toute prête qui ne nécessitait que des retouches mineures, et Lavinia se retrouva donc habillée à la dernière mode pour la soirée. La robe était de couleur ivoire, avec un petit motif répétitif de fleurs roses et de feuilles vertes. L'ourlet comportait un large bord volanté et était surmonté de cocardes de soie rose. Les manches courtes et le corsage étaient également garnis de soie rose et d'un autre bord volanté. Une étole assortie complétait l'ensemble, ainsi qu'une paire de gants, des ballerines ivoire, et un bandeau pour sa tête orné d'un autre trio de cocardes roses. Entre les motifs floraux et la profusion de cocardes et de rose, elle avait l'impression d'être un véritable jardin.

Sarah lui avait assuré qu'elle serait ravissante et qu'elle susciterait la jalousie de toutes les femmes qui assisteraient à la représentation musicale. À son arrivée, Lavinia scruta le public pour tenter de retrouver Sarah, mais ne put la localiser. À sa place, elle aperçut Mlle Pemberton, qui avait reçu les attentions du duc Galant avant elle.

Sans attendre, elle se dirigea vers la jeune femme qui se tenait près d'un couple, sans doute ses parents. Les yeux de Mlle Pemberton s'illuminèrent avec reconnaissance lorsque Lavinia s'approcha.

— Bonsoir, Lady Lavinia.

— Bonsoir, mademoiselle Pemberton. Pourrions-nous aller faire un tour ?

— Oui, allons-y.

Mlle Pemberton se tourna vers sa mère et s'excusa, puis passa son bras dans celui de Lavinia. Elles se mirent à faire le tour du grand salon des Fortescue.

— Je suis ravie que vous soyez venue me parler.

— Je me suis dit qu'il serait plus prudent d'unir nos forces, répondit Lavinia.

Mlle Pemberton inclina sa tête blond pâle vers l'avant.

— À cause de cette histoire absurde de duc Galant.

Lavinia cligna des yeux, ravie d'entendre qu'elle pensait que c'était absurde.

— Je suis tellement contente que nous soyons d'accord ! C'est ridicule. Toute cette attention, je veux dire. Personne ne se souciait de qui j'étais ou de ce que je faisais avant qu'il écrive un poème.

— Un poème qui ne se base sur rien, ricana Mlle Pemberton. Je ne connais pas un seul gentleman qui pourrait, ou devrait, écrire de telles choses à mon sujet.

— Moi non plus. Ce devrait être un scandale, mais puisque cela a fonctionné pour trois jeunes ladies, soudain, cela devient acceptable.

— Enviable, même, ajouta Mlle Pemberton avec dégoût. Ma mère pense que c'est la meilleure chose qui pouvait m'arriver.

— La mienne aussi !

C'était si bon d'avoir une alliée ! Bien entendu, Sarah et Fanny s'étaient montrées d'un immense soutien, mais elles n'avaient pas à supporter cette situation, contrairement à Mlle Pemberton.

— Toute cette attention ne serait peut-être pas aussi gênante si les hommes étaient sincères.

Mlle Pemberton la scruta de ses yeux marron clair aux cils pâles.

Lavinia n'était pas forcément d'accord avec la première partie, mais la fin était vraie.

— Ils ne tarissent pas d'éloges, n'est-ce pas ?

— C'est un excellent choix de mot, constata l'autre jeune femme, pinçant les lèvres. Oui, c'est exactement ça. Et pourtant, trois femmes ont trouvé le bonheur.

— Du moins en apparence, nota Lavinia d'un air sombre.

— En fait, je peux attester de la satisfaction de Mlle Stewart. Elle est ravie d'épouser M. Allardyce dans quelques jours. Il semble qu'ils soient faits l'un pour l'autre.

Lavinia éprouva une légère pointe de jalousie, comme chaque fois qu'elle apprenait qu'un couple s'était marié par amour, à l'instar de son amie Diana, qui avait épousé le duc de Romsey deux mois plus tôt. En fait, Diana et Romsey étaient arrivés en ville la veille, et elle avait hâte de voir son amie.

— Je suis ravie d'apprendre la réussite de Mlle Stewart, affirma Lavinia.

— Si l'on considère le mariage comme une réussite, constata Mlle Pemberton avec une pointe de dédain indéniable dans la voix.

— Vous n'êtes pas favorable au mariage ?

La jeune femme haussa les épaules.

— Je déteste que l'on juge la « réussite » d'une femme à l'aune de sa capacité à se marier.

Lavinia s'arrêta net et se tourna vers Mlle Pemberton.

— C'est comme si nous avions été séparées à la naissance !

Mlle Pemberton éclata de rire.

— Sauf que vos cheveux sont beaucoup plus foncés, et que vous êtes bien plus grande que moi.

— De quelques centimètres seulement, constata Lavinia en souriant.

Elle se tourna à nouveau, et elles se remirent en marche.

— Je suis vraiment ravie que Mlle Stewart soit heureuse. C'est tout ce qui compte en réalité. Ce que les autres pensent n'a pas d'importance.

Avec un signe de tête, Mlle Pemberton tira sur le collier qui ornait sa gorge.

— Je suis d'accord. J'espère que Mlle Lennox est heureuse aussi.

— Nous devrions le découvrir, dit Lavinia, fronçant les sourcils. Malheureusement, cela n'aura pas d'importance si elle ne l'est pas : puisqu'elle est fiancée, c'est comme si elle était mariée.

— C'est vrai, confirma Mlle Pemberton avec un soupir. Les règles de la bonne société sont terribles, n'est-ce pas ? Il suffit de regarder le duc de Kilve et la duchesse de Romsey. Leurs fiançailles ont volé en éclats, ce qui n'a semblé gêner ni l'un ni l'autre, ni leurs nouveaux époux. Pourtant, ils se sont retrouvés au cœur de toutes sortes de rumeurs fantaisistes.

Elle parlait de Diana, l'amie de Lavinia.

— Il se trouve que je connais toutes les parties concernées, déclara cette dernière. Ils sont aussi heureux qu'on peut l'être.

Mlle Pemberton haussa les sourcils avec intérêt.

— Vous les connaissez ? Je suis vraiment heureuse d'apprendre que les choses se sont terminées comme elles auraient dû.

— Oui, mais cela n'empêchera pas une certaine partie de la bonne société de faire preuve de méchanceté à ce sujet.

Du moins, c'était ce à quoi Lavinia s'attendait. Elle avait déjà entendu des rumeurs au sujet de Diana et de son mari, et de Kilve et de sa femme, qui était une femme charmante dont elle avait fait la connaissance à l'automne précédent.

— Les gens adorent les commérages. Et plus ils sont obscènes, mieux c'est. Je suis navrée de vous dire que votre amie risque de traverser une période difficile, constata Mlle Pemberton qui laissa échapper un petit rire. D'un autre côté, cela détournera un peu l'attention de nous.

Lavinia n'aurait jamais souhaité que son amie souffre à sa place, mais elle admettait que Mlle Pemberton pouvait avoir raison.

— En fait, je devrais vous remercier, déclara Mlle Pemberton. Lorsque votre poème a été publié la semaine dernière, les choses se sont un peu calmées pour moi. Cependant, ma mère n'en était pas ravie…

Son ton indiquait qu'elle s'en moquait éperdument.

Lavinia éclata de rire.

— Heureuse d'avoir pu vous aider ! s'exclama-t-elle.

Elle plissa les yeux en scrutant le salon, alors qu'elles approchaient de leur point de départ.

— Qui croyez-vous qu'il soit ?

— Le duc Galant ? demanda la jeune femme, se joignant à elle pour examiner la foule. J'ai essayé de trouver, mais je n'imagine pas qui pourrait écrire ainsi. À moins que Lord Byron ne soit revenu à Londres sans que personne ne s'en aperçoive…

Lavinia rit à nouveau.

— Voilà qui ne passerait pas inaperçu !

— Vraiment pas ! confirma Mlle Pemberton avec un sourire. Je vous ferai savoir si je découvre des indices. J'ai cherché !

— Je me retrouve à écouter attentivement les gentlemen, pour tenter de déterminer s'ils parlent à un rythme similaire au poème.

Mlle Pemberton hocha la tête avec enthousiasme.

— Je fais la même chose. Malheureusement, cela pousse ces messieurs à croire que je suis très intéressée, ce qui n'est généralement pas le cas.

Elle afficha un autre sourire qui fit rire Lavinia.

— Je me demande pourquoi nous ne sommes pas devenues amies avant, constata Lavinia. Tu dois m'appeler Lavinia, et me tutoyer. Tu peux te joindre à mes amies, Mlle Sarah Colton et Mlle Frances Snowden, et à moi à tout moment.

Mlle Pemberton parut sincèrement surprise et ravie.

— Merci. Ma mère a tendance à me tenir en laisse, mais depuis les poèmes, elle commence à me lâcher la bride. Elle estime que je dois être accessible pour mes prétendants. Quoi que cela signifie.

— Bonté divine ! Elle n'essaie tout de même pas de te voir compromise ?

— Non, dit Mlle Pemberton, penchant la tête sur le côté. En tout cas, je ne l'imagine pas faire une telle chose. Elle est très prude. Honnêtement, cela fait bien longtemps que j'ai renoncé à essayer de la comprendre. Nous sommes radicalement différentes.

Lavinia pensa à sa propre mère, qui n'avait jamais essayé de comprendre les centres d'intérêt de sa fille. De temps en temps, son père l'entretenait de sujets scientifiques, mais ces conversations s'arrêtaient toujours lorsque sa mère entrait dans la pièce.

— Oui, je confirme, nous avons été séparées à la naissance !

Le rire léger de Mlle Pemberton flotta autour d'elles tandis qu'elle retirait son bras de celui de Lavinia.

— Alors, ma chère sœur, tu dois m'appeler Jane. Et maintenant, je constate que ma mère me regarde d'un œil qui augure d'un désastre. À la prochaine fois.

Elle fronça les sourcils, puis se retira.

La mère de Lavinia s'approcha à ce moment-là, et l'entraîna aussitôt dans l'autre direction.

— Te voilà, ma chérie. J'ai quelqu'un à te présenter.

Elles rejoignirent le côté opposé du salon, où un homme de taille moyenne, au large visage surmonté d'une paire de sourcils épais et foncés, se tenait aux côtés de son père.

— Te voilà ! l'accueillit son père avec un sourire. Sir Martin Riddock, permettez-moi de vous présenter ma fille, Lady Lavinia.

Lavinia fit une révérence au gentleman, qui devait avoir dans les trente-cinq ans.

— Ravie de vous rencontrer, Sir Martin.

Il s'inclina, mais très légèrement. On aurait dit que cela lui coûtait de le faire. Ou bien, se dit-elle plus charitablement, peut-être avait-il mal au dos.

— Le plaisir est pour moi, Lady Lavinia. Voulez-vous faire un tour ?

La jeune femme savait qu'elle n'avait pas vraiment le choix, et elle accepta son offre avec un sourire. Enroulant la main autour de son coude, elle lui demanda s'il aimait les spectacles musicaux.

Sir Martin la conduisit autour du salon dans la direction opposée à celle qu'elle avait prise avec Mlle Pemberton. En fait, c'était contraire à ce que tout le monde faisait, étant donné le flux de circulation, mais Sir Martin ne semblait pas s'en préoccuper.

— De manière générale, je n'aime pas particulièrement la musique, mais il m'arrive parfois d'être séduit par un morceau. Les Fortescue sont des amis de ma mère.

— Je vois.

Pas de musique. Elle n'osait pas lui demander s'il aimait les pierres ou la terre.

— Je préfère les chevaux et l'astronomie.

Sa déclaration piqua la curiosité de Lavinia.

— L'astronomie ?

— Les étoiles et le ciel, répondit-il d'un ton condescendant.

Clairement, il avait cru qu'elle ignorait ce que ce mot signifiait.

— Je suis assez versée en astronomie, l'informa-t-elle poliment.

Peut-être *trop* poliment. Elle aurait voulu lui dire : « *Caroline Herschel est une de mes héroïnes* », mais au lieu de cela, elle suivit les directives de sa mère lui intimant de ne pas discuter de sciences. Mais cela lui brûlait les lèvres, vu qu'il avait abordé le sujet.

Sir Martin lui jeta un coup d'œil ; il la dominait de quinze bons centimètres.

— Vraiment ? J'espère être nommé membre de la Royal Society[1] dans les prochaines années.

Lavinia faillit trébucher. Elle rencontrait un célibataire susceptible de vouloir lui faire la cour, et pour quelle autre raison l'aurait-il invitée à se promener, et qui était un scientifique ? Elle en resta momentanément sans voix, ce qui était rare. Et c'était une bonne chose puisqu'elle avait vraiment envie de lui dire qu'elle était géologue amateur, mais qu'elle ne devait pas le faire.

— Je ne vous ennuierai pas avec les détails. Si le ciel était plus clair, je vous emmènerais sur le balcon et vous montrerais Orion. Nous nous reverrons peut-être lors d'une soirée où la visibilité sera meilleure.

— Je m'en réjouis, merci.

— J'imagine que les chevaux vous intéressent davantage. Montez-vous ?

— Oui.

Mais les chevaux étaient loin d'être aussi intéressants que les étoiles, les planètes et les comètes.

— Laissez-moi vous parler de ma monture préférée.

Il sourit, révélant brièvement des dents qui n'étaient pas particulièrement régulières. Puis il se lança dans une description de son cheval, de son allure et de son tempérament, et lorsqu'ils revinrent auprès de sa mère, elle se demanda pourquoi il ne courtisait pas plutôt l'animal.

Heureusement, Sarah et Fanny n'étaient pas loin et, après le départ de Sir Martin, Lavinia put aller leur parler. La représentation était sur le point de commencer.

— Ton ensemble te plaît-il un peu plus que cet après-midi ? s'enquit Sarah au moment où elles trouvaient trois sièges à mi-chemin de l'estrade. Il est très élégant.

Fanny lui jeta un coup d'œil alors qu'elles s'asseyaient.

— Tu ne l'aimes pas ?

— Je me sens plutôt… fleurie, dit Lavinia en baissant les yeux sur sa tenue.

— Je trouve cette tenue ravissante, déclara Fanny. J'adore le bandeau dans tes cheveux.

Instinctivement, Lavinia porta la main à sa tête. Sa femme de chambre avait soigneusement bouclé ses épaisses mèches légèrement ondulées, et avait arrangé sa coiffure.

— Merci. Simplement, ce n'est pas ce à quoi je suis habituée.

— Avec qui étais-tu en train de te promener ? s'enquit Fanny, baissant la voix alors que d'autres personnes s'installaient.

Lavinia, assise entre Fanny et Sarah, jeta un coup d'œil autour d'elle et, en plissant les yeux comme d'habitude, aperçut Sir Martin assis quelques rangs derrière. Elle plissa davantage les yeux en apercevant une silhouette familière au fond de la salle. Lord Northam était appuyé contre l'encadrement de la porte, les bras croisés. Il semblait balayer la pièce du regard, la tête en mouvement, et elle regretta de ne pas avoir ses lunettes ; puis, soudain, il s'arrêta. Et il la fixa. La vue de Lavinia n'était peut-être pas tout à fait fiable, mais elle *sentait* qu'il la scrutait jusqu'aux os.

— Je crois que c'était Sir Marvin ou quelque chose comme ça, dit Sarah, pendant que Lavinia essayait de retrouver sa langue.

— Sir Martin, corrigea-t-elle. Riddock. Sir Martin Riddock.

Sarah lui jeta un regard empreint de curiosité.

— Comment était-il ?

— Un peu ennuyeux, mais il a du potentiel, répondit-elle.

Enfin, si elle pouvait l'amener à cesser de parler de chevaux, et à se concentrer sur le ciel.

— Il est astronome et espère devenir membre de la Royal Society.

Les yeux de Sarah s'illuminèrent.

— C'est merveilleux ! Le duc Galant a peut-être aidé, après tout.

Étouffant un gémissement, Lavinia tenta d'ignorer les regards de trop nombreuses personnes, curieuses de percevoir pourquoi le duc Galant avait choisi d'écrire sur elle. Elle aussi voulait le savoir.

Elle s'installa et regarda droit devant elle, ignorant les regards indiscrets, tandis que les musiciens prenaient place sur l'estrade. Elle ne voulait pas de l'aide du duc Galant. Il devait cesser de se mêler de ce qui ne le regardait pas avant que cela ne cause des problèmes. Elle ferait tout ce qui était en son pouvoir pour découvrir son identité, et s'assurer qu'il mette un terme à son projet irréfléchi.

~

*L*a prestation musicale devait être assurée par un quintette à cordes. Il était rare qu'il y ait une guitare, mais ce soir-là, Beck allait se régaler. Du moins l'espérait-il. La jeune Mlle Fortescue débutait avec cet instrument, et il était impatient de l'entendre jouer.

Guitare ou pas, il manquait rarement un spectacle musical. Généralement, il arrivait juste au moment où la prestation commençait, puis s'éclipsait pendant les applaudissements. À quelques occasions, il tentait de s'entretenir avec les musiciens, mais la conversation restait relativement superficielle. Il ne cachait pas son intérêt pour la musique. Simplement, il restait discret sur cet aspect de sa vie, et personne n'avait besoin de savoir à quel point cela l'affectait.

Ou à quel point il en avait besoin.

Il avait déjà entendu les Fortescue jouer, et s'ils étaient doués, ils manquaient d'un certain panache. Au milieu du premier morceau, Beck constata que le jeune guitariste souffrait de la même carence. Il aurait aimé prendre la jeune fille à part, et lui montrer comment s'abandonner à la musique. Peut-être était-elle simplement nerveuse. Lui le serait sans doute à sa place, même s'il n'avait jamais joué devant un public autre que ses amis à l'école. À cet égard, les Fortescue avaient une longueur d'avance sur lui.

Alors que son intérêt pour la musique faiblissait, son attention ne cessait de dériver vers le milieu de la salle, où Lady Lavinia était assise entre ses amies. Plus il l'observait, plus il se rendait compte qu'elle plissait les yeux. Presque constamment. Du moins, lorsqu'elle essayait de se concentrer sur l'estrade. De temps à autre, ses traits se détendaient et elle fermait simplement les yeux pour écouter, les lèvres retroussées en un léger sourire. Apparemment, elle appréciait la musique.

Cela lui procurait une satisfaction inexplicable. Il se dit qu'il était toujours ravi lorsque quelqu'un semblait aimer la musique. Et pas seulement pour danser, mais pour le simple plaisir d'être transporté par une mélodie ou de simples notes qui touchaient une corde sensible.

Il promena son regard sur les spectateurs qui, pour la plupart, étaient beaucoup moins intéressés que Lady Lavinia. Plus la prestation musicale avançait, plus il s'attardait sur elle.

Puis les Fortescue se lancèrent dans un morceau qui lui coupa le souffle. La jeune guitariste joua un solo, et il apparut que, oui, elle avait sans doute été nerveuse. Beck ferma momentanément les yeux et se surprit à la pousser à aller de l'avant, comme si elle pouvait entendre ses pensées encourageantes. Ce qu'elle semblait faire ; ses notes grimpèrent, cascadèrent, le transportant ailleurs.

Il ouvrit les yeux lorsque les autres se remirent à jouer. Une fois encore, son regard se posa sur Lady Lavinia. Mais cette fois, elle avait la tête tournée, et ses yeux plissés de myope étaient dirigés vers lui.

L'avait-elle observé pendant qu'il écoutait le guitariste ? Soudain, il se sentit exposé, et il n'était pas sûr d'aimer cette sensation.

Elle reporta son attention sur l'estrade, mais il fallut quelques instants pour que le pouls de Beck ralentisse. Le reste de la représentation passa assez vite, avec seulement deux autres morceaux, tous deux moins bons que le solo de la guitariste.

Lorsque tout le monde se leva pour applaudir les musiciens, Beck envisagea de partir. Cependant, il tenait à féliciter la jeune guitariste et à lui dire de continuer à jouer, quoi qu'il arrive.

Sauf que les gens se pressaient autour des musiciens et que Beck ne voulait pas avoir à se frayer un chemin jusqu'à l'avant. Au lieu de cela, il se retrouva face à Lady Lavinia.

— Bonsoir, Lady Lavinia. Avez-vous apprécié le spectacle ?

— Oui, merci. Et vous ?

— Oui, la guitariste était très douée.

— C'est ce que j'ai pensé aussi. Je n'ai pas entendu beaucoup de guitaristes, mais j'aime le son de cet instrument. Je me demande s'il est difficile d'en jouer.

— Cela dépend, dit-il avant de pouvoir se censurer.

Elle haussa légèrement ses sourcils auburn foncé.

— Vous jouez ?

— Un peu.

Il voulait absolument changer de sujet. Sa musique était la

partie la plus intime de lui-même, avec ses textes et ses poèmes. Mais depuis qu'il avait commencé à partager certains d'entre eux, au profit des jeunes femmes qu'il cherchait à aider, il ne lui restait plus que la musique, en réalité.

— J'ai remarqué que vous plissiez les yeux en regardant l'estrade.

Une légère teinte rose envahit les joues de la jeune femme.

— J'essayais de voir ce qu'elle faisait avec ses doigts sur les cordes.

— Je vous ai aussi vue plisser les yeux en observant la salle, et dans le parc également. Avez-vous des lunettes ?

— Oui.

— Vous devriez les porter, lui dit-il en baissant la voix, se rapprochant d'elle. Elles n'enlèveraient rien à votre beauté.

Sa rougeur s'accentua.

— Je n'en ai pas le droit.

Il cilla, pensant avoir mal entendu.

— Pas… le droit ?

— En dépit de votre opinion, ma mère dit qu'elles ne sont pas flatteuses pour mon visage.

Elle inclina la tête sur le côté, et sembla surmonter un peu son embarras.

Il se sentait atrocement mal de l'avoir perturbée.

— Mes excuses. Je ne voulais pas vous mettre mal à l'aise. Vous ne devriez pas avoir à plisser les yeux pour voir.

— J'ai essayé de faire valoir que le fait de plisser les yeux me donnerait des rides précoces, dit-elle d'un ton ironique, ce qui le fit rire.

Il appréciait vraiment son esprit.

— Ma mère, elle, pense que ce n'est qu'une excuse.

— Que ferait-elle si vous les portiez quand même ?

Le coin de la bouche de Lavinia se releva en un petit sourire.

— Seriez-vous en train de m'encourager à me rebeller, Lord Northam ?

— Peut-être, murmura-t-il, songeant qu'une Lady Lavinia rebelle serait une chose formidable et plutôt excitante.

Excitante ?

— À l'automne dernier, j'ai participé à un concours de tir à l'arc. J'étais très heureuse de pouvoir toucher le bas de la cible, ne serait-ce qu'un instant. La flèche est retombée, expliqua-t-elle. J'aurais peut-être dû l'envoyer dans un endroit dangereux, cela aurait sans doute convaincu mes parents que je devais porter mes lunettes.

— Dangereux ? Voulez-vous dire que vous auriez dû toucher quelqu'un ?

Elle haussa les épaules.

— Ou peut-être juste m'en approcher.

— Sauf qu'il est possible que vous ne voyiez pas assez bien pour faire cette distinction.

Elle plissa légèrement les yeux.

— Si seulement mes parents étaient aussi perspicaces que vous !

Il rit à nouveau. Il appréciait sa compagnie.

— C'est plutôt injuste, n'est-ce pas ? Les jeunes femmes sont soumises à des règles ridiculement contraignantes dans la société. Je dois dire que parfois je suis heureux de ne pas en être une.

Elle cilla, posant sur lui un regard pénétrant, et il eut l'impression qu'à cette distance, rien ne lui échappait.

— Je me demande si je dois me sentir insultée.

Il était vraiment en train de tout gâcher. D'abord, il l'avait mise mal à l'aise, et maintenant il l'insultait.

— Pas du tout. J'essayais de compatir, et j'ai lamentablement échoué.

— Tout va bien. Je crois avoir compris ce que vous vouliez dire. Je vous taquinais un peu... c'est le genre de chose qui arrive lorsqu'on a un grand frère et qu'on a été taquinée, ce qui est mon cas. Avez-vous des frères et sœurs, Lord Northam ?

Un élan de chagrin lui transperça la poitrine, mais il referma résolument la porte sur le passé et s'accrocha à l'instant présent.

— Un demi-frère plus jeune.

— Je suis sûre que vous le taquinez.

— Non, il est un peu trop jeune, il n'a que onze ans, dit Beck. Je suis vraiment navré de votre situation, en ce qui concerne les lunettes.

— Tout va bien. J'ai dû apprendre à accepter les désagréments. Comme toute cette attention qui se porte sur moi à cause de ce duc Galant.

Son ton acerbe le rendit nerveux.

— Qu'a-t-il fait ?

Ses yeux d'un brun riche et épicé s'écarquillèrent.

— N'avez-vous pas entendu parler de lui ? Il écrit des poèmes à propos de femmes dont il semble penser qu'elles ont besoin d'aide sur le marché du mariage. C'est incroyablement présomptueux. Et prétentieux. Et beaucoup d'autres mots qui se terminent par « eux », j'en suis sûre.

— Oh, oui ! dit-il, et il eut soudain l'impression que sa cravate se resserrait. Présomptueux, dans quel sens ?

— De multiples façons. D'abord, comment pourrait-il connaître la situation de ces jeunes femmes ? Peut-être ont-elles de très bonnes raisons de ne pas être encore mariées.

Le malaise de Beck prit racine, et se mit à croître.

— Est-ce le cas pour vous ?

— J'ai mes raisons, répondit-elle vaguement. De toute façon, ce ne sont pas ses affaires. Il ne me connaît même pas.

— Alors, vous savez qui il est ?

Elle n'en savait rien, bien entendu.

— Non, mais j'aimerais bien, pour pouvoir lui dire précisément ce que je pense de son projet.

Elle était loin de se douter…

— Comment savez-vous qu'il ne vous connaît pas ? Il a dû au moins entendre parler de vous.

— Oui, semble-t-il, mais je n'ai pas la moindre idée de qui il s'agit. J'ai l'intention de le découvrir. Tout comme Mlle Pemberton, une autre des pauvres jeunes femmes sur lesquelles il a jeté son dévolu.

Beck se sentait un peu nauséeux.

— Vous vous plaignez donc du fait qu'il apporte son aide là où il n'y en a pas besoin ?

— Oui, et il encourage toutes sortes d'hommes à se faufiler depuis la périphérie et à tenter un rapprochement.

— Avez-vous été ennuyée ?

Il se prépara à recevoir une réponse qu'il n'apprécierait pas.

— Pas précisément, dit-elle, et sa réponse lui apporta un minimum de réconfort. Mes parents sont plutôt doués pour décourager les chasseurs de fortune et les arrivistes. Mais cela m'a mise en vedette et a fait de moi une marchandise.

— N'est-ce pas le principe même du marché du mariage ?

Il avait beau mépriser ce concept, il savait que c'était l'unique moyen pour de nombreuses jeunes femmes de leur classe de trouver un mari.

— C'est précisément pour cette raison que je préfère faire tapisserie. L'homme qui me convient me trouvera, ou je le trouverai, sans quoi je coifferai volontiers Sainte-Catherine. Je préfère de loin être célibataire que malheureuse. Je devrais plutôt préciser : *mal-aimée*.

Il était totalement séduit par l'argumentaire de la jeune femme.

— L'amour est important ?

— L'amour est ce qu'il y a de plus important, je pense.

Ainsi que la compatibilité. Je suppose que je pourrais renoncer au premier si je pouvais être certaine d'avoir la seconde, affirma Lavinia.

Soudain, elle se redressa, et ses traits se crispèrent.

— Doux Jésus ! Ma mère arrive, et elle amène un autre gentleman. Ne voit-elle pas que je suis en train de discuter avec un marquis ? Peut-être devriez-vous rester à mes côtés indéfiniment cette saison, afin de conjurer cette absurdité que le duc Galant a créée.

— Si je pensais que cela pouvait aider, je le ferais.

Beck tentait désespérément de réfléchir à ce qu'il pourrait imaginer pour corriger cette situation. Bon sang ! Mais qu'avait-il fait ?

Furieux contre lui-même et globalement désabusé, il décida qu'il ne pouvait pas affronter sa mère et quiconque l'accompagnait.

— Pardonnez-moi si je prends congé de vous pour l'instant, dit-il en lui faisant une révérence.

— Vous me quittez ? Où allez-vous ?

— Faire des… choses immorales.

Il lui adressa un clin d'œil pour faire bonne mesure et vit une lueur de quelque chose dans ses yeux.

De l'excitation ?

Encore ce mot.

— Bonsoir, Lady Lavinia. En attendant la prochaine fois, où je serai votre fidèle défenseur contre les masses envahissantes.

Il quitta le salon le plus rapidement possible, sans oser jeter un regard en arrière.

CHAPITRE 4

*L*e lendemain, Lavinia accompagna sa mère au parc. L'après-midi était ensoleillé, mais un peu frais. Au moins, il n'allait pas pleuvoir.

— Pensez-vous voir le marquis de Northam aujourd'hui ? lui demanda sa mère alors qu'elles approchaient de Grosvenor Gate.

— Non.

Après leur conversation plutôt agréable la veille lors de la représentation musicale, il avait dit qu'il devait aller faire des choses immorales. Elle ne pouvait qu'imaginer de quoi il s'agissait. Une chaleur soudaine remonta le long de sa colonne vertébrale et elle sentit la pression de ses lèvres sur son cou, comme s'il se tenait à côté d'elle.

— Pourquoi pas ? s'enquit-elle, l'air contrarié. Ton père et moi espérions qu'il envisageait peut-être de te faire la cour.

— Ce n'est pas le cas. Avez-vous oublié que c'est un séducteur ?

— Non, mais même les séducteurs doivent se marier lorsqu'ils ont un titre. Peut-être seras-tu celle qui l'apprivoisera.

Elle tourna vers Lavinia un sourire impatient.

Elles franchirent la porte tandis que la jeune femme demandait :

— Ces hommes peuvent-ils se racheter ?

Sa mère la regarda en cillant.

— Est-ce vraiment important lorsqu'ils sont marquis ?

Un sentiment de dégoût envahit Lavinia. Impatiente de s'éloigner de sa mère, elle plissa les yeux en scrutant le parc jusqu'à ce qu'elle aperçoive Sarah. Mais avant qu'elle puisse partir, sa mère posa une main sur son avant-bras.

— Tu ne peux pas partir avec tes amies aujourd'hui. Tu dois t'attarder ici, pour qu'un gentleman puisse t'inviter à te promener.

— Et si personne ne le fait ? demanda Lavinia d'un ton doux.

— L'un d'entre eux le fera. Les choses changent, ma chérie. Tu es la fille d'un comte, tu as un visage agréable, et une dot. Il ne te manquait qu'un peu de notoriété pour te mettre en avant, et grâce au duc Galant, tu l'as maintenant. Tu seras bientôt mariée.

— Grâce au duc Galant.

Elle serra les dents en essayant de ne pas laisser transparaître le sarcasme dans son ton, mais lorsqu'elle vit les yeux plissés de sa mère, elle comprit qu'elle avait échoué.

— Tu devrais apprendre à te montrer reconnaissante.

— Je suis très reconnaissante pour beaucoup de choses : j'ai un foyer, une famille, dit-elle, quand bien même ils la frustraient énormément, j'ai la capacité de lire et d'apprendre, et tant d'autres choses encore. Pardonne-moi si je ne ressens pas l'urgence de me marier comme toi. Cela viendra en son temps. Vous savez que l'amour est important pour moi.

— Oui, nous le savons, mais cela fait trois ans, et il ne s'est rien produit du tout. Si tu traînes encore, tu vas perdre toutes tes chances. Tu ne veux pas être seule, n'est-ce pas ?

Avant qu'elle ne puisse répondre, un gentleman s'approcha. Il était de petite taille, avec des yeux bleu clair et une silhouette plutôt mince. Lavinia s'efforça de se souvenir de son nom. Elle avait rencontré tellement de nouvelles personnes au cours des derniers jours !

Sa mère vint à sa rescousse.

— Lord Fielding, comment allez-vous ?

— Très bien, merci, répondit-il en s'inclinant devant la comtesse, puis devant Lavinia. Bonjour, Lady Lavinia. J'espérais que nous pourrions aller faire un tour.

Lavinia se maudit d'être restée trop longtemps avec sa mère. Maintenant, elle n'allait pas pouvoir discuter avec Sarah. En tout cas, pas avant un quart d'heure.

— Certainement.

Elle s'obligea à sourire, et prit le bras que Lord Fielding lui offrait.

— C'est une belle journée, dit-il. On dirait que le printemps est dans l'air.

— Toutefois, il risque de faire froid ce soir.

Il hocha la tête.

— Peut-être. Ce soir a lieu le bal de Lady Abercrombie. Y serez-vous ?

— Oui. Et vous ?

— Moi aussi. Vous devez me réserver une danse.

Elle devait ? Ce n'était pas comme si elle pouvait refuser. À moins que... Croirait-il qu'elle avait déjà assez de partenaires ? Dommage, ce n'était pas le cas.

Elle s'obligea à dire :

— J'en serai ravie.

Un sentiment d'irritation lui pesait sur les épaules. Elle plissa les yeux et vit Fanny arriver et rejoindre Sarah. Elle en ressentit une vive jalousie. Ses amies regardèrent dans sa direction, et Sarah lui adressa un vague petit signe de la main. Si Lavinia ne pouvait percevoir leurs expressions exactes, elle les imaginait pleines d'empathie.

— Avez-vous une danse préférée ? s'enquit Lord Fielding.

Elle eut à peine le temps de répondre « pas particulièrement » qu'il se lança dans une longue comparaison des danses anglaises et des parties qui étaient meilleures que d'autres. Lorsqu'ils revinrent vers sa mère, Lavinia se rendit compte qu'elle accélérait le pas afin de terminer la promenade au plus vite.

Ils croisèrent un autre couple sur le sentier, et Lavinia constata, un instant trop tard, que la jeune femme était Mlle Lennox. Ralentissant, elle tourna la tête.

— Il y a un problème ? s'enquit Lord Fielding.

— Non, j'étais juste...

Il ne sembla pas entendre autre chose que « non » et poursuivit son monologue sur les danses, lui précisant que sa préférée était le menuet. Zut ! Elle aurait vraiment voulu parler à Mlle Lennox.

Enfin, Lord Fielding la ramena auprès de la comtesse, mais elle fut à nouveau déçue, car un autre gentleman vint aussitôt solliciter une promenade. Elle lança un regard envieux à ses amies, puis plissa les yeux assez fort pour voir qu'elles la regardaient avec une sorte de pitié.

Gémissant intérieurement, Lavinia accepta le bras de

M. Barkby, et ils suivirent le même sentier qu'elle avait emprunté avec Fielding.

— Vous ai-je vue chez les Fortescue hier soir ? s'enquit-il.

— J'étais là, oui.

Elle ne l'y avait pas vu, mais elle ne le dirait pas.

— Je n'ai pas particulièrement apprécié, et vous ?

— Moi oui, en fait.

— Vraiment ? demanda-t-il, l'air très surpris. Qu'est-ce qui vous a plu ?

— Ils étaient tous très doués. La guitariste a fait montre d'une incroyable habileté.

Il fit claquer sa langue.

— Je ne l'ai pas aimée. Mais si je dois assister à une représentation musicale, je préfère écouter une soprano.

Elle tourna la tête vers lui.

— Pourquoi assister à celle d'hier soir, alors ?

Il croisa son regard sans la moindre ironie.

— Parce que c'est ce que l'on fait pendant la saison.

M. Barkby passa le reste de leur promenade à l'entretenir de ses sopranos préférées. Quand ils revinrent auprès de sa mère, Lavinia se faisait l'effet d'une fleur flétrie, en manque d'eau et de soleil, et envisageait de pleurer de frustration.

Un autre gentleman l'attendait déjà pour aller se promener avec elle. Lavinia avait envie de hurler, mais à cet instant, son regard se posa sur Lord Northam qui se trouvait non loin. Assez près pour qu'elle puisse le voir sans trop forcer sur ses yeux. Elle lui adressa un regard suppliant ; s'il y avait un moment idéal pour jouer le rôle de défenseur, c'était maintenant.

Il parut comprendre, car il s'avança vers elle à grands pas. Elle soupira de soulagement lorsque sa mère reporta son attention sur le gentleman qui se trouvait déjà là.

— Lavinia, voici Lord Devaney. Lord Devaney, permettez-moi de vous présenter ma fille Lady Lavinia.

Il s'inclina pendant qu'elle faisait la révérence, au moment où Northam arriva.

— Bonjour, les salua-t-il avec un sourire.

Devaney mesurait quelques centimètres de moins que Northam, qui devait faire plus d'un mètre quatre-vingt-cinq, mais il devait avoir cinq ans de plus que lui. Le nez de Devaney était un peu long et ses lèvres un peu minces. Il se tourna pour saluer le marquis.

— Bonjour, Northam.

Lord Northam hésita, et Lavinia identifia son problème, car elle avait déjà eu le même : ne pas se souvenir du nom de quelqu'un.

— Lord Devaney, appréciez-vous le parc aujourd'hui ? demanda-t-elle, non pas par politesse, mais parce qu'elle voulait prononcer son nom, de sorte que le marquis le connaisse.

— Bonjour, Devaney, le salua Northam.

De son œil gauche, le plus proche d'elle, il lui envoya un rapide regard reconnaissant.

Devaney renifla et reporta son attention sur la jeune femme.

— Le parc est très beau aujourd'hui, Lady Lavinia. Il le sera encore plus si vous marchez à mes côtés.

— En fait, elle a déjà prévu de le faire avec moi, nous avons organisé cela hier soir chez les Fortescue.

Il afficha un sourire neutre en se rapprochant de Lavinia.

Bonté divine ! C'était un petit mensonge sur lequel sa mère ne manquerait pas de l'interroger. La jeune femme pouvait déjà l'entendre. « *Pourquoi m'as-tu dit que tu n'avais pas prévu de voir le marquis aujourd'hui, alors que c'était manifestement le cas ?* » Avec un peu de chance, elle parviendrait à plaider l'oubli de manière crédible.

— Eh bien, vu que je suis arrivé ici le premier, je suppose

que vous devrez attendre que nous ayons terminé, déclara Devaney.

Il parlait d'un ton assez plaisant, mais on sentait qu'il était tendu. Il jeta un coup d'œil vers l'horizon.

— Toutefois, si nous prenons trop de temps, vous risquez de ne plus avoir assez de lumière, affirma-t-il en jetant un regard acerbe et moqueur à Northam. Ce serait dommage.

— Effectivement. Et à cause de cela, et de notre accord préalable, elle devrait venir marcher avec moi.

Northam afficha un nouveau sourire, mais qui n'atteignait pas ses yeux. Il se rapprocha davantage de Lavinia.

Sa mère leva les mains, paumes tendues vers eux.

— Messieurs, n'allez pas vous battre au sujet de ma fille.

Elle rit, et sa joie était presque palpable aux yeux de Lavinia.

— Nous n'allons pas nous battre, affirma Devaney en regardant Northam de haut ; du moins essaya-t-il. Elle va venir se promener avec moi maintenant, et s'il reste du temps, Northam pourra l'emmener faire un tour rapide.

Lavinia n'arrivait pas à y croire. C'était totalement absurde. Oh ! Comme elle aurait aimé étrangler le duc Galant !

— Évanouissez-vous.

Le léger murmure lui parvint et elle jeta un regard vers Northam, qui inclina légèrement la tête pour lui indiquer qu'elle devait se laisser tomber. Était-il fou ?

Non, il essayait de résoudre ce dilemme. Ou alors, elle pouvait tout simplement aller marcher avec Devaney.

Au final, elle n'avait absolument pas le choix. Elle fléchit les genoux, battit des paupières, et se laissa tomber au sol.

Mais elle n'atteignit pas le sentier, car les bras chauds et forts du marquis de Northam, séducteur notoire, la rattrapèrent avant.

~

*B*eck la souleva dans ses bras, ce qui n'était pas chose aisée, car elle était plus grande que la moyenne des jeunes femmes. Ce n'était pas non plus un stratagème très bien pensé pour l'aider à éviter d'attirer l'attention. Cette aventure lui vaudrait sans doute d'être la femme la plus remarquée de Londres pendant les quelques jours à venir au moins.

Mais il était trop tard pour changer de cap, alors il se tourna vers sa mère.

— Où se trouve votre véhicule ?

Les yeux écarquillés, elle secoua la tête.

— Nous n'en avons pas pris.

— J'ai mon carrick.

Il inclina la tête en direction de Grosvenor Gate, où son véhicule restait stationné avec l'un de ses palefreniers. Il avait amené Philip avec lui pour surveiller le véhicule.

— Je peux la ramener chez vous. Quelle est votre adresse ?

— Vingt-cinq, Park Street, répondit la comtesse, l'air préoccupé. Je vous y rejoindrai.

Beck hocha la tête avant de tourner sur ses talons et de porter Lady Lavinia jusqu'à sa voiture. Tout le monde se retourna sur leur passage. Les paupières de la jeune femme se mirent à papillonner.

— Gardez les yeux fermés, murmura-t-il.

Ses deux amies, Mlle Colton et Mlle Snowden, s'approchèrent de lui. Leur visage était également marqué par l'inquiétude, peut-être plus encore que celui de la comtesse.

— Que s'est-il passé ? s'enquit Mlle Colton.

— Je vais bien, dit Lady Lavinia à voix basse, mais avec vigueur, en gardant les yeux fermés. Lord Northam me sauve d'une situation intenable. Je vous en parlerai plus tard au bal.

Les deux jeunes femmes se détendirent visiblement, et Beck continua sa route jusqu'à son carrick. Il la déposa dans le véhicule, la calant contre le coussin.

— Gardez les yeux fermés jusqu'à ce que nous démarrions, lui intima-t-il avant de s'adresser à son palefrenier. Philip, je dois conduire Lady Lavinia chez elle. Retrouvez-moi à la maison, s'il vous plaît.

— Oui, my lord.

Il attendit pour partir que Beck soit monté et ait mis en route le carrick sur le chemin.

— Puis-je ouvrir les yeux ? s'enquit-elle.

— Oui.

Il la regarda alors qu'elle ouvrait les yeux et surveillait la route par le côté du véhicule.

— Eh bien, c'était une façon comme une autre de me sortir de cette situation, je suppose, constata-t-elle en s'asseyant sur le siège lorsqu'ils quittèrent le parc. J'ai plus que jamais envie d'étrangler ce maudit duc Galant.

Il grimaça, puis lui jeta un regard pour voir si elle l'avait remarqué. Elle n'en avait pas l'air ; elle était en train de rajuster son chapeau qu'il avait mis de travers en la portant jusqu'au carrick.

— J'ai voulu aider ! lui dit-il.

— Ce que j'apprécie. Ce n'est pas de votre faute si Lord Devaney s'est comporté comme un imbécile prétentieux. Ce n'est pas non plus votre faute si le duc Galant a causé ce désordre.

Mais il était responsable, bien sûr.

— Je me demande s'il se rend compte que vous ne tenez pas à ce qu'il vous vienne en aide.

— C'est une possibilité. Peut-être devrais-je lui écrire une lettre et la faire publier dans le *Morning Chronicle*.

Elle inclina la tête sur le côté, plissant légèrement les yeux, mais pas pour mieux voir. Elle réfléchissait.

— Oui, c'est une excellente idée.

Plutôt que de se concentrer sur ses regrets ou sa gêne, il tenta de faire de l'humour pour détendre l'atmosphère.

— Avez-vous l'intention d'employer de la poésie ?

— Bonté divine, non ! C'est une compétence plutôt unique à mon sens. Du moins, être bon dans ce domaine. Et le duc l'est assurément. Malgré tous ses défauts, et je veux bien lui en reconnaître beaucoup, il sait manier la plume.

Cela procura un absurde sentiment de joie à Beck, qu'il mit de côté.

— Je m'excuse d'avoir eu recours à une mesure radicale. Je n'ai pas su imaginer un autre moyen pour vous éviter de vous promener avec Devaney ou, ce qui était peut-être plus probable, d'assister à une bagarre à coups de poing.

Elle tourna son corps vers lui.

— Croyez-vous qu'il vous aurait frappé ?

Beck haussa les épaules.

— *Moi*, j'aurais pu le frapper.

Il coula un regard vers elle et vit ses yeux s'écarquiller brièvement.

— Vous êtes-vous déjà battu ?

— À Oxford. Felix, enfin, le comte de Ware et moi nous sommes attirés pas mal d'ennuis. Ware organisait des matchs de boxe amateur. Ils se transformaient généralement en bagarres d'ivrognes, avec de moins en moins de combats et de plus en plus d'alcool à mesure que la soirée avançait, lui expliqua-t-il.

Il grimaça à nouveau, et cette fois, il savait qu'elle l'avait vu.

— Mes excuses. Ce n'est pas un sujet de conversation très approprié pour une jeune femme.

— Peut-être pas, mais c'est bien plus intéressant que les danses préférées de Lord Fielding ou le penchant de M. Barkby pour les sopranos.

— De quoi parlez-vous ?

Elle agita la main.

— Rien. Ce sont simplement les sujets que j'ai été contrainte d'écouter dans le parc. Je suis certaine que vous m'avez évité de m'ennuyer avec Lord Devaney. Je suis convaincue qu'il aurait trouvé un sujet de conversation qui n'aurait amusé que lui, et qu'il n'aurait même pas remarqué mon indifférence. Pourquoi Sir Martin n'était-il pas là aujourd'hui ? Au moins, il a le potentiel pour être intéressant.

— Pourquoi cela ?

— Il s'intéresse aux sciences, et plus particulièrement à l'astronomie

— Sujets qui, bien sûr, vous intéressent beaucoup plus.

Pour une raison étrange, il était heureux que Sir Martin n'ait pas été là.

— Beaucoup plus, effectivement, confirma-t-elle.

Elle fit un geste vers le côté droit de la rue alors qu'ils approchaient de l'intersection avec Mount Street.

— Ma maison est juste là

Il repéra le numéro vingt-cinq.

— Pendant que nous sommes encore seuls, permettez-moi de m'excuser à nouveau pour ce qui s'est passé dans le parc.

— Je ne vous en veux pas du tout.

— Vous pourriez, car cela ne fera qu'accroître votre notoriété.

— Zut ! Vous avez peut-être raison. Non, vous *avez* raison.

Elle bascula la tête en arrière, et laissa échapper un soupir de frustration.

Il immobilisa le carrick et en descendit. Après avoir contourné l'arrière du véhicule, il l'aida à poser le pied dans la rue.

— Je regrette le désagrément que cela va vous causer.

— Ce n'est pas votre faute. C'est entièrement dû à l'indiscret duc Galant. Sans lui, votre intervention n'aurait même pas été nécessaire. Sans lui, j'aurais pu profiter d'une agréable promenade dans le parc avec mes amies.

Le cerveau de Beck travaillait d'arrache-pied pour trouver un moyen d'arranger les choses pour elle. S'il le pouvait. Il ne voulait surtout pas aggraver la situation, comme il l'avait probablement fait aujourd'hui. Il lui offrit son bras et la conduisit à la porte.

Le majordome leur ouvrit au moment où ils atteignaient le haut du perron. Elle lui lâcha le bras et se tourna vers lui.

— Merci de m'avoir raccompagnée. Ne vous inquiétez pas pour moi ou pour mon dilemme. Je crois que j'ai trouvé une solution.

— La lettre au *Chronicle* ? s'enquit-il.

La voyant hocher la tête, il lui fit une proposition qui n'était peut-être pas judicieuse, mais il la fit malgré tout.

— Je serais heureux de la livrer pour vous.

Ainsi, il pourrait s'assurer que le rédacteur en chef la publierait ; l'avocat de Beck la lui remettrait en mains propres et recevrait la garantie de l'homme en question.

Elle lui jeta un regard surpris.

— Cela me serait très utile, merci, mais je ne sais pas si c'est nécessaire.

Ils n'avaient pas le temps de poursuivre la discussion, à moins qu'il ne l'accompagne à l'intérieur, et il n'avait pas été invité. Non pas qu'il aurait voulu l'être. Bon sang ! Il s'approchait bien trop près d'une ligne qu'il n'avait aucune envie de franchir. Il avait été tellement accaparé par la situation de la jeune femme qu'il n'avait pas pensé à la sienne. Les gens allaient penser qu'il lui faisait la cour, ou qu'il voulait le faire. Ou, du moins, qu'il s'intéressait à elle. Elle n'était pas mariée, et lui était un séducteur. Un séducteur *Insaisissable*, selon les étiquettes de la bonne société.

Il ricana intérieurement. Il se moquait bien de savoir s'ils décrétaient qu'il prévoyait de se marier. Il savait que ce n'était pas le cas, et cela ne les concernait pas. Il s'inclina devant Lady Lavinia et retourna à son carrick, impatient de se mettre en route avant que sa mère n'arrive.

C'était une chose que la société dans son ensemble pense qu'il voulait se marier, mais c'en était une autre que la comtesse de Balcombe imagine qu'il voulait épouser sa fille. Il devait garder ses distances, ce qui ne lui permettrait pas de protéger Lady Lavinia des prétendants indésirables. Néanmoins, c'était nécessaire.

Une autre chose devenait nécessaire : il était temps que le duc Galant disparaisse.

CHAPITRE 5

Descendez, anges ! Venez nous éclairer.
Faites cadeau du silence, du sens, de la patience et de la clarté.
Permettez que s'abandonnent à sa splendeur et à sa pureté,
Les âmes charmées par le chant de sa beauté.

-Extrait de *Nouvelles pensées sur Mademoiselle Rose Stewart*
Par le duc Galant

Après avoir été contrainte de rester à la maison le soir de son « évanouissement » au parc, Lavinia était impatiente de rendre visite à Sarah. Ce matin-là, Fanny et elle avaient envoyé de courts messages à la jeune femme pour lui demander ce qui s'était passé. Elles semblaient très inquiètes. Elle leur avait répondu en demandant à Fanny de les rejoindre chez Sarah cet après-midi-là.

Le majordome des Colton introduisit Lavinia au salon où elles se retrouvaient toujours avec son amie. Sarah se leva d'un bond du canapé et se précipita pour l'accueillir pendant que le domestique s'en allait.

— Je suis tellement ravie que tu ailles bien ! J'étais très inquiète après ce qui s'est passé dans le parc hier.

Lavinia choisit un fauteuil placé de biais près du canapé et retira sa coiffe.

— Je vous ai dit que j'allais bien.

— Oui, mais ensuite tu n'es pas venue au bal, et ta mère non plus. Alors Fanny et moi nous sommes inquiétées pour ta santé.

— Je n'ai fait que jouer la comédie, expliqua Lavinia en retirant ses gants qu'elle déposa sur l'accoudoir du fauteuil. Lord Northam me sauvait d'une énième promenade avec un prétendant ennuyeux.

Fanny arriva et se joignit à elle, retirant ses gants elle aussi.

— Je suis ravie de voir que tu vas bien, Lavinia.

Une épingle tomba de ses cheveux cuivrés lorsqu'elle retira sa coiffe. Elle se pencha pour la ramasser en grommelant. Une boucle se libéra et retomba contre sa joue. Elle la repoussa derrière son oreille avec un léger grognement.

Ce genre de choses arrivait régulièrement à Fanny : ses boucles tombaient de ses oreilles, les coutures de sa robe se défaisaient, le ratafia coulait sur ses genoux. Elle avait prétendu être maladroite, mais ce n'était pas toujours de son fait. Au contraire, les maladresses semblaient toujours se produire dans son orbite.

— Northam est-il un prétendant ? s'enquit Fanny.

— Bonté divine ! Non ! Northam est un séducteur, protesta Lavinia.

— Les séducteurs peuvent être des prétendants, il me semble, répondit son amie, regardant Sarah. N'est-ce pas ?

— Je suppose que oui, mais ce n'est pas courant. Ma mère prétend qu'ils doivent bien finir par s'installer, tôt ou tard.

Lavinia hocha la tête.

— Ma mère dit la même chose. Elle s'est mis en tête que Northam était un prétendant. Devaney et lui en sont presque venus aux mains pour savoir qui serait le prochain à se promener avec moi.

Fanny et Sarah hoquetèrent de surprise.

— C'est vraiment arrivé ? s'enquit la première. C'était la rumeur au bal hier soir, mais nous n'étions pas certaines qu'elle soit fondée.

Elle échangea un regard avec Sarah.

— C'est vrai, dit Lavinia d'un ton sombre. Mon pire moment à ce jour. Et je suis sincèrement désolée que vous ne l'ayez pas appris de ma bouche. J'étais très contrariée lorsque ma mère a insisté pour que je reste à la maison et que je me repose. Je suppose que je devrais me réjouir qu'elle se soit souciée suffisamment de moi pour m'y obliger au lieu de profiter de la notoriété supplémentaire et de me faire parader pendant le bal.

Sarah fronça les sourcils.

— Voyons si je comprends bien. Northam essayait de te sauver de l'autre gentleman ?

— De Lord Devaney, oui. Mais celui-ci ne l'entendait pas de cette oreille. Il prétendait qu'il devait être le premier à se promener avec moi, parce qu'il était arrivé avant. Northam a fait valoir que nous avions convenu de ce rendez-vous chez les Fortescue la nuit précédente.

Comme prévu, la mère de Lavinia l'avait interrogée à ce sujet. Celle-ci avait réussi à la convaincre qu'elle avait oublié. Elle avait mis cela sur le compte de l'afflux d'intérêts masculins et de son incapacité à tout retenir. L'ironie de la chose étant que ce n'était pas tout à fait faux. Sauf que jamais Lavinia ne pourrait confondre Northam avec quelqu'un d'autre. C'était un homme particulier, sûrement à cause de la manière dont ils s'étaient rencontrés. Sa nuque la picotait, comme à chaque fois qu'elle pensait à ce soir-là.

— Quelle débâcle ! s'exclama Sarah en secouant la tête.

Lavinia acquiesça.

— Mais cela aurait pu être bien pire.

— On dirait que Lord Northam est devenu ton champion, constata Fanny avec un petit sourire. Je sais que je n'ai pas ton expérience en la matière, mais il semblerait qu'il ne soit pas loin de te faire la cour, séducteur ou non.

Lavinia ne pouvait imaginer une telle chose. Ils s'étaient liés d'amitié, mais il n'y avait eu aucun signe d'attirance, malgré les frissons fugaces le long de son cou. Qui ne signifiaient pas qu'elle voulait qu'il s'intéresse à elle de cette manière. Pourtant, elle ne pouvait pas nier qu'il était devenu plutôt serviable. Ce qui lui rappelait l'homme qui était tout le contraire.

Lavinia se redressa et fixa ses deux amies d'un regard direct.

— Je dois mettre fin à cette absurdité avec le duc Galant. Je vais lui écrire une lettre et l'envoyer au *Morning Chronicle*.

Fanny, le regard interrogateur, se pencha en avant.

— Que vas-tu lui dire ?

— Je vais lui demander de cesser sa campagne de poésie. S'il a connu un certain succès avec les premières jeunes femmes, nous n'apprécions pas toutes son ingérence.

Sarah pinça les lèvres.

— Je ne crois pas que tu devrais le faire.

Fanny et Lavinia se tournèrent vers elle, mais ce fut la seconde qui prit la parole.

— Pourquoi pas ?

— Les événements d'hier au parc ont déjà attiré davantage l'attention sur toi : tout le monde parlait de ton évanouissement hier soir. Tu es en quelque sorte devenue l'héroïne des jeunes femmes qui adoreraient qu'un marquis et un comte se disputent pour elle. Si tu décries le duc Galant, tu risques de devenir une paria.

Lavinia laissa échapper un gémissement en s'adossant à son fauteuil.

— C'est un désastre !

Certes, devenir une paria lui permettrait d'alléger son anxiété, mais elle risquerait de ne pas se marier du tout cette saison, ce qui rendrait ses parents furieux. En vérité, quel qu'en soit l'impact, sa mère serait furieuse si Lavinia écrivait une lettre. La jeune femme plissa les yeux.

— Je vais donc devoir l'écrire de manière anonyme. Tout comme lui le fait.

Les lèvres de Sarah esquissèrent un sourire.

— C'est brillant ! Tu devrais t'appeler la duchesse Indépendante.

— C'est parfait, approuva Lavinia avec un sourire.

— Comment comptes-tu t'assurer que le rédacteur en chef du *Morning Chronicle* la publiera ? s'enquit Fanny.

Lavinia haussa les épaules.

— Je pense qu'il en aura envie. Les poèmes du duc sont très populaires, expliqua-t-elle.

Elle se rappela ensuite la suggestion que Northam lui avait faite la veille.

— Lord Northam a proposé de remettre la lettre au *Morning Chronicle*. Pour rester anonyme, je devrais peut-être accepter son aide.

— Pour quelqu'un qui n'est pas un prétendant, le marquis semble plutôt déterminé à t'aider, constata Sarah avec une bonne dose d'ironie, et plus qu'une pointe de curiosité.

C'était un peu étrange, mais Lavinia savait qu'il se sentait mal à propos de leur rencontre et de son comportement inapproprié. Pourtant, la plupart des séducteurs, et sans doute tous, auraient simplement ri, et peut-être même essayé de la séduire après s'être débarrassé de Lady Fairwell.

Northam, semblait-il, n'était pas un séducteur comme un autre. Et cela l'intriguait.

Mais elle n'avait pas de temps pour cela. Elle voulait retrouver sa vie ennuyeuse, où elle pouvait passer du temps à faire tapisserie avec ses amies et à discuter longuement de sujets qui l'intéressaient. En faisant l'objet d'une telle attention, elle ne pouvait pas faire de courtes escapades pour visiter des sites géologiquement intéressants. En fait, elle désespérait de pouvoir le faire cette saison, à son plus grand désarroi.

— Contrairement à celle du duc Galant, l'aide que m'apporte le marquis est *utile*. Pour cette seule raison, je vais l'accepter. Sarah, ton frère pourrait-il faire en sorte que Northam soit au parc un peu plus tard, pour que je puisse lui remettre la lettre pour le *Morning Chronicle* ?

— Sans doute, répondit Sarah en la regardant. Je devrais peut-être lui demander d'interroger Northam sur les raisons qui le poussent à t'aider.

— Non ! Ne fais pas ça ! répondit Lavinia. J'espère que je n'aurai plus besoin de son aide après cela. As-tu du papier à lettres ici ?

Sarah se leva.

— Bien sûr. Je vais aller en chercher dans ma chambre, avec le reste de mon matériel d'écriture. Dès qu'elle quitta la pièce, Lavinia commença à rédiger verbalement le courrier avec l'aide de Fanny.

Une heure plus tard, elles avaient terminé, et la lettre cachetée était glissée dans la poche de Lavinia lorsqu'elle quitta la maison de Sarah. Malheureusement, elles n'avaient pas pu se rendre au parc, car le ciel avait décidé de déchaîner une averse qui les aurait trempées jusqu'à l'os.

Le temps était si humide, en réalité, que la mère de Lavinia envisageait de ne pas se rendre à la fête des Compton ce soir-là. La jeune femme l'avait convaincue, mais elle n'avait pas eu besoin d'insister beaucoup. Puis elle avait tenté de trouver un moyen de faire parvenir le courrier à Northam. En supposant qu'il soit présent à la fête. Cette idée absurde selon laquelle les hommes et les femmes ne pouvaient pas être amis devenait de plus en plus pénible.

Dès son arrivée chez les Compton, Sarah la rejoignit, l'air excité.

— J'ai discuté avec Anthony, et j'ai fait en sorte que Lord Northam puisse récupérer ta lettre. Je lui ai dit que tu la laisserais sur la cheminée de la bibliothèque.

Lavinia sourit.

— Quelle idée brillante ! Tu remercieras Anthony de ma part. C'est vraiment un frère merveilleux.

— Parfois, dit Sarah. Et parfois, il est… Peu importe.

Elle adressa un clin d'œil à son amie.

Dès l'arrivée de Fanny, Lavinia s'éclipsa dans la bibliothèque de leur hôte. Elle n'était jamais entrée dans cette pièce auparavant, et il lui fallut quelques recherches pour la trouver. Elle referma la porte derrière elle et s'approcha de l'âtre. Retirant la lettre de son réticule, elle la déposa sur la cheminée à côté d'une petite figurine de chien.

Puis, comme elle ne pouvait pas s'en empêcher, elle se dirigea vers l'étagère et parcourut les tranches des livres à la recherche d'un ouvrage intéressant, tirant çà et là des exemplaires où rien n'était indiqué. L'un d'entre eux, plutôt mince, s'intitulait *Les roches particulières des Hébrides extérieures*. Avec le sentiment d'avoir découvert un trésor très spécial, elle retira le livre de l'étagère.

Quelques instants plus tard, la porte cliqueta, et elle referma le livre. Elle fixa d'un air coupable Lord Northam qui entrait. Il posa les yeux sur ses mains.

— Vous êtes encore en train de lire, à ce que je vois.

— Je crains de n'avoir pu résister.

— Bien sûr que non, dit-il en se rapprochant. Que lisez-vous, ce soir ?

— Le plus charmant des petits livres sur les roches particulières des Hébrides extérieures. Elles semblent étonnantes, avec une variété de couleurs et de strates. J'aimerais beaucoup les voir un jour.

Elle replaça le livre sur l'étagère en soupirant. Se tournant, elle inclina la tête vers la cheminée.

— La lettre se trouve ici.

De ses doigts gantés, il récupéra la missive sur le manteau. Il jeta un coup d'œil au nom qu'elle avait inscrit sur l'enveloppe.

— Je veillerai à ce qu'il la reçoive.

— Merci, dit-elle en avançant d'un pas vers lui, si bien qu'ils n'étaient plus séparés que par quelques centimètres. Mes amies m'ont demandé pourquoi vous étiez si enclin à m'aider.

— Un gentleman ne peut-il pas simplement faire preuve de gentillesse ?

— Bien sûr que si, mais nous n'avons aucun lien. Certains trouveraient votre aide inappropriée. Surtout au vu de votre réputation.

— Ma réputation de séducteur.

Elle haussa les épaules.

— Vous ne la niez pas. En fait, vous m'avez même dit que vous alliez vous livrer à des activités immorales. Qui plus est, je suis intimement au courant desdites activités illicites, ajouta-t-elle alors qu'une sensation de chaleur remontait le long de son cou et envahissait son visage. Enfin, c'est parce que vous pensiez retrouver Lady Fairwell.

Elle détourna son regard de celui de Beck, parce qu'elle n'était pas certaine de pouvoir supporter un instant de plus la lueur amusée de ses yeux.

— Je dirais que vous ne les connaissez pas si intimement
que cela, mais je comprends où vous voulez en venir.

— Pourquoi m'aidez-vous ?

Ce fut à son tour de détourner le regard.

— Je me sens mal à l'aise au sujet de notre rencontre, et
je suis navré que le duc Galant vous ait causé tant de
soucis.

— Oui, eh bien, je l'ai éviscéré dans ma lettre, affirma-t-
elle en plissant les yeux. Oh ! Comme j'aimerais voir son
expression lorsqu'il la lira !

Surpris, il la regarda.

— Éviscéré ? Il essayait de faire le bien, et il a effectivement aidé quelques jeunes femmes.

— Sans doute, mais je trouve toute cette situation
étrange. Qui est-il pour jouer les entremetteurs anonymes ?
demanda-t-elle, inclinant la tête de côté. Et vraiment, *qui* est-
il ? Il fait forcément partie de la bonne société, s'il a entendu
parler de moi et des autres. Et c'est quelqu'un de manifestement instruit, vu son habileté à manier les mots.

Northam haussa une épaule.

— Un homme sans instruction pourrait écrire tout aussi
bien.

— Peut-être, mais il ne ferait pas partie de la bonne
société.

Elle repensa à leurs autres conversations et à la façon
dont il défendait l'homme sans relâche. Elle fit un pas de plus
vers lui afin de voir clairement son expression.

— Le connaissez-vous ?

Les sourcils blond foncé de Northam s'arquèrent un bref
instant.

— Pourquoi croyez-vous une chose pareille ?

— Parce que vous ne cessez de le défendre, et que je me
rappelle vous avoir entendu dire que c'était forcément quelqu'un qui me connaissait.

Elle guetta sa réaction, mais son regard ne vacilla même pas.

— J'essayais simplement de vous aider à déterminer son identité.

— C'est ce que nous allons faire, alors, déclara-t-elle.

Elle se tourna et fit quelques pas, puis pivota pour lui faire face.

— Qui, selon vous, serait capable d'écrire de tels poèmes ?

— Peut-être que Byron est revenu.

Elle sourit.

— Mlle Pemberton a suggéré la même chose. Je pense que nous serions tous au courant si c'était le cas.

Northam haussa les épaules.

— Pas s'il est bien caché.

— Je reconnais que ce duc est très bien caché, mais ce n'est pas Byron. J'ose croire qu'il publierait sous son propre nom. Cet homme est secret. Qui, au sein de la bonne société de Londres, est à la fois intelligent et secret ?

Il expira, posant brièvement le regard au plafond.

— Il pourrait s'agir d'un certain nombre de gentlemen. Ou peut-être s'agit-il d'une femme ? Y avez-vous pensé ?

— Non. Quelle idée intrigante ! s'exclama-t-elle avant de plisser les yeux vers lui. Seriez-vous en train d'essayer de détourner mon attention pour que je ne découvre pas son identité ? Je trouve étrange que vous soyez si enclin à m'aider. C'est comme si vous vous sentiez personnellement mal que cela m'ait causé des ennuis.

— Je me sens mal. Je suis sûr qu'il n'a jamais eu l'intention de faire du tort. Voilà pourquoi je me dis que vous ne devriez peut-être pas envoyer cette lettre.

Elle s'immobilisa, persuadée de n'avoir pas bien entendu.

— Attendez, je croyais que vous m'aviez proposé de la livrer en mains propres !

— Je l'ai fait, mais après vous avoir entendu utiliser le mot

« éviscérer », je me demande si vous ne devriez pas envisager de ne pas l'envoyer. Ou peut-être pourriez-vous demander au rédacteur en chef de transmettre ce message au duc, afin qu'il puisse prendre connaissance de votre mécontentement à l'égard de ses initiatives.

La colère commençait à bouillonner dans la poitrine de Lavinia.

— Donc, le duc Galant peut écrire à mon sujet de manière publique, mais je ne devrais pas faire de même avec lui ?

Le marquis eut l'élégance de grimacer.

— Euh, non. Je proposais simplement une autre manière d'atteindre le même objectif.

— Mon objectif est de l'amener à arrêter, et l'interpeller publiquement sera bien plus efficace que lui envoyer une missive lui demandant de cesser ses initiatives.

Elle secoua la tête, puis elle se figea à nouveau. Elle écarquilla les yeux devant cet homme qu'elle devait bien admettre ne pas connaître très bien.

— Aviez-vous vraiment l'intention de livrer mon courrier ? l'interrogea-t-elle en tendant la main. Rendez-le-moi.

— Je ne préfère pas.

— Pourquoi pas ?

— Parce que vous n'avez pas besoin de l'envoyer, lui dit-il.

Il soupira, puis il posa sur elle un regard ferme, mais empli d'excuses.

— Je suis le duc Galant.

⁓

Beck vit les yeux de Lavinia s'écarquiller avant qu'elle les plisse à nouveau. La mâchoire crispée, elle croisa les bras sur sa poitrine, qui se soulevait et s'abaissait rapidement, signe de son agitation.

— Expliquez-vous.

Il lui rendit la lettre, qu'elle lui arracha des doigts avant de croiser à nouveau les bras. Cette position faisait remonter ses seins, de sorte que le renflement crémeux de chair était plus visible au-dessus de son décolleté. Il s'efforça de ne pas regarder.

— Sincèrement, j'essayais juste d'aider. Le marché du mariage n'est souvent pas tendre avec les jeunes femmes, en particulier celles qui méritent le plus d'attention.

— Comme moi ?

— Exactement comme vous. Je suis sincèrement navré que l'attention que j'ai attirée sur vous soit un fardeau. Il ne m'est pas venu à l'esprit que vous, ou n'importe qui d'autre, pourrait le ressentir ainsi. À l'évidence, je me suis trompé.

— À l'évidence, répéta-t-elle d'un ton dégoûté. Pourquoi faire une telle chose ? Si vous voulez apporter votre soutien à une jeune femme, dansez avec elle, ou promenez-vous avec elle dans le parc.

— Je ne peux pas faire cela avec toute une série de jeunes femmes célibataires.

— Pourquoi pas ? Vous êtes déjà un séducteur. Je pense que cela correspondrait parfaitement à votre réputation, affirma-t-elle.

Elle expira et laissa retomber ses mains contre ses flancs. Elle tenait toujours la lettre serrée entre ses doigts.

— Oubliez cela, je vois bien en quoi ce serait malvenu. Votre réputation pourrait ternir celle de la jeune femme si vous négligiez invariablement de faire une cour légitime à l'une ou l'autre d'entre elles. Cependant, je pense que ce ne serait pas le cas, surtout si cette association restait brève.

— Je prendrai cela en considération. En attendant, j'aimerais poursuivre ma campagne de poésie, comme vous l'avez nommée.

— Vous ne m'avez toujours pas donné de raison. Pourquoi avez-vous fait une telle chose ?

Il avait espéré éviter de répondre à cette question et il pensait y parvenir face à l'ire de la jeune femme. Elle avait lancé la question avant de poursuivre, mais apparemment, elle n'avait pas oublié. Il envisagea d'inventer quelque chose, mais il n'y parvint pas. Il opta donc pour la vérité. Ou, du moins, pour une demi-vérité.

— Le marché du mariage a dévasté ma sœur. Elle est morte seule et totalement abattue.

Lady Lavinia le fixa un long moment.

— C'est affreux ! J'ignorais que vous aviez une sœur. Quand était-ce ?

— Il y a seize ans. C'était ma demi-sœur. Mon père a eu trois femmes, et elle était issue de son premier mariage. J'ai une autre demi-sœur qui est mariée.

— Elle a donc rencontré le succès.

— Pas sur le marché du mariage. Elle est tombée amoureuse du vicaire du coin dans le Devon. Il est maintenant pasteur en Cornouailles.

Beck songea à sa demi-sœur, Margaret, et à ses neveux et nièces. Ils formaient une famille heureuse et unie, et il savait que Helen avait été jalouse du bonheur de sa sœur. Elle avait espéré trouver la même chose, un mari, une famille, l'amour.

Mais cela n'avait pas été le cas. Au lieu de cela, elle avait rencontré la froideur et le sentiment de marginalité. Après quatre ans passés sur le marché du mariage...

Il écarta ces pensées avant que Lady Lavinia ne comprenne qu'il y avait plus que cela dans l'histoire. Elle était terriblement intelligente.

Beck se redressa, chassant les fantômes du passé.

— Je voulais éviter à d'autres jeunes femmes la même déception et la même solitude.

Elle se rapprocha de lui. Sa colère semblait s'être dissipée.

— Je suis vraiment désolée pour votre sœur. Cependant, je ne suis ni déçue ni seule. Si je trouve un mari sur le marché du mariage, un homme que je pourrai respecter et aimer, alors je m'estimerai heureuse. Mais si je n'ai pas cette chance et que je finis vieille fille, il y a pire.

Elle n'avait pas tort. Il éprouvait énormément d'admiration pour sa façon de voir les choses. Et il comprit qu'il avait commis une terrible erreur.

— Je suis désolé de vous avoir causé des ennuis. J'ai essayé d'aider à réparer les choses.

Elle sourit.

— Je le sais maintenant, et j'apprécie. Puis-je vous suggérer de vous assurer que quelqu'un a besoin de votre aide avant de la lui offrir aveuglément ?

— Oui. Je m'efforcerai de le faire à partir de maintenant.

— Vous voulez continuer à être le duc Galant ?

— Les mariages réussis de Mlle Berwick et Mlle Stewart semblent indiquer que je ne me suis pas totalement fourvoyé, dit-il d'un ton ironique. Le problème est maintenant de savoir comment je peux continuer à aider les femmes qui souhaitent vraiment bénéficier de mon assistance. Peut-être pourrais-je trouver un moyen de communiquer avec mon sujet au préalable ?

— Cela gâcherait un peu le côté romantique de la chose, non ? Au lieu de se réjouir de voir son nom dans le journal accompagné d'un magnifique poème, ce serait une transaction négociée à l'avance. Si les gens l'apprennent, les femmes réclameront à cor et à cri d'être le prochain sujet. D'ores et déjà, des jeunes femmes et leurs mères tentent de trouver un moyen de devenir le prochain objet de votre attention, enfin, de celle du duc.

Bon sang ! C'était devenu bien plus compliqué qu'il ne l'avait imaginé.

— Je pense que vous pouvez encore aider, affirma-t-elle.

Elle pencha la tête sur le côté et se tourna pour faire un autre petit pas. Puis elle revint se placer devant lui.

— Je pourrais peut-être repérer quelques jeunes femmes qui auraient besoin d'un peu d'aide pour accroître leur visibilité.

Il n'était pas sûr d'avoir bien entendu.

— Vous m'aideriez ?

— Pourquoi pas ? Vous étiez tellement désireux de m'aider. Même si ce n'était pas bien étudié.

— C'est tout à fait magnanime de votre part, constata-t-il d'un ton sarcastique. Peut-être pourrais-je vous rendre la pareille en vous aidant d'une manière qui vous serait réellement utile ? Et si j'envoyais les bons gentlemen dans votre direction ?

— Que voulez-vous dire par « bons » gentlemen ?

— Des hommes qui pourraient vous intéresser. Je pense à au moins un camarade d'école qui pourrait vous plaire. Il possède un esprit scientifique et était toujours en train de fouiller la terre. Il est botaniste et enseigne à Oxford.

Beck tourna la tête en entendant le cliquetis de la porte. Quelqu'un arrivait… il n'y avait pas de temps à perdre. Il lui agrippa la main et balaya frénétiquement la pièce du regard, en quête d'un endroit où se cacher. Les longues tentures de velours accrochées à la fenêtre constituaient leur seule possibilité pour se cacher.

Visiblement, elle le pensait aussi, puisqu'elle s'élança dans cette direction à la seconde où il fit le rapprochement. Les rideaux étaient fermés, ils se cachèrent donc derrière le velours d'un rouge profond. L'air était frais contre la fenêtre, mais lui était chaud et son cœur battait à un rythme régulier dans sa poitrine.

Il faisait également assez sombre dans leur cachette, ce qui était tout aussi bien. Il n'était pas sûr de vouloir voir le visage de Lavinia. Avait-elle peur ? Était-elle en colère ? Autre chose ?

Des voix étouffées leur parvinrent de l'autre côté de la

pièce. Il s'agissait d'un homme et d'une femme, et d'après les gémissements qu'elle poussait, ils étaient venus dans la bibliothèque précisément pour ce que Beck craignait. Ils ne pouvaient pas y échapper : ils allaient devoir rester ici et attendre que le couple ait terminé. Toute autre attitude compromettrait Lady Lavinia, ce qui n'était pas envisageable, et pas seulement parce qu'il n'avait aucune envie de se marier. Il avait déjà compliqué les choses pour la jeune femme. Ternir sa réputation serait impardonnable.

Beck se rendit compte qu'il lui tenait toujours la main. Il aurait dû la lâcher. Mais il faisait sombre, et peut-être représentait-il un point d'ancrage pour elle. Ou peut-être était-ce simplement ce qu'il se racontait. La vérité, c'était peut-être qu'il *aimait* lui tenir la main.

Il la relâcha et pressa en silence le couple de se hâter.

— Mais que se passe-t-il ? s'exclama une voix masculine qu'ils entendirent clairement.

La réponse, également masculine, ne fut pas assez forte pour qu'ils la perçoivent. Beck tendit l'oreille, car la conversation se poursuivit.

Enfin, l'un d'entre eux parla suffisamment fort.

— Nous étions là les premiers !

Oh, doux Jésus ! S'agissait-il d'un second couple ?

Une sensation de chaleur l'envahit lorsque Lady Lavinia se plaqua contre lui.

— Que se passe-t-il ? murmura-t-elle avec une certaine anxiété.

— Je n'en suis pas tout à fait certain.

— Sont-ils en train de se disputer pour savoir qui était là le premier ? Voilà qui me semble terriblement familier.

Beck dut se mordre l'intérieur de la joue pour s'empêcher de rire.

La dispute se poursuivit encore un peu, puis ils entendirent le son d'une expiration exagérée. Le bruit net de la porte qui se refermait suivit. Un couple était-il parti ?

Beck trouva le bord du rideau au milieu de la fenêtre et glissa sa main à hauteur de ses yeux. Déplaçant imperceptiblement le tissu, il jeta un coup d'œil dans la pièce.

L'homme tapotait le dos de la femme, et lorsqu'il releva la tête, Northam faillit éclater d'un rire sonore. C'était ce maudit comte de Devaney. Apparemment, il passait une mauvaise semaine en matière de relations avec les femmes et pour ce qui était d'arriver le premier quelque part.

Affichant un large sourire, il referma le rideau et écouta ce qui allait se passer. Il pria pour que leurs ardeurs aient été suffisamment refroidies pour les pousser à battre en retraite. Un instant plus tard, il entendit la porte se refermer. Il attendit quelques secondes, puis jeta un nouveau coup d'œil par-delà le bord du tissu. Voyant que la pièce était désormais vide, il détendit les épaules, et respira à fond.

— Sont-ils partis ? murmura-t-elle.

— Oui.

Il ouvrit le rideau et lui fit signe de le précéder hors de leur cachette.

Elle se tourna vers lui, et son regard sombre se posa sur lui avec curiosité.

— Étaient-ils… ?

— En quête d'un endroit tranquille pour leur rendez-vous clandestin ? Oui. Deux couples qui avaient eu exactement la même idée. Lord Devaney faisait partie de l'un d'entre eux.

Un rire éclatant jaillit de sa bouche, et il ne put s'empêcher de se joindre à elle.

— Pauvre Devaney. Encore une fois, ses plans ont été déjoués, dit-elle en secouant la tête. J'ignorais que les rendez-vous clandestins dans les bibliothèques étaient si populaires. Je me suis glissée dans nombre d'entre elles au cours d'événements mondains, et je ne suis jamais tombée sur ce genre d'activités.

Elle s'interrompit, puis plissa les yeux sur lui.

— Jusqu'à vous.

— C'est ma faute, alors ?

Elle haussa les épaules, sa bouche esquissant un sourire.

— Pourquoi pas ? Il me semble que vous devriez assumer la responsabilité de tout ce qui s'est passé ce soir.

Il laissa échapper le rire qu'il retenait.

— Lady Lavinia, vous êtes la femme la plus drôle que j'aie jamais rencontrée.

Elle lui sourit, et exécuta une petite révérence.

— Merci, my lord. Et maintenant, je dois m'en aller avant que quelqu'un d'autre ne décide que c'est un endroit idéal pour un rendez-vous… ce qui est visiblement le cas. Peut-être vous verrai-je demain dans le parc, afin que nous puissions discuter plus en détail de notre association mutuellement bénéfique. Je crains que nous ne devions cesser de nous rencontrer dans les bibliothèques.

Il lui sourit à son tour, c'était plus fort que lui.

— Oui, tout à fait, répondit-il.

Reprenant son sérieux, il eut envie de lui faire passer un message important avant qu'elle ne s'en aille.

— Je vous fais confiance pour garder mon secret. Je vous demande de ne pas parler de moi à vos amies.

Elle blêmit, mais hocha la tête.

— Je suis heureuse que vous me l'ayez confié. Ce secret vous appartient, et ce n'est pas à moi de le révéler.

Il inclina la tête en guise de remerciement.

— Passez une bonne soirée, Lady Lavinia.

Elle saisit le bord de sa robe et sortit de la pièce. Soudain, l'endroit lui parut plus sombre, ou du moins, beaucoup moins vivant.

Vivant ?

Il devait reconnaître que Lady Lavinia dégageait une certaine énergie qui dynamisait toutes les pièces dans lesquelles elle entrait. Ses yeux remuaient en dépit du fait qu'elle n'y voyait pas très bien. Ou peut-être à cause de cela. Elle était constamment en train de chercher, d'apprendre et d'emmagasiner des informations. Il la soupçonnait de recueillir des données, comme le ferait un esprit scientifique. Lui, en revanche, collectionnait des pensées et des sentiments, émotions qu'il pouvait ensuite modeler et transformer en mots ou en musique. D'une certaine manière, ils étaient assez semblables.

Et à présent, ils allaient s'entraider. Il avait rechigné à lui dire la vérité, à la fois parce qu'il lui avait fait du tort en tant que duc Galant et parce qu'il ne voulait pas que quelqu'un connaisse son secret. Aujourd'hui, elle était la seule personne, en dehors de Gage, à être dans ce cas. Ce qui la plaçait dans une catégorie très particulière et restreinte de personnes : celles en qui il avait confiance.

Cette prise de conscience était inquiétante, tout comme le plaisir qu'il avait eu à lui tenir la main. Ce n'étaient pas des choses auxquelles un séducteur n'ayant aucun intérêt pour le mariage devait penser.

Alors il n'y songerait pas.

CHAPITRE 6

La brume s'estompe rapidement, chassée par son éclat.
Elle resplendit de chaleur et d'une immense joie.
Aucune tempête, aucun ouragan ne peut résister,
Lutter contre son amour, à proximité.

-Extrait de *Ode à Mademoiselle Jane Pemberton*
Par le duc Galant

Par la faute d'un autre orage survenu la veille, Lavinia ne se promena pas dans le parc, et ne vit donc pas Lord Northam. Cependant, elle avait passé beaucoup de temps à penser à lui. À ses mensonges. Aux raisons qui l'avaient poussé à agir ainsi. Au fait qu'elle l'aimait beaucoup.

Elle n'avait jamais eu d'ami masculin auparavant. Cela pouvait sembler étrange, car Lavinia tentait de se faire des amis partout où elle allait. Mais en raison des règles de la bonne société, il était très difficile de se lier d'amitié avec un membre de l'autre sexe. Apparemment, ils ne pouvaient pas passer de temps ensemble sans avoir de pensées sexuelles.

Ceci étant dit, Lavinia avait déjà eu quelques idées inappropriées. Et toutes avaient surgi après leur rencontre.

Sa bouche. Son cou.

Une sensation envahit sa colonne vertébrale, la faisant frissonner.

— As-tu froid ? lui demanda sa mère en levant les yeux vers le ciel couvert alors qu'elles arrivaient à Hyde Park. Nous devrions peut-être rentrer à la maison.

Elle avait hésité tout l'après-midi sur la question de savoir si elles devaient se rendre au parc. Le temps était plutôt frais, et l'orage de la veille l'avait sûrement rendu plus boueux qu'à l'accoutumée. Elles suivaient toujours les sentiers, bien entendu, mais ce n'était pas toujours possible les jours de grande affluence. Cependant, Lavinia doutait que ce soit le cas ce jour-là.

— Je n'ai pas froid, répondit la jeune femme, heureuse d'avoir apporté son manchon. J'aimerais continuer. Si le temps se gâte, nous pourrions rester coincées à la maison pendant des jours. Mieux vaut en profiter tant que nous le pouvons.

— Exact. Nous n'avons pas besoin de rester longtemps non plus. Je ne pense pas qu'il y aura grand-monde.

Lavinia lui jeta un regard exaspéré.

— Parfois, il est simplement agréable de se promener, mère.

— Oui, bien sûr. Mais il est inutile de le faire dans le parc détrempé si nous ne voulons pas être vues.

Se mordant la langue pour ne pas répondre, Lavinia franchit Grosvenor Gate et aperçut aussitôt Mlle Lennox en compagnie de sa mère.

— Excuse-moi, mère. Je tiens à féliciter Mlle Lennox. Je ne l'ai pas vue depuis ses fiançailles.

— Je viens avec toi, annonça la comtesse, douchant l'enthousiasme de Lavinia. Les premiers bans ont été lus dimanche, il me semble.

Elles s'approchèrent de Mlle Lennox et de sa mère. Les deux femmes étaient pâles et avaient les cheveux noirs, mais alors que les yeux de la plus âgée étaient bruns, ceux de la plus jeune étaient d'un vert vif.

— Bonjour, madame Lennox, mademoiselle Lennox, les salua la mère de Lavinia.

Mme Lennox sourit chaleureusement.

— Bonjour, Lady Balcombe, dit-elle avant de reporter son regard sur Lavinia. Lady Lavinia.

— Nous souhaitions vous présenter nos meilleurs vœux pour les noces prochaines de Mlle Lennox. M. Sainsbury est un bon parti !

Lavinia n'était pas certaine que ce soit vrai. Cet homme était l'héritier d'une baronnie, mais elle l'avait toujours considéré comme faisant partie des « insincères » de la société, ces gens qui se comportaient d'une certaine manière lors d'une conversation polie et d'une autre lorsqu'on ne les regardait pas. Sauf qu'elle regardait toujours. Son habitude de faire tapisserie lui facilitait les choses.

— Il est tout à fait charmant, oui.

Mme Lennox adressa un sourire à sa fille, qui avait l'air de s'ennuyer. Était-ce le cas ?

— Phœbe a beaucoup de chance. Le mariage aura lieu dans un peu plus de quinze jours. Il y a beaucoup à faire, évidemment.

— Je l'imagine sans mal. Mon fils aîné est marié, mais c'est différent lorsqu'il s'agit de votre fille.

— Oui, je le pense aussi. Phœbe est ma seule et unique fille.

Lavinia se rapprocha de Mlle Lennox.

— Prenez-vous plaisir aux préparatifs ?

— Oui. Comme ma mère l'a dit, il y a plein de choses à faire, dit Mlle Lennox, sans même un soupçon d'enthousiasme.

Peut-être n'appréciait-elle pas d'organiser un mariage.

— Et pourtant, nous voici au parc.

Mme Lennox rit doucement.

— Pour que vous puissiez voir M. Sainsbury, répliqua-t-elle avant de se tourner vers Lavinia. Quel effet cela fait-il d'être la dernière bénéficiaire de la prose du duc Galant ?

Son expression innocente semblait indiquer qu'elle s'attendait à une réponse favorable.

La mère de Lavinia s'empressa de répondre, sans doute pour éviter que sa fille ne donne une réponse désobligeante.

— Cette initiative a assurément amélioré son image !

Mme Lennox jeta un regard complice à la comtesse.

— J'imagine qu'elle a beaucoup de prétendants. Je parierais que vous allez bientôt organiser un mariage.

— Ce serait fantastique ! s'exclama la comtesse en hochant la tête. Je peux vous dire que j'ai commencé à me poser des questions. Les hommes décents et disponibles se font rares.

— N'oubliez pas qu'ils doivent être intéressants, intervint gentiment Lavinia.

— J'ajouterais « intelligent », dit Mlle Lennox.

Lavinia acquiesça.

— Oh que oui !

Mlle Lennox tourna la tête vers Lavinia.

— Croyez-vous que le duc Galant soit un homme intelligent ?

Le ton de sa voix en disait long à Lavinia.

— Sans doute, répondit cette dernière avec prudence. Il est au moins intéressant.

Elle adressa un sourire à la future mariée. Comme elle ne le lui rendait pas, elle le laissa disparaître.

— En tout cas, il est doué pour se mêler des affaires des autres.

Mme Lennox intervint :

— Oh ! Je dirais plutôt qu'il *aide*. Phœbe est d'accord. Sans ses poèmes pour mettre en valeur la grâce de Phœbe, elle serait peut-être encore sur le marché du mariage. M. Sainsbury arrive par ici, ajouta-t-elle à l'intention de sa fille.

— Je n'étais pas malheureuse, murmura cette dernière.

Lavinia saisit l'occasion pour se rapprocher de Mlle Lennox pendant que leurs mères discutaient.

— Êtes-vous malheureuse aujourd'hui ? murmura-t-elle.

Les paupières de la jeune femme se mirent à battre sous l'effet de la surprise.

— Non. Sainsbury est agréable et charmant.

— Et pourtant, vous n'avez pas l'air très enthousiaste.

La colère de Lavinia à l'égard du duc Galant refit surface. Non, sa colère contre Northam. Elle l'informerait qu'il avait peut-être gâché la vie de Mlle Lennox en s'en mêlant. Sauf qu'il avait *vraiment* essayé d'aider. L'échec de sa sœur lui pesait manifestement beaucoup et l'avait poussé à agir.

— Tout cela s'est passé très vite, lui confia Mlle Lennox. Ce pourrait être bien pire. Je me contenterai de M. Sainsbury. Cela vaut certainement mieux que de devenir vieille fille.

— Vraiment ?

Lavinia n'eut pas l'occasion d'en dire plus, car le fiancé de Mlle Lennox arriva.

Ses yeux s'illuminèrent lorsqu'il la vit, et il la salua avec effusion. Ils échangèrent des banalités et Lavinia en vint à penser que M. Sainsbury était effectivement charmant et qu'il semblait épris de Mlle Lennox. En fait, Mlle Lennox reprit un peu de vigueur en sa présence, ses traits s'adoucissant lorsqu'il complimenta sa tenue de promenade.

Lavinia espérait qu'ils seraient heureux. Malheureusement, Mlle Lennox était coincée avec son fiancé. Se rétracter après des fiançailles susciterait un scandale majeur, comme cela avait été le cas pour Diana, l'amie de Lavinia.

Comme sortie tout droit de son esprit, Diana apparut. Elle déambulait dans le parc en compagnie d'une autre protagoniste de leur « scandale », Violet, la duchesse de Kilve, que Lavinia avait rencontrée et avec qui elle s'était liée d'amitié lors d'une partie de campagne à l'automne précédent.

Avant que Lavinia ne puisse s'excuser auprès de sa mère, Sarah apparut comme surgie de nulle part.

— Lavinia, pourrions-nous aller marcher un moment ?

— Vas-y, dit la comtesse d'un ton résigné. Il n'y a pas beaucoup de monde ici, nous ne resterons donc pas longtemps.

Lavinia passa son bras sous celui de son amie.

— As-tu vu qui vient d'arriver ?

— Oui, c'est pour cela que je suis venue te chercher, dit Sarah.

Elles s'éloignèrent d'un pas rapide et croisèrent Diana et Violet sur le sentier. Diana leur sourit chaleureusement et elles finirent par s'étreindre et se lancer dans une conversation dont l'enthousiasme était proportionnel à leur joie de se retrouver.

Leur amie était rayonnante.

— Je suis tellement contente de vous revoir toutes les deux !

— Tu sembles tellement heureuse ! constata Sarah. Ce ne peut pas être dû au fait de nous revoir !

— Pourquoi pas ?

— Parce que ton bonheur transparaît dans toutes les lettres que tu as écrites. Ce n'est pas nous, c'est ton mari.

Diana rougit.

— Je ne peux pas le nier.

Violet acquiesça.

— C'est vrai.

Lui jetant un regard en coin, Diana éclata de rire.

— Tu es tout aussi heureuse !

— C'est vrai aussi, confirma Violet en souriant. Mais allons marcher et discuter de Lavinia et de cette affaire de duc Galant.

La joie pétillait dans ses yeux. Elle regarda Lavinia.

— Es-tu sur le point de te fiancer ?

Alors qu'elles s'engageaient sur le chemin, Lavinia secoua légèrement la tête.

— Bonté divine ! Non !

— N'es-tu pas courtisée ? s'enquit Diana.

— J'attire bien plus l'attention des hommes qu'auparavant, et la plupart d'entre eux ne méritent pas d'être mentionnés.

— La plus grande partie ? s'enquit Violet. Cela signifie-t-il qu'il y en a un qui mérite d'être mentionné ?

Sarah cilla en regardant Lavinia.

— Vraiment ? J'ignorais que quelqu'un avait retenu ton attention !

Pourquoi avait-elle dit « la plupart » ? Parce que cette saison n'était pas tout à fait ordinaire. À cause de Lord Northam. Et pourtant, que pourrait-elle leur dire de lui ?

Rien sans dévoiler la façon dont ils s'étaient rencontrés, le développement de leur amitié et la direction que prenait leur association maintenant qu'ils œuvraient à s'entraider. Elle se sentait un peu coupable d'avoir caché tout cela à Sarah, son amie la plus chère, mais elle avait promis à Northam qu'elle ne révélerait à personne qu'il était le duc Galant. Elle n'était pas certaine de pouvoir leur raconter toute l'histoire maintenant sans dévoiler cette partie. Quel imbroglio !

— Tu as raison, Sarah. Il n'y a rien qui vaille la peine

d'être mentionné. C'est un défilé de prétendants, et j'en suis déjà lasse.

Elle jeta un regard en arrière vers sa mère, qui discutait maintenant avec quelques autres ladies. Leurs regards se portèrent sur Lavinia et son groupe, et la jeune femme tourna la tête.

— Ma mère aimerait que je me montre plus enthousiaste. Elle est persuadée que je serai mariée d'ici la fin de la saison.

Violet fronça les sourcils.

— Ce n'est pas ce que tu veux ? Je crois me souvenir que tu voulais te marier.

— Au *bon* gentleman. Quand, et s'il se présente. Ce n'est pas trop demander, n'est-ce pas ?

— Non, approuva Violet. Tu peux me croire. J'étais l'épouse d'un homme que je n'avais pas choisi et que je n'aimais pas. À présent que je suis mariée à un homme dont je suis follement éprise, je peux affirmer avec la plus grande certitude que tu dois attendre l'homme idéal. Si tu peux, ajouta-t-elle en souriant.

— C'est bien là le vrai problème, dit Sarah. Je ne suis pas certaine que ta mère te laissera repousser l'échéance plus longtemps. La mienne prie chaque jour pour que le duc Galant écrive sur moi ensuite.

Diana inclina la tête et observa Sarah d'un œil perplexe.

— Aurais-tu envie qu'il le fasse ?

Sarah haussa les épaules, à la grande surprise de Lavinia.

— Peut-être, répondit-elle avec un regard d'excuses vers son amie, haussant à nouveau les épaules. Je sais que tu n'as pas apprécié toute cette attention, mais je crois que je pourrais. Ou peut-être pas. Je crois que j'aimerais simplement avoir cette opportunité.

— Prends garde à ce que tu souhaites, lui dit Lavinia, l'esprit en ébullition.

Elle pourrait très aisément faire en sorte que le duc

Galant écrive au sujet de Sarah. Mais elle connaissait son amie. Elle apprécierait peut-être l'attention, mais tomber amoureuse était encore plus important pour elle que pour Lavinia. Le manque de sincérité et la futilité l'épuiseraient tout comme ils épuisaient Lavinia.

Sarah souffla, et sa bouche se fronça très brièvement.

— Je suis sûre que tu as raison.

Lavinia espérait que son amie n'était pas triste, ou pire, jalouse de sa notoriété actuelle.

— Souhaiterais-tu réellement que le duc Galant écrive à ton propos ?

— Je ne sais pas. Peut-être ai-je simplement envie d'être aussi populaire que toi, dit-elle en souriant à Lavinia.

Elle était jalouse. La poitrine de Lavinia se serra douloureusement, et elle passa son bras dans celui de son amie.

— Je ne suis pas vraiment populaire, mais tu le sais déjà. Cela passera, et nous pourrons alors revenir à notre vie d'avant.

Sarah regarda Diana et Violet avant de reporter son attention sur Lavinia.

— En avons-nous vraiment envie ? Le mariage semble les rendre heureuses.

— Ce sont des aberrations, dit Lavinia en riant. Je plaisante. Mais elles sont amoureuses. Si nous trouvons l'amour, enfin, *quand* nous le trouverons, nous serons aussi répugnantes qu'elles.

— Et tu as bien raison, Lavinia, dit Sarah, inclinant la tête vers un groupe de femmes rassemblées sur un sentier adjacent, la popularité n'est pas si formidable que cela, surtout lorsqu'elle est motivée par de mauvaises raisons.

Les femmes les dévisageaient ouvertement toutes les quatre, et Lavinia s'apprêtait à s'excuser de les déranger lorsque les mots se bloquèrent dans sa gorge. Elle plissa les yeux en direction du groupe et, malgré sa myopie, se rendit compte qu'il y avait quelque chose de différent dans leur comportement.

Violet souffla.

— Il fallait s'y attendre. Nous savions que notre arrivée susciterait une avalanche de commérages et de jugements.

— Oui, confirma Diana qui observa Lavinia et Diana d'un air navré. Nous sommes navrées si cela vous cause des ennuis.

Lavinia et Sarah ricanèrent.

— Nous nous en moquons, dit la première. Vous êtes nos amies.

— De toute manière, c'est totalement absurde ! s'exclama Sarah, soudain véhémente. Vous êtes toutes les deux heureuses. Personne n'a été détruit ou blessé par ce qui s'est passé. Si Diana avait épousé Kilve, il y aurait aujourd'hui quatre personnes malheureuses, et non quatre personnes qui méritent le meilleur et qui vont l'avoir. Si ce n'est pas acceptable aux yeux de la bonne société, alors je ne veux pas en faire partie.

Elles se tournèrent et repartirent vers Grosvenor Gate.

— Je vais bientôt organiser un dîner, annonça Violet. Je veux montrer aux gens que Nick n'est pas vraiment le duc Solitaire.

— Il ne l'est pas ? lui demanda Lavinia avec un sourire taquin.

Violet lui répondit par un clin d'œil.

— Plus maintenant. Je pense que tu le trouveras bien changé. Diana et moi avons transformé nos ducs. Fi donc de tous ceux qui disent que ce n'est pas possible.

Lavinia se souvint de la conversation qu'elle avait eue avec sa mère au sujet des séducteurs repentis.

— Cependant, aucun d'entre eux n'était un séducteur. Je n'imagine pas que ce type d'homme puisse changer.

— Je pense que cela dépend de l'homme, intervint Violet.

Une femme chanceuse pourra peut-être dévier le comportement de ce dernier de manière à ce qu'il se consacre entièrement à elle.

Elle échangea un regard complice avec Diana, et elles affichèrent des sourires plutôt satisfaits.

— Je crois bien qu'elles parlent de sexe, murmura tout fort Sarah à Lavinia qui éclata de rire.

Violet et Diana se joignirent à elles, et lorsqu'elles atteignirent Grosvenor Gate, elles se tamponnaient les yeux et projetaient d'aller faire des emplettes dans un avenir très proche.

Juste avant qu'elles ne se séparent, Lavinia se pencha vers Violet, et lui dit doucement :

— Lorsque tu enverras des invitations pour ton dîner, n'oublie pas d'en faire parvenir une au marquis de Northam.

Elle aurait ainsi l'assurance de le voir à cet événement, ce qui leur permettrait de discuter de leur projet d'entraide.

Les yeux de Violet s'écarquillèrent sous l'effet de la curiosité, mais avant qu'elle ne puisse en demander la raison, Lavinia ajouta :

— C'est un ami du frère de Sarah. Et il n'est pas très friand des événements de la bonne société. Je pense qu'il pourrait apprécier notre compagnie.

— Je ne manquerai pas de l'ajouter à la liste.

Elles se firent leurs adieux, et Lavinia scruta le sentier en plissant les yeux.

— Ma mère arrive, annonça-t-elle en se tournant vers Sarah. Elle n'avait pas vraiment envie de venir aujourd'hui, mais je l'ai entraînée avec moi. Et je suis ravie de l'avoir fait.

— Moi aussi. Quel plaisir de voir Diana et Violet !

Lavinia serra les mains de son amie.

— Oui. J'espère que tu n'es pas fâchée contre moi, à cause de tout ce qui se passe. Je préférerais échanger ma place avec la tienne. Cette situation te conviendrait bien mieux qu'à moi. J'ai juste envie de parler de roches, de terre, et de l'âge de la planète. Tout le monde se fiche de ces sujets.

— Oui, la mode et la littérature populaire sont bien plus intéressantes, dit Sarah en levant les yeux au ciel avant de rire doucement. Tu es mon amie la plus chère, et je t'aime au-delà de toute mesure. Je ne suis pas fâchée contre toi. Je suis heureuse pour toi, et j'espère sincèrement que ce chaos attirera l'homme de tes rêves. Maintenant, je dois partir avant que ta mère arrive.

Elle lui serra les mains, puis mima « *désolée* » en s'en allant.

La comtesse ralentit, mais ne s'arrêta pas en arrivant près de Lavinia.

— Je suis prête à partir.

Sa fille se mit au pas à côté d'elle.

— Alors je suppose que je le suis aussi.

Sa mère lui jeta un regard troublé, et elle craignit d'avoir à subir une leçon de morale. Elle avait raison.

— Pourquoi discutais-tu avec ces femmes ?

Ces femmes.

— Ce sont des *duchesses*, mère. Ce sont aussi mes amies. Tu apprécies Diana.

— C'était le cas lorsqu'elle était respectable. Aujourd'hui, c'est une paria. Mais je suppose que c'est aussi bien, parce qu'elle en a épousé un.

Lavinia s'arrêta net sur le trottoir, juste après Grosvenor Gate.

— Mère ! C'est mon amie. Et c'est une duchesse. Tu pourrais montrer un peu de respect, voire de gentillesse.

— Elle s'est enfuie avec le duc Ravageur ! Tu ne peux pas entretenir d'amitié avec elle, pas dans ta situation précaire !

— Maintenant, ma situation est précaire ? l'interrogea Lavinia plissant les yeux sous l'effet de la colère. Je la croyais enviable ?

— Pour l'instant, et grâce au duc Galant. Mais, ma chérie, tu ne facilites pas les choses, déclara-t-elle.

Elle saisit ensuite le coude de sa fille, et l'entraîna dans la rue.

— Tu pourrais choisir n'importe quel gentleman, et tu parviens à peine à te montrer polie.

— Ce n'est pas juste. Je suis tout à fait polie. Agréable, même. Certes, je manque parfois d'enthousiasme, mais nombre de ces gentlemen sont ennuyeux et imbus d'eux-mêmes, se justifia-t-elle, jetant un regard exaspéré à sa mère. J'ajouterai que je ne peux pas choisir n'importe quel gentleman.

Inexplicablement, le marquis de Northam lui vint à l'esprit. Elle ne voulait pas le choisir. C'était un séducteur doublé d'un poète, ce qui était aussi éloigné de la science qu'on pouvait l'être sans tomber de la Terre. Ce qui était impossible, bien sûr, puisqu'il s'agissait d'une sphère.

— Lavinia, fais attention !

— Oui, mère.

— Je ne veux pas que tu passes du temps avec les *duchesses* en ce moment. C'est une période importante, car ton avenir ne tient qu'à un fil.

Lavinia serra les dents et ravala une remarque sarcastique suggérant que sa mère aurait dû être comédienne. Son sens de la dramaturgie était sans égal. Elle repensa au dîner de Violet, et se promit de trouver un moyen d'y assister. Son père serait favorable à cette idée. Il s'inquiétait davantage de se rapprocher des ducs que de prêter attention aux commérages et à la méchanceté.

Elles terminèrent le trajet en silence, et, à leur arrivée, Lavinia se rendit directement dans sa chambre. Au diable la bonne société et ses règles idiotes ! Elle avait l'intention de demander à Lord Northam de lui trouver un mari aussi loin de Londres que possible.

Un universitaire d'Oxford pourrait être parfait, et elle se mit à voir comment l'amour pourrait passer au second plan. Si elle pouvait trouver la sécurité et la satisfaction sans avoir à subir les drames de la société qui épiait ses faits et gestes, et les jugeait, cela pourrait suffire.

Les paroles de Sarah lui revinrent. Peut-être aurait-elle la chance de trouver l'homme de ses rêves au milieu du chaos. Avec l'aide de Northam.

Comment se faisait-il alors que lorsqu'elle songeait à trouver un mari, c'était à Northam qu'elle pensait le plus souvent ?

~

*L*e jour suivant, Beck se rendit au parc à pied. Il aurait dû y aller la veille, mais il faisait froid et humide, et il se doutait que Lady Lavinia ne sortirait pas dans ces conditions.

Ou peut-être avait-il simplement cherché une excuse pour l'éviter pendant une journée. Ce qui était idiot, vu qu'il avait accepté de l'aider à trouver un mari. Et elle allait l'aider à trouver une nouvelle jeune femme sur laquelle écrire. De la même manière qu'ils ne pouvaient pas continuer à se rencontrer dans les bibliothèques, ils ne devraient sans doute pas continuer à se retrouver dans le parc. Leurs promenades avaient vraisemblablement déjà été remarquées, et c'était la principale raison pour laquelle il s'était abstenu d'y aller hier.

Dès qu'il franchit Grosvenor Gate, il la vit. Elle se tenait aux côtés de sa mère, et elles étaient entourées d'un grand nombre de personnes. Heureusement, Devaney n'était nulle part.

Beck se demanda s'il devait se donner la peine. Faire intrusion pourrait donner lieu à une scène comme celle de l'autre jour. Il avait déjà décidé qu'il ne voulait pas être lié à elle de cette manière. Bon sang ! De quelque manière que ce soit !

Sauf qu'il *était* lié à elle. Au moins en privé. Depuis la minute où il avait effleuré son cou de ses lèvres, ils étaient devenus étroitement liés, d'une certaine manière.

Étroitement liés ? Cette idée faisait naître en lui des pensées qu'il valait mieux oublier. N'avait-il pas déjà fait le serment de ne pas penser à elle ?

Alors qu'il restait là à tergiverser, Lady Lavinia plissa les yeux dans sa direction. Bon sang, cette femme avait besoin de lunettes. Il aimerait la voir avec. Il pourrait peut-être la convaincre de les porter. Sauf qu'apparemment, ce n'était pas de son ressort. Il ne connaissait pas du tout sa mère et avait à peine échangé quelques mots avec son père. Mais il était enclin à ne pas apprécier cette femme.

Lady Lavinia regardait toujours dans sa direction. Sa décision fut prise. Au mépris de son bon sens, il se jeta dans la mêlée.

— Oh ! Voici le marquis de Northam, dit sa mère en souriant. Encore.

Beck refréna l'envie de lever les yeux au ciel lorsqu'il s'inclina devant elle.

— Lady Balcombe, c'est un plaisir de vous voir en ce bel après-midi.

— Vous de même, Lord Northam. Je pense que vous êtes ici pour voir Lavinia. Pourquoi n'iriez-vous pas vous promener ?

C'était précisément pour cela qu'il n'avait pas eu envie de venir. Pas parce qu'il n'avait pas envie de se promener avec elle, bien sûr, et il le fallait pour qu'ils puissent échanger des informations, mais à cause de l'attention que cela attirerait. Il parvint à adresser un semblant de sourire à la comtesse.

— J'en serais ravi, si Lady Lavinia est d'accord.

Il se tourna vers elle, et elle manqua de lui arracher le bras dans sa précipitation.

— Oui, merci.

Ils s'éloignèrent du groupe et, à chaque pas, il la sentait se détendre de plus en plus.

— Vous êtes très tendue, remarqua-t-il.

— Vous avez vu ce troupeau ? lui demanda-t-elle en lui jetant un regard en coin. N'ai-je pas toutes les raisons de l'être ?

— Toutes les raisons, effectivement.

— Toutes les raisons du monde ?

— Oui.

Elle éclata de rire.

— Merci. Maintenant, je dois vous réprimander. Où étiez-vous hier ?

Il la regarda, surpris.

— Vous étiez là ?

— Oui.

— Vous avez bien du courage pour avoir bravé le froid.

— Il ne faisait pas si froid. En outre, il fallait que je sorte. Je deviens un peu folle lorsque je passe trop de temps à l'intérieur, expliqua-t-elle, lui adressant un sourire attendrissant. Voilà pourquoi j'aime tant les roches et la terre. Enfant, je passais mon temps à creuser, au grand dam de ma mère. J'aimais simplement être dehors.

Elle haussa les épaules.

Il se souvint de son enfance dans le Devon, près de la mer.

— Moi aussi. J'aimais marcher jusqu'à la plage et contempler l'océan. Je crois que c'est la vue et le son des vagues qui ont éveillé mon amour de la musique.

— Comment cela ?

Elle l'observait attentivement, et il se rendit compte qu'il n'avait jamais partagé cela avec personne. Pas parce qu'il s'agissait d'un secret, mais parce que la question n'avait jamais été abordée.

— Le rythme. Je le trouvais apaisant, comme une chanson. Ma nourrice chantait pour moi. Elle était irlandaise. Elle avait une magnifique voix chantante.

Fermant brièvement les yeux, il crut presque l'entendre chantonner dans le vent.

— C'est adorable. Je n'avais jamais envisagé les choses sous cet angle auparavant. Pour moi, l'océan est à la fois dur et implacable, creusant la terre, et doux et créatif, reprenant ce qu'il brise pour le reconstruire.

Sa description l'émut et il eut soudain envie d'écrire ses mots pour en faire une chanson. Il s'efforça de les mémoriser.

— Vous avez une langue de poète, dit-il doucement.

— Je ne crois pas que ce soit vrai, mais je vous remercie pour le compliment, lui dit-elle, puis elle le dévisagea un moment. À bien y réfléchir, c'est vous l'expert. Si vous dites que je suis capable de poésie, qui suis-je pour vous contredire ?

— Une chipie impertinente à la langue bien pendue, voilà qui vous êtes.

Il la taquinait, mais peut-être aussi flirtait-il avec elle. Comme il l'avait fait le soir où il l'avait rencontrée. Mais cette fois, elle ne paraissait pas offensée. Non, elle semblait… flattée, peut-être.

— D'abord, j'ai une langue de poète, ensuite, elle est bien pendue ? Faites un choix !

Elle lui lança un regard faussement exigeant, mais il ne pensait qu'à une chose : sa langue. *Au diable tout cela !*

Il s'éclaircit la gorge.

— Nous devrions nous concentrer sur ce dont nous devons discuter. J'ai reçu une lettre de mon ami d'Oxford,

Horace Jeffries. Il vient en ville, et je vais organiser une rencontre entre vous deux.

— Comment allez-vous vous y prendre ? l'interrogea-t-elle.

— Je n'ai pas encore vraiment tout réglé. Je me dis que je pourrais l'amener au parc ?

Elle hocha la tête.

— Cela suffirait. Pourrait-il être invité quelque part ? Ou peut-être pourrait-il obtenir un bon pour le club Almack.

Beck frémit.

— Je n'y ai jamais mis les pieds. Certes, ils ne voudraient sans doute pas de moi.

— Trop séducteur ?

— Absolument.

— Eh bien, vous n'auriez pas besoin de venir. Nous n'essayons pas de déterminer si vous et moi sommes faits l'un pour l'autre.

Non, ce n'était pas le cas.

— Je vais organiser quelque chose, lui dit-il. En attendant, il nous faut un moyen de communication. Nous ne pouvons pas continuer à nous retrouver dans le parc. Peu importe si nous ne cherchons pas à savoir si nous sommes faits l'un pour l'autre, car les autres le feront pour nous. Si ce n'est pas déjà le cas.

Lavinia acquiesça, les lèvres pincées dans une moue pensive.

— Oui, je sais. Ma mère était ravie de vous voir entrer dans le parc, et elle espérait que vous viendriez vers nous. Je crois qu'il est important que nous nous évitions au cours des prochains jours. Alors comment allons-nous communiquer au sujet de nos objectifs ?

— En fait, j'ai un plan pour cela. Il y a un creux dans le tronc de l'arbre qui se situe à l'angle sud-ouest de Grosvenor

Square. Si vous souhaitez me dire quelque chose, laissez-y un mot. Je le vérifierai tous les jours.

Elle posa sur lui un regard admiratif.

— Bien joué ! Et si vous avez besoin de me dire quelque chose ?

— Je peux faire de même, mais je comprendrais si vous ne pouviez pas venir ici tous les jours pour vérifier.

— Je suis sûre que je peux trouver quelque chose. Il n'est pas rare que je me promène avec ma femme de chambre ou un palefrenier. Il faudra simplement que je trouve une raison de venir jusqu'à cet arbre.

Elle se fendit d'un sourire.

Soudain, il eut une idée.

— Et si je signalais à l'extérieur de votre maison qu'il y a un message ?

— Quel genre de signal ? Peut-être un panneau qui dirait « Il y a une lettre pour vous à Grosvenor Square » ? suggéra-t-elle avant d'éclater de rire. Désolée, je n'ai pas pu résister. Évidemment, ce ne pourrait pas être cela.

Il rit avec elle.

— Non, effectivement. Ce serait quelque chose de plus… subtil, proposa-t-il.

Il réfléchit un long moment pendant qu'ils retrouvaient leur sérieux.

— J'attacherai quelque chose à la clôture en fer devant la maison de l'autre côté de la rue.

— Oh, c'est une idée brillante ! Et bien mieux que ma suggestion.

Elle sourit, et il rit à nouveau. Le terme « drôle » n'était peut-être pas une description adéquate de l'humour de Lady Lavinia.

— Et je le verrai facilement puisque ma chambre donne sur la rue. Au deuxième étage, dans le coin.

— Cette question étant réglée, nous devrions faire demi-tour. En chemin, vous pourrez me dire si vous avez identifié une jeune femme que je pourrais aider.

Ils firent demi-tour sur le chemin, et il sentit un léger changement dans le corps de la jeune femme. Elle se tendit à nouveau, mais pas autant que lorsqu'ils avaient démarré.

— Qu'est-ce qui ne va pas ? lui demanda-t-il, inquiet qu'elle ne souhaite plus lui venir en aide.

— Je ne suis pas encore tout à fait sûre d'avoir une candidate.

Elle mordilla sa lèvre inférieure, ce qu'il ne l'avait jamais vue faire auparavant.

— Très bien. Faites-moi savoir lorsque ce sera le cas. Le rédacteur en chef du *Morning Chronicle* me harcèle pour un nouveau poème. Vous m'avez dit que Mlle Pemberton n'apprécierait peut-être pas cette attention. Devrais-je renoncer à écrire un autre poème pour elle ?

— Oui, vous devriez. En fait, j'ai une idée.

Sa voix se perdit en même temps que son regard. Puis elle prit une profonde inspiration, et il eut l'impression qu'elle cherchait à rassembler son courage.

— Mon amie Sarah Colton.

Surpris, il la regarda en cillant. Il avait envisagé d'écrire ensuite sur Mlle Colton, mais il avait abandonné cette idée après avoir constaté à quel point Lady Lavinia n'aimait pas cela.

— Elle ne partage pas votre point de vue sur mon ingérence ?

— Au contraire, elle est un peu jalouse, expliqua Lady Lavinia avec une légère grimace. Si seulement vous aviez écrit pour elle au départ…

— Je l'aurais peut-être fait si c'était elle que j'avais rencontrée et non vous ce soir-là.

Leurs regards se croisèrent, et il fut soudain plus conscient que jamais de la main qu'elle posait sur son bras.

Une douce chaleur irradiait de sa main, et il se souvint du parfum des lys et du chèvrefeuille, son odeur lorsqu'il l'avait embrassée dans le cou.

Elle détourna le regard la première.

— Oui, si vous pouviez écrire un poème à son sujet, elle en serait ravie. Tout comme sa mère. Apparemment, elle prie pour cela tous les jours.

Beck gémit.

— Peut-être est-ce vraiment une erreur. Je n'avais pas prévu que cela prenne une telle… ampleur.

— Il est trop tard maintenant. C'est *le* sujet dont tout le monde parle.

Il détestait tous les ennuis qu'il avait causés, et il n'était pas certain de réussir à lui trouver un mari. Il aurait aimé pouvoir faire autre chose. Quelque chose qu'il pourrait contrôler. Une idée lui vint à l'esprit. C'était un petit geste, mais il se doutait qu'elle l'apprécierait.

— Lady Lavinia, votre intérêt pour la géologie s'étend-il aux fossiles ?

Ses yeux sombres s'illuminèrent.

— Oh, oui ! J'en ai une petite collection.

Lui aussi. Dans son enfance, il les avait ramassés autour de sa maison et ils étaient désormais rangés dans une boîte dans son bureau. Ils seraient bien plus appréciés s'ils étaient en sa possession. Il nota dans un coin de son esprit d'écrire à sa belle-mère pour qu'elle les lui envoie.

— Serait-il inconvenant que je vous demande de m'appeler Lavinia ?

Sa question le prit au dépourvu.

Elle agita la main.

— Bien sûr que ce serait inconvenant. Mais je m'en fiche. Nous sommes amis, et mes amis m'appellent Lavinia.

— Ce ne serait pas approprié.

— Non, mais notre association tout entière n'est pas

appropriée. Quitte à enfreindre les règles, autant aller jusqu'au bout.

Il sourit devant son argument.

— Très bien.

Elle releva la tête pour le regarder.

— Vos amis vous appellent Beck ?

Il hocha la tête.

— Mon nom est William Beckett. J'étais le vicomte Beckett avant d'hériter du titre. Tout le monde m'a toujours appelé Beckett ou Beck. À l'exception de ma mère, qui m'appelait Will.

Une tristesse depuis longtemps enfouie l'envahit, comme une vague géante venue de la mer, une perturbation du rythme.

— Quand est-elle morte ? demanda Lavinia d'une voix douce.

— Quand j'avais quinze ans.

— Elle vous manque.

Il acquiesça.

— Oui, mais j'ai eu la chance d'avoir une belle-mère que j'aime et qui m'aime.

— Zut ! Nous sommes presque revenus à notre point de départ, constata Lavinia. Mais je crois que nous nous sommes dit tout ce que nous avions à nous dire.

Pas vraiment. Il appréciait beaucoup trop leur conversation. D'un autre côté, il était impatient de rentrer chez lui et de déverser sur du papier les mots qui lui trottaient dans la tête.

— Guettez mon signal, dit-il. Je vous informerai de l'arrivée de Horace, et je vous dirai quand venir au parc pour le rencontrer.

— Très bien. Et vous écrirez un poème à Sarah. Faites en sorte qu'il soit bon, s'il vous plaît… votre meilleur. Elle aime les chiens, si cela peut vous aider de le savoir. Et elle est friande de romans épouvantables, mais n'écrivez peut-être pas sur ce sujet.

Il éclata de rire une nouvelle fois.

— J'écrirai quelque chose qui méritera vos éloges.

— Ne l'écrivez pas pour moi. Écrivez-le pour son futur mari.

— Oui, bien sûr.

Ils marchèrent jusqu'à sa mère, et il partit assez rapidement, à la fois parce qu'il avait hâte d'écrire et de jouer de la guitare, et parce qu'il n'avait pas envie de faire la causette à la comtesse. Ou de l'encourager à croire qu'il allait faire la cour à Lavinia.

Ce n'était pas ce qui allait se passer. Ils étaient amis, et cela lui plaisait, en dépit de l'étrangeté de la situation. L'amitié entre un séducteur et une jeune femme célibataire était des plus improbables. Et si la bonne société venait à l'apprendre, malheur à eux, les gens les voueraient à l'Enfer.

Heureusement, Beck n'y croyait pas. Il ne pouvait pas. Beaucoup diraient que sa sœur s'y trouvait, et c'était une idée qu'il était simplement incapable de supporter.

CHAPITRE 7

Accordez-lui vos faveurs et réjouissez-vous,
Jeune homme, du sourire qu'elle tourne vers vous.
Prenez soin de cette charmante demoiselle,
Car la récompense de l'amour est un bonheur sans pareil.

-Extrait de *Ballade pour Mademoiselle Anne Berwick*
Par le duc Galant

La fête des Reeves était un véritable succès, et Lavinia eut du mal à trouver Sarah et Fanny, surtout sans ses lunettes. C'était dans ces moments-là qu'elle aurait voulu les porter en permanence. Peut-être allait-elle commencer à les emporter avec elle, de sorte de pouvoir les sortir de son réticule et de s'en servir un bref instant.

Plissant les yeux en observant la foule, elle finit par repérer Sarah, qui était bien loin du mur. Mais pourquoi aurait-elle dû s'y trouver ? L'*Ode à Mademoiselle Sarah Colton* du duc Galant avait été publiée le matin même, et la jeune femme en goûtait actuellement les effets.

Après avoir vu le poème ce matin-là, et Beck s'était vraiment surpassé, Lavinia s'était précipitée chez Sarah avec Fanny. La jeune femme était si heureuse qu'elle avait compris qu'elle avait bien fait de demander à Beck d'écrire pour elle. Et Lady Colton était aux anges. En fait, leur visite avait été écourtée pour qu'elles puissent aller acheter quelque chose de spécial pour la fête du soir. C'était exactement ce qu'avait fait la mère de Lavinia, qui se tenait justement auprès d'elle.

Lavinia s'éloigna pour rejoindre Sarah, qui était aux côtés de sa propre mère. Alors qu'elle traversait le grand salon, elle perçut une bribe de conversation qui la poussa à s'arrêter et à écouter.

— Je ne vois pas en quoi cela aidera cette pauvre fille. Elle a autant de personnalité qu'une petite souris, quoi qu'en dise le duc Galant.

Lavinia serra les dents en reconnaissant celle qui parlait, Lady Nixon, l'une des commères les plus malveillantes de la ville. Elle parlait à sa plus proche amie, tout aussi toxique, Mme Law.

Celle-ci renifla.

— Je suis d'accord. Apparemment, le duc n'a pas été en mesure d'aider Mlle Pemberton ou Lady Lavinia à trouver un mari. Peut-être que sa magie s'est dissipée.

— Dommage. J'ai beaucoup apprécié sa poésie. L'ode d'aujourd'hui était tout simplement magnifique.

Lady Nixon soupira.

Lavinia songea à quelque chose qu'elle aurait aimé dire à ces vieilles rombières, mais elle se retira avant de provoquer un esclandre qui aurait mortifié sa mère. Malheureusement, Sarah avait changé de place. Lavinia plissa les yeux pour la chercher, et la vit en train de parler avec un gentleman. Bien, elle la retrouverait plus tard.

Au lieu de retourner auprès de sa mère, Lavinia partit à la recherche de Fanny avant de se rappeler qu'elle ne viendrait pas ce soir-là. Mais elle aperçut Mlle Pemberton qui terminait tout juste une promenade avec un gentleman. Après son départ, Lavinia s'approcha.

— Bonsoir, Jane.

Les yeux couleur xérès de l'autre femme s'illuminèrent lorsqu'elle la reconnut.

— Lavinia, quel plaisir de te retrouver ici ! Je vois que ton amie Mlle Colton est la dernière bénéficiaire de la... gentillesse du duc Galant.

— Oui, elle est ravie.

— Contrairement à nous, remarqua Mlle Pemberton d'un ton sec.

— Je ne *déteste* pas vraiment cela, dit Lavinia, se demandant aussitôt pourquoi. Mais ce serait agréable d'être un peu oubliée.

Maintenant qu'elle savait que Beck était derrière tout cela, elle se sentait un peu moins agacée.

— J'espère que ce sera bientôt le cas. Les choses ont commencé à s'apaiser, et je t'en suis reconnaissante.

— Je viens d'entendre Lady Nixon et Mme Law prétendre que le duc avait échoué, car toi et moi ne sommes pas fiancées.

Mlle Pemberton laissa échapper un petit rire.

— Manifestement, cela ne l'a pas dissuadé de poursuivre sa campagne ridicule. As-tu réussi à déterminer son identité ?

Lavinia répondit sans la moindre hésitation.

— Non. Et je crois que nous ne la connaîtrons jamais.

— À moins qu'il n'y ait un moyen de corrompre le rédacteur en chef du *Morning Chronicle*, affirma Mlle Pemberton d'un ton très sérieux. Crois-tu qu'il soit corruptible ?

— Je n'en sais absolument rien.

Lavinia rit, espérant que Jane plaisantait, et fut récompensée par un sourire. Se détendant, elle demanda :

— Que ferais-tu si tu apprenais son identité ?

— En dehors de lui demander d'arrêter ? Une partie de moi aimerait qu'il subisse une sorte de déconvenue publique, mais je ne suis pas une personne vindicative. Je me sentirais sans doute mieux si je pouvais me défouler un peu sur lui.

Elle afficha de nouveau un large sourire.

— Je peux le comprendre.

C'était exactement ce qu'avait fait Lavinia.

Elles se tenaient près de la porte, et elle vit le sujet de leur conversation entrer dans le salon. Beck était accompagné d'un autre homme. Un peu plus petit que le marquis, il avait des cheveux d'un noir d'encre, et une silhouette trapue. Son regard se promena dans la salle, lui donnant l'air un peu nerveux.

Lavinia n'avait jamais vu cet homme auparavant, et elle se demanda s'il s'agissait de l'ami de Beck qui venait d'Oxford. Elle garda un œil sur eux tout en discutant avec Jane Pemberton un peu plus longtemps. Beck et l'homme échangèrent des politesses avec leurs hôtes, puis Lady Reeves s'approcha de Lavinia.

L'hôtesse leur sourit chaleureusement.

— Lady Lavinia, j'aimerais vous présenter un nouvel arrivant, si vous avez un moment.

— Certainement.

Lavinia jeta un regard à Jane, qui inclina la tête et l'encouragea du regard à y aller.

Elle suivit Lady Reeves jusqu'à l'endroit où se trouvait Beck et l'autre gentleman.

— Lady Lavinia, puis-je vous présenter M. Horace Jeffries ? dit l'hôtesse. Il me semble que vous connaissez déjà Lord Northam.

— En effet, répondit Lavinia en faisant la révérence à

Beck, puis à M. Jeffries. Ravie de vous rencontrer, monsieur Jeffries.

— Tout le plaisir est pour moi, j'en suis sûr.

M. Jeffries coula un regard vers Beck, qui inclina imperceptiblement la tête. Reportant son attention sur Lady Reeves, M. Jeffries la remercia pour les présentations, puis demanda à Lavinia si elle aimerait faire un tour.

— J'en serais honorée, répondit-elle, se sentant un peu bizarre de partir au bras d'un homme qui n'était pas Beck.

Le regard de la jeune femme s'attarda sur celui de son ami avant qu'elle se retourne pour s'éloigner avec M. Jeffries.

— J'ai cru comprendre que vous viviez à Oxford, dit Lavinia.

— Oui. Lord Northam m'a invité à séjourner quelques jours en ville. J'aime bien me rendre à Londres de temps à autre, surtout pour visiter le musée.

— J'adore le musée. D'où connaissez-vous Lord Northam ?

— Nous sommes allés à Oxford ensemble. J'étais déjà là quand il est arrivé. Je l'aidais dans les matières scientifiques et en arithmétique. Il sacrifiait souvent ses études dans ces domaines au profit de la musique et de la lecture.

Beck lui avait dit qu'il jouait un peu. Apparemment, il l'avait mal informée sur son niveau.

— Vous l'avez entendu jouer ? s'enquit-elle.

— Oh, oui ! Il est merveilleux, répondit-il avant de la regarder d'un air peiné. Mais j'ignore s'il le fait toujours. Il a toujours été timide à ce sujet. Il ne joue que pour ses amis. Et encore, pas pour tous !

M. Jeffries devait donc être un ami spécial pour Beck. Lavinia se demanda si elle l'était aussi. Jouerait-il pour elle si elle le lui demandait ?

Es-tu idiote ?

Apparemment. Quand et comment le marquis de

Northam pourrait-il jouer de la guitare pour Lady Lavinia sans le faire en public ? Et il ne semblait pas enclin à faire ce genre de choses. Elle en aurait entendu parler si c'était le cas. Un charmant marquis séducteur qui jouait admirablement bien de la guitare ferait nécessairement parler de lui.

— C'est formidable, dit-elle, imaginant un jeune Beck assis sous un arbre, un livre ouvert à la main tandis qu'il grattait sa guitare. Je ne suis absolument pas musicienne.

— Moi non plus. Je préfère de loin la recherche et le travail universitaire, expliqua-t-il, lui jetant un regard empreint de curiosité. Northam m'a parlé de votre passion pour la géologie. C'est un centre d'intérêt extraordinaire pour une jeune femme.

Elle n'arrivait pas à déterminer s'il approuvait ou non. Beaucoup de gentlemen la regardaient de haut.

— J'ai trouvé un fossile à l'âge de neuf ans, et depuis, je suis un peu obsédée par l'histoire de la planète.

Il lui sourit.

— Fantastique ! J'ai grandi au milieu d'un vaste jardin et, dès mon plus jeune âge, j'ai toujours été curieux des plantes. Je voulais savoir comment elles poussaient, connaître leurs points communs et leurs différences, expliquer pourquoi elles s'épanouissaient dans certains environnements et pas dans d'autres. Je trouve remarquable que votre curiosité d'enfant soit restée intacte. Sans doute parce que vous l'avez nourrie, tout comme moi.

— Autant que possible. Il n'est pas très apprécié qu'une jeune femme se passionne pour la géologie.

Il plissa le front.

— Oui, oui, j'imagine très bien. Dommage que vous n'ayez pas pu aller à Oxford.

— Un jour, les femmes y seront admises, j'en suis sûre. Tout comme les femmes seront un jour membres de la Royal Society.

— Je crois qu'elles le seront, Lady Lavinia. Northam a toujours défendu la cause des femmes à Oxford, mais je pense que c'était pour une raison différente, dit-il.

M. Jeffries éclata de rire. Apparemment, il ne se rendait pas compte qu'il venait de dire quelque chose d'un peu inconvenant.

— Si ma mémoire est bonne, Northam est tombé très amoureux d'une femme au cours de sa première année. Son père était directeur de département dans une université, je ne sais plus laquelle, mais pas la nôtre. Lorsqu'elle a épousé un autre homme, il a été dévasté. Je me souviens qu'il avait écrit un grand nombre de chansons et de poèmes excessivement sentimentaux.

Il agita la main.

— C'était un peu redondant. Qu'est-ce qu'une chanson, si ce n'est un poème mis en musique ?

Lavinia se demanda si Beck serait contrarié que M. Jeffries partage cette information. Il lui semblait être quelqu'un de plutôt discret. En fait, il n'avait rien de commun avec le visage de séducteur qu'il montrait au monde.

Et pourtant, elle était fascinée d'apprendre ces choses sur lui.

— On dirait que Lord Northam et vous étiez très proches.

— Oui, en effet. Ware et lui essayaient de me faire participer à leurs bêtises, mais je n'ai jamais été aussi turbulent qu'eux.

Ils achevèrent leur tour du salon, et Lavinia vit que Sarah était maintenant libre. Leurs regards se croisèrent, et la jeune femme inclina la tête pour que la jeune fille la rejoigne.

— Nous sommes revenus au point de départ, annonça M. Jeffries.

Lavinia retira son bras du sien.

— Merci pour la promenade, monsieur Jeffries.

— Comme je l'ai dit, je ne suis à Londres que pour quelques jours, mais peut-être nous reverrons-nous.

— Cela me plairait bien, répondit-elle.

Il lui sourit et fit une petite révérence avant de partir. Elle le regarda franchir la porte, et se douta qu'il ne reviendrait pas.

Lavinia alla rejoindre Sarah, dont les yeux pétillaient.

— Tu m'as l'air de passer une excellente soirée.

— Oh, oui ! Mais tu avais raison de dire que c'est étrange. J'ai envie de demander aux gens s'ils ne m'avaient jamais remarquée auparavant. Mais je m'abstiens, par crainte de leur réponse, dit-elle en souriant.

Lavinia rit doucement.

— Mieux vaut ne pas demander.

— Avec qui étais-tu à l'instant ? lui demanda Sarah. Je ne l'ai pas reconnu.

— M. Horace Jeffries, d'Oxford. Il est botaniste.

— Un scientifique ? Comment as-tu pu le rencontrer ?

Lavinia ne pouvait pas vraiment donner d'explication sans révéler son association avec Beck.

— Lady Reeves a fait les présentations.

Sarah cligna des yeux avec intérêt.

— Et l'as-tu apprécié ?

— En fait, oui.

Elle repensa à leur conversation, et se rendit compte qu'elle avait principalement tourné autour de Beck. Avait-elle apprécié M. Jeffries pour cette raison ? Elle balaya les environs du regard pour voir si Beck était toujours là, mais elle ne le vit pas. Ce qui ne signifiait pas qu'il était parti, juste que sa vue de loin était toujours aussi mauvaise. Elle se concentra sur Sarah.

— Alors, dans l'ensemble, tu t'amuses bien ?

— Oui, c'est très animé ! En fait, voici un autre gentleman. Mais peut-être est-il ici pour toi.

— J'en doute, dit Lavinia en souriant.

Elle espérait que non. Elle n'était pas d'humeur à faire une nouvelle promenade autour du salon, à moins que ce ne soit avec Beck.

Était-ce vrai ?

Elle prit congé de Sarah, et partit à sa recherche. Il semblait être déjà parti. Et comme M. Jeffries n'était pas revenu au salon, elle se demanda s'ils s'en étaient allés ensemble. Où s'étaient-ils rendus ? Sans doute dans un club, ou tout autre endroit où Beck se rendait pour faire des choses immorales. Cependant, elle avait du mal à imaginer M. Jeffries se joindre à lui pour de telles activités. Ou peut-être n'avait-elle tout simplement pas envie de penser à eux en train de faire de telles choses.

La déception lui tenailla le ventre. Cinq jours s'étaient écoulés depuis sa promenade avec Beck dans le parc, et ils n'avaient pas eu besoin de correspondre. Elle se rendait compte qu'il lui manquait et qu'elle n'avait rien à espérer de lui. Ce n'était pas comme s'il pouvait la retrouver à la bibliothèque.

Lavinia quitta le salon et fouina jusqu'à trouver sa pièce préférée. Beck n'était pas là, bien sûr. En fait, elle était ouverte aux invités, et plusieurs personnes s'y trouvaient, pour la plupart des hommes d'âge mûr, en train de converser. Ce qui signifiait qu'elle ne pouvait pas parcourir les étagères de Lord Reeves.

C'était sans espoir. Elle allait devoir retourner au salon, et endurer le reste de la soirée. Seule. Non, pas seule. Grâce à la plume de Beck, elle ne l'était plus que rarement. Et c'était bien ce qui lui manquait.

∿

e lendemain, Beck n'était dans son bureau que depuis quelques minutes lorsque Gage entra avec son courrier du jour.

— Il y a un paquet pour vous, my lord, l'informa le majordome en le posant, ainsi qu'une petite pile de lettres, sur le bureau de Beck.

Ce dernier s'en saisit, et le trouva un peu lourd.

— J'ai demandé à ma belle-mère de m'envoyer quelques objets de Waverly Court.

Il était impatient de l'ouvrir, mais aussi de jouer. Son regard dériva vers ses guitares dans le coin de la pièce.

— Je suis sûr que les gens de la maison apprécieraient que vous jouiez. Ces derniers temps, votre musique a pris un ton plein d'entrain. J'ai surpris l'une des servantes qui dansait pendant qu'elle travaillait hier.

Gage l'avait dit avec humour, les yeux pétillants.

Beck ne s'en était pas rendu compte, mais ce que disait son majordome était vrai. Son écriture était également plus légère, et plus… facile. Le poème pour Miss Colton s'était littéralement envolé du bout de ses doigts.

— Qui qu'elle soit, j'espère que vous serez en mesure de prolonger votre association pendant quelque temps.

Gage était bien au fait de la préférence de Beck pour les relations amoureuses à court terme et de sa réticence à se marier.

— Il n'y a personne, dit Beck, alors même qu'il songeait à Lavinia.

Son sourire effronté et spirituel, et ses yeux vifs et intelligents prirent forme dans son esprit.

— Je suis surpris de l'entendre. Les changements dans votre musique s'accompagnent presque toujours d'une nouvelle liaison.

Beck leva les yeux vers lui.

— Il n'y a absolument aucune liaison.

— L'absence de liaison n'est pas la même chose que l'absence de femme. Lequel est-ce ?

— Cela ne pourrait-il pas être les deux ?

Beck ne voulait pas en parler de peur d'évoquer Lavinia. Il ne voulait pas parler d'elle à Gage. Il ne voulait même pas aborder le sujet en son for intérieur.

— Mon ami Horace Jeffries passera plus tard. Nous irons faire un tour à cheval dans le parc.

Horace était hébergé par sa tante durant son séjour en ville. Beck lui avait proposé son hospitalité, mais son ami avait argué que sa tante serait déçue s'il logeait ailleurs, ce qui lui convenait parfaitement. Il était un peu nerveux lorsqu'il recevait des gens, car il ne jouait pas en présence d'autres personnes. Mais il aurait pu faire une exception pour un vieil ami comme Horace.

Gage comprit l'allusion, et il abandonna le sujet des femmes.

— Très bien, monsieur.

Il se retourna et partit, fermant la porte derrière lui, car il savait que Beck allait probablement jouer.

Mais il commença par ouvrir le colis de Waverly Court. À l'intérieur, il trouva sa collection de fossiles, ou du moins la plus grande partie. Quelques pièces plus grandes se trouvaient dans son bureau, dans un coffret, mais il avait déposé les plus petites dans cette boîte de souvenirs d'enfance.

Certaines étaient très petites, couvrant à peine le bout de son doigt. Beaucoup étaient de magnifiques spirales d'une créature à coquille datant d'une époque indéterminée. Son fossile préféré était le plus grand de la boîte, une roche avec le squelette partiel d'un poisson. Il sourit, impatient de les partager avec Lavinia.

Il y avait d'autres objets dans la boîte qu'il avait oubliés : une poignée de petits soldats, un bâton tordu dont il s'était servi comme pistolet, quelques dessins qu'il avait faits et une petite pile de lettres. Il les feuilleta, et reconnut l'écriture de sa mère et de son père. Puis son cœur se figea un instant lorsqu'il en vit une écrite d'une autre main, celle de Helen. Il se souvint que sa mère lui avait confié une de ses lettres comme souvenir après sa mort. Il avait voulu quelque chose qu'elle avait écrit.

Dépliant la feuille, il expira en commençant à lire. La missive était adressée à sa mère, et elle y détaillait ses activités pendant la saison. Beck se souvenait que sa mère passait la moitié de cette période avec elle à Londres, et l'autre moitié à la maison avec lui dans le Devon. Ce message avait dû être rédigé pendant qu'elle était auprès de lui.

La lettre était bouleversante, car Helen y décrivait son sentiment de solitude et son manque d'estime de soi. Beck trouvait sa sœur belle et douce, elle était petite, brune, avec un comportement plutôt timide et tranquille. Avec le recul, il comprenait bien comment on avait pu la négliger. Parce qu'aujourd'hui, il voyait ce qui arrivait à des jeunes femmes comme elle. Voilà pourquoi il était devenu le duc Galant, et il n'avait aucun regret à ce sujet.

Il poursuivit sa lecture, et retint sa respiration en arrivant à un certain passage :

Hier encore, deux jeunes femmes particulièrement horribles (SW et DC) m'ont affirmé que je ferais mieux de mourir, car je ne serais plus un fardeau pour ma famille. Suis-je un fardeau ? Papa dit que non, mais si je ne me marie pas cette saison, je deviendrai vieille fille, et alors je serai un fardeau pour le restant de mes jours. Je fais de mon mieux. Je pense que cela pourrait fonctionner. Un gentleman m'a déjà invitée à danser deux fois, au Almack l'autre soir, et hier soir au bal des Wendover. Il est charmant, beau et tellement gentil. J'essaie de ne pas trop espérer, mais c'est bien d'avoir un petit signe d'encouragement.

La lettre se terminait peu après, et Beck se surprit à relire ce passage trois fois encore. La colère bouillonnait en lui, et il prit garde à ne pas froisser la feuille de papier. Il la replia délicatement, et reposa la lettre dans la boîte.

Beck s'adossa à sa chaise et fixa l'autre côté de la pièce, le regard dans le vide. Qui étaient SW et DC ? Deux jeunes femmes. Qui n'étaient plus si jeunes, car cela datait de seize ans auparavant. Elles devaient être plus âgées que Beck, mais elles faisaient sans doute encore partie de la bonne société. Il allait trouver quelqu'un qui était sur les lieux en 1802, et traquer SW et DC.

Et puis quoi ?

Sa mâchoire se contracta. Il voulait leur hurler dessus, s'assurer qu'elles sachent que ces mots irresponsables avaient changé une vie… qu'ils y avaient mis un terme. Personne ne savait ce qui était vraiment arrivé à Helen, mais il avait une envie folle qu'elles l'apprennent. Il voulait qu'elles sachent, et qu'elles pourrissent dans la culpabilité et le regret.

Mais il ne pouvait pas faire cela. Pas sans révéler ce que Helen avait fait. Et personne ne devait être au courant.

Peu à peu, il posa les yeux sur ses guitares. Il se leva et traversa la pièce, son ventre bouillonnait de fureur et de désespoir. Il prit un instrument et se mit à jouer. Ce n'était pas la musique joyeuse que Gage avait demandée. C'était sombre et plein d'émotion, un enchevêtrement qu'il n'était pas sûr de pouvoir démêler.

Beck se perdit totalement, ne refaisant surface que lorsque Gage ouvrit la porte. Le majordome arborait cet air un peu gêné qu'il réservait aux moments où il devait l'interrompre.

— Je vous demande pardon, my lord. M. Jeffries est ici.

Bon sang ! Il était déjà si tard ? Beck s'était vraiment immergé dans sa musique.

— Merci. Menez-le au salon. Je vais monter me changer.

Après avoir posé sa guitare, Beck courut dans l'escalier de service jusqu'à ses appartements au premier étage, où il se changea rapidement avec l'aide de son valet. Gage l'avait clairement fait venir directement du niveau inférieur, où il servait comme valet de pied le reste du temps.

Peu de temps après, Beck fit son entrée dans le salon, et sourit à son ami.

— Mes excuses, Horace, je me suis laissé absorber.

Son ami rit, agitant ses sourcils sombres.

— Je sais bien comment cela se passe. Combien de fois nous as-tu fait attendre à l'école parce que tu n'avais pas fini de jouer ?

— Trop nombreuses pour être comptées.

Peu après son arrivée à Oxford, Beck avait entendu un autre étudiant jouer de la guitare et il était tombé amoureux du son. Il avait acheté son propre instrument et supplié cet élève de lui apprendre à jouer. Bientôt, il s'était débrouillé tout seul, choisissant les mélodies les plus difficiles.

— Et si nous allions au parc ?

— Tu as dit que tu avais une monture supplémentaire pour moi ? lui demanda Horace.

— Oui, je suis sûr que les chevaux seront amenés devant la maison, s'ils n'y sont pas déjà.

Gage, dans son extrême efficacité, y aurait veillé.

Horace lui coula un regard prudent.

— Crois-tu que Lady Lavinia sera au parc ?

— Probablement. Je l'y ai vue plusieurs fois.

Probablement ? Il comptait sur sa présence. Il se rendit compte qu'elle était ce qu'il y avait de mieux dans ce parc. Elle était tellement plus intéressante et *réelle* que n'importe qui d'autre au sein de la bonne société.

— Alors peut-être ne devrions-nous pas y aller, dit Horace.

Beck s'arrêta au moment où ils pénétraient dans le hall.

— Tu n'as pas envie de la voir ? Je croyais que votre présentation s'était bien passée ?

Ils avaient quitté la fête la veille, et retrouvé Ware et quelques autres gentlemen au club.

— C'est le cas. C'est juste que…, commença-t-il, puis son cou rougit et il détourna le regard. Je ne suis pas très doué pour faire la cour. Je ne suis pas tout à fait sûr d'être bon à marier.

— Il se trouve que je sais que Lady Lavinia n'est pas non plus tout à fait certaine d'être bonne à marier, raison pour laquelle j'ai pensé que vous pourriez vous convenir.

Et pourtant, il était soulagé de savoir que Horace pourrait ne pas être intéressé.

Son ami lui jeta un regard plein d'intérêt.

— Comment se fait-il que tu en saches autant à son propos ?

— Nous entretenons une… amitié peu orthodoxe.

— Je suis bien le dernier à comprendre les règles de la société, dit Horace en secouant la tête, mais je sais que les jeunes femmes célibataires ne sont pas censées avoir des amis comme toi.

— C'est précisément pour cette raison qu'elle n'est pas orthodoxe, et qu'elle est… secrète. C'est une femme intelligente, qui mérite mieux que ce que le marché du mariage de la bonne société peut lui offrir.

Beck se rendait compte qu'il donnait l'impression de vouloir lui faire la cour. Mais il n'avait jamais eu l'intention de faire la cour à qui que ce soit. Pas après cette première catastrophe.

À son honneur, Horace ne dit rien, peut-être parce qu'il connaissait tous les détails regrettables.

— Eh bien, si cela te convient, je préfère m'en tenir à la piste de Rotten Row, et laisser les relations mondaines à ceux qui sont bien plus doués que moi dans ce domaine.

— À toi de décider. Je n'irais même pas au parc si tu n'étais pas là.

— Oh ! Je t'ai interrompu, alors, lui dit Horace avec un regard d'excuses. Nous ne sommes pas obligés de sortir.

— Ne sois pas idiot, répliqua Beck. Je ne te vois pas très souvent. De plus, Felix sera là, et il serait extrêmement déçu si nous ne venons pas.

— Si tu insistes.

— J'insiste.

Beck le conduisit à l'extérieur où leurs montures attendaient. Il ne leur fallut pas longtemps pour rejoindre le parc. Ils y entrèrent par Grosvenor Gate et ralentirent un moment, pour s'adapter au monde qui circulait. Beck ne put s'empêcher de scruter la foule à la recherche de Lavinia, et il la vit presque aussitôt. Elle portait une robe verte printanière et une coiffe assortie qui couvrait ses mèches rouge-brun foncé. Il ne s'inquiétait pas qu'elle les voie, Horace ou lui, à cette distance.

Ils firent tourner leurs chevaux en direction de Rotten Row et furent immédiatement salués par deux femmes également à cheval, Lady Fairwell et une autre dame dont Beck avait oublié le nom. La première affichait un sourire radieux.

— Bonjour, Lord Northam. Vous souvenez-vous de Mme Goodacre ?

— Certainement, répondit-il, plutôt que « vaguement ». Permettez-moi de vous présenter mon ami, M. Horace Jeffries, qui vient d'Oxford.

Horace inclina la tête vers les deux femmes.

— Je suis botaniste. Je ne suis à Londres que pour rendre visite à mon cher ami Northam.

— Enchantée de vous rencontrer, M. Jeffries, le salua Lady Fairwell, tout en dirigeant son regard langoureux vers Beck. Je ne vous ai pas beaucoup vu.

Beck n'avait aucune envie de s'attarder.

— Non, et j'espère que vous ne nous trouverez pas impolis, mais nous sommes en route pour Rotten Row.

— Nous n'allons pas vous retenir, lui dit Mme Goodacre avec un sourire chaleureux.

Beck et Horace prirent la direction de Rotten Row, et Northam laissa échapper un soupir de soulagement. Felix les attendait.

— Qu'est-ce qui vous a pris tant de temps ? demanda-t-il sans la moindre pointe d'amertume.

Horace le rejoignit.

— Nous avons été ralentis par deux femmes, dont l'une était soit l'amante de Beck, soit elle voulait le devenir, mais il n'est pas intéressé.

— Comment le sais-tu ? demanda le principal intéressé, posant sur Horace un regard incrédule.

— J'ai eu suffisamment d'expérience avec des femmes de ton entourage, répondit-il en ricanant.

Comme Felix se mettait à ricaner à son tour, Horace se tourna vers lui :

— Et de ton entourage aussi !

Son ami éclata d'un rire sonore.

— Tu nous connais trop bien, Horace.

— On se croirait au bon vieux temps d'Oxford.

Le regard de Felix oscilla entre ses deux amis.

— Nous devrions fêter cela comme il se doit, alors. J'ai en tête l'endroit idéal : chez *Madame Bisset*.

Horace sourit.

— Il me semble que tu m'y as emmené la dernière fois que j'étais en ville.

— Et si mes souvenirs sont bons, tu t'es beaucoup amusé, ajouta Felix.

Beck refréna un gémissement. *Madame Bisset* était l'une des maisons closes les plus huppées de Londres, fréquentée par les plus hautes sphères de la société. Beck n'y allait pas souvent, mais il était parfois d'humeur à conclure une transaction qui n'en avait pas nécessairement l'air, ce qui était la spécialité de *Madame Bisset*. Les femmes vous traitaient comme si elles étaient vos maîtresses personnelles, et elles étaient tout aussi douées.

En temps normal, Beck aurait accepté d'y aller sans hésiter, mais il n'était pas d'humeur. L'idée d'une transaction ne l'intéressait tout simplement pas à cet instant. Mais il ne voulait pas l'avouer. Ses amis voudraient en connaître la raison, et Beck n'avait pas de réponse à leur apporter. La dernière chose qu'il voulait, c'était de s'attarder sur ce sujet.

— Voilà qui prédit une excellente soirée, dit Horace d'un ton plaisant. Qu'en dis-tu, Beck ?

Il s'obligea à sourire.

— Excellente.

Tout irait bien ; il jouerait aux cartes, ou aux échecs, avec la personne que *Madame Bisset* lui enverrait. Elles étaient comme des maîtresses à tous points de vue et étaient prêtes à satisfaire n'importe quel caprice, même s'il ne s'agissait pas de sexe.

Ils décidèrent de faire la course le long de Rotten Row, une activité que Beck appréciait. La vitesse mettrait en retrait toutes ces choses auxquelles il ne voulait pas penser : Lady Fairwell, la raison pour laquelle il ne voulait pas aller dans une maison close, et sa sœur Helen. Sauf qu'à présent, il pensait à elle, et plus encore, aux femmes dont les initiales étaient SW et DC. Il allait découvrir qui elles étaient, puis trouver un moyen de venger sa sœur, à n'importe quel prix.

CHAPITRE 8

-Extrait de *La Nature de Mademoiselle Rose Stewart*
Par le duc Galant

Dès que Lavinia aperçut le ruban rouge attaché à la balustrade en fer devant la maison de l'autre côté de la rue, son cœur se mit à battre plus vite. Elle demanda aussitôt à sa femme de chambre de se préparer à une promenade, puis se rendit au salon pour informer sa mère qu'elle sortait.

— Je vais peut-être t'accompagner, dit la comtesse en posant les yeux sur la fenêtre donnant sur le petit jardin arrière. Il fait plutôt beau aujourd'hui.

Surprise, Lavinia cligna des yeux. En général, sa mère

n'aimait pas l'exercice physique, sauf s'il était question de faire des achats ou de raconter des ragots. Lavinia ne *voulait pas qu*'elle l'accompagne, pas aujourd'hui. Pas pour *cette* promenade.

— Je ne m'absenterai pas longtemps, et je suis sur le point de partir.

Elle avait déjà enfilé une pelisse ainsi que son chapeau et ses gants, et portait son réticule pour y glisser le message de Beck. Elle retint son souffle en attendant la réponse de sa mère.

Celle-ci la regarda de haut en bas.

— Effectivement. Très bien, alors. Ne t'épuise pas au point de ne plus vouloir aller au parc.

Elle ne voulait déjà pas y aller.

— Oui, mère.

Lavinia se retourna précipitamment et retrouva Carrin, sa femme de chambre, dans le hall.

— Prête.

Le valet de pied ouvrit la porte et Lavinia précéda Carrin sur le trottoir. Elle attendit que celle-ci, une femme à la voix douce qui avait cinq ans de plus qu'elle, la rejoigne avant de tourner à gauche et de se diriger vers Grosvenor Square.

— Allons-nous quelque part en particulier, my lady ? s'enquit Carrin.

— Pas vraiment, mentit la jeune femme. Je pense que je vais me laisser guider par mes pieds.

Elle adressa à Carrin un sourire chaleureux.

Une fois qu'elles furent suffisamment éloignées de la maison, Lavinia sortit ses lunettes de son réticule et les plaça sur son visage. Elle soupira joyeusement lorsque les choses autour d'elle devinrent plus nettes. Chaque fois qu'elle les mettait, elle se demandait pourquoi elle les retirait. Évidemment, elle savait pourquoi : à cause de sa mère.

Carrin ne le dirait pas à la comtesse. Elle estimait qu'il était aberrant que Lavinia n'ait pas le droit de les porter.

Lorsqu'elles entrèrent dans Grosvenor Square, Lavinia trouva aussitôt l'arbre. Il était facile à repérer, d'autant plus qu'elles arrivaient par l'angle sud-ouest. C'était sans doute pour cette raison que Beck l'avait choisi.

Le centre de la place était constitué d'une belle pelouse verte avec des arbustes et des arbres, le tout entouré d'une clôture basse en fer forgé. Elle se tourna vers Carrin.

— Allons sur la place.

Elles marchèrent jusqu'à une ouverture dans la clôture et Lavinia la conduisit vers un sentier. Après s'être promenées un moment, elle dit à Carrin :

— Je crois avoir vu un écureuil. Attendez ici.

Lavinia se dirigea en hâte vers l'arbre et se réjouit de la présence d'un arbuste adjacent qui la protégeait partiellement pendant qu'elle faisait le tour de l'arbre pour trouver le creux. Plongeant la main à l'intérieur, elle trouva un petit sac.

Le soulevant de l'arbre, elle s'interrogea sur son contenu, car il était assez lourd. Elle replongea sa main dans le creux et chercha un message, mais il n'y avait rien d'autre.

Le sac était pourvu d'un cordon, et elle le tira pour l'ouvrir et voir ce qu'il contenait. Son souffle se coupa lorsqu'elle comprit de quoi il s'agissait. Elle sortit la première pierre et la tint en l'air, observant la spirale et les rainures régulières qui la marquaient.

C'était magnifique. Et si petit ! Elle avait vu des dessins de ce genre de chose, mais elle n'avait rien de tel. Ses fossiles étaient tous des plantes.

— Est-ce que vous aimez ?

La voix grave et masculine glissa dans son cou, lui rappelant la façon dont ses lèvres l'avaient caressée une fois à cet endroit. Elle se retourna et vit Beck adossé à l'arbre, le regard intense, les paupières tombantes.

— D'où venez-vous ?

— De nulle part.

Il s'écarta de l'arbre. Ses yeux reflétaient une lueur de surprise, et de quelque chose d'autre qu'elle n'était pas sûre d'identifier. De l'enthousiasme, peut-être ? Non, pas à ce point.

— Vous portez des lunettes

Elle avait oublié. Instinctivement, elle porta la main à son visage et voulut les enlever.

— Ne faites pas ça.

Il s'approcha d'elle et prit sa main dans la sienne, la ramenant doucement contre son flanc.

Elle le fixa, consciente de sa proximité comme elle ne l'avait jamais été auparavant.

— Vous les aimez ? demanda-t-elle doucement.

— Beaucoup.

— Il paraît qu'elles détournent l'attention de mon visage.

— Elles vous aident à voir le monde avec une clarté cristalline et, en tant que femme de science, vous ne devriez pas voir les choses autrement. Cette soif de connaissance ne fait qu'embellir votre visage et tout le reste de votre personne.

Un sourire se dessina sur les lèvres de Lavinia.

— Lord Northam, je crois que vous êtes un poète.

Il posa son doigt sur ses lèvres, dont elle constata qu'elles étaient plutôt tendres. Elle aimait vraiment porter ses lunettes.

— Chut. Ne le dites à personne.

Il sourit, et la poitrine de la jeune femme se serra ; elle eut soudain du mal à respirer. Oh, doux Jésus !

Elle détacha ses yeux des siens et regarda dans le sac.

— Qu'y a-t-il d'autre là-dedans ?

— D'autres comme celle-ci, de tailles différentes. C'est sans doute ce qu'on trouve le plus facilement dans le Devon. Ma préférée, c'est la plus grande.

Il passa la main dans le sac et en sortit une pierre qui était plus large que la paume de sa main. Elle était presque totalement plate, et on y voyait le squelette partiel de ce qui ressemblait à un poisson.

Lavinia haleta.

— Mon Dieu ! Est-ce vrai ?

— Touchez-le.

Il posa la pierre dans sa main.

Mais ce n'était pas suffisant.

— Tenez ça, dit-elle en lui mettant dans les mains la pierre et le sac.

Son réticule était accroché à son poignet gauche, il n'était donc pas gênant. Elle retira son gant, puis lui reprit la pierre, passant ses doigts nus sur les arêtes du poisson.

— C'est extraordinaire !

— C'est observer votre plaisir qui est extraordinaire.

Ses mots glissaient sur elle comme une chanson séduisante. Elle lutta pour regarder la pierre plutôt que lui. Elle n'était pas tout à fait sûre de ce qui se passait ici ce jour-là, avec lui, et elle n'était pas sûre d'avoir envie de le savoir.

Elle glissa la pierre dans le sac qu'il tenait toujours, puis remit son gant.

— Merci de les partager avec moi.

Il lui remit le sac dans la main.

— Ces fossiles sont à vous.

Elle ne put se retenir de le regarder à cet instant.

— Vous me les donnez ?

— Je ne vois personne de mieux placé pour les conserver.

— Mais ils sont si spéciaux. Et précieux !

— Je l'ignore, mais ils sont effectivement spéciaux… pour vous. Ils sont restés dans une boîte dans mon bureau du Devon pendant des années. Je ne me souviens pas de la dernière fois que je les ai regardés, et c'est bien dommage.

— Oui, c'est vrai.

Elle les regarderait et les toucherait tous les jours. Même à cet instant, elle brûlait de les étudier.

— Avez-vous une idée de l'âge de ces objets ?

Il rit doucement.

— Absolument aucune.

Elle éclata de rire à son tour.

— C'est sujet à débat, mais il suffira de dire qu'ils sont très, très vieux.

— Un jour, vous devrez me parler de ce débat. Mais je crains que nous ne soyons pressés par le temps aujourd'hui.

Un jour ? Quand, exactement ? Ils n'étaient même pas censés se rencontrer. Ils étaient censés communiquer par lettre. Pourtant, elle avait envie de ce « un jour ».

— Par hasard, assisterez-vous au dîner des Kilve demain soir ?

Lavinia avait discuté avec Violet, et elle savait qu'il avait été convié.

— Oui. La duchesse est une de vos amies, n'est-ce pas ?

Lavinia acquiesça.

— Nous nous sommes rencontrées l'automne dernier.

— Vous serez donc là aussi ?

Il semblait presque… soulagé.

— Oui, mais il a fallu que j'obtienne l'accord de mon père.

La comtesse avait presque persuadé le père de Lavinia qu'ils ne devaient pas y aller, compte tenu du scandale entourant les Kilve et les Romsey. Lavinia avait bien expliqué qu'il ne s'agissait pas vraiment d'un scandale : personne n'avait été blessé, tout le monde était heureux, et puis, pourquoi ne voudraient-ils pas se lier à deux ducs ? Ils s'étaient passablement querellés à ce sujet, mais le comte s'était finalement rangé du côté de Lavinia.

— Pourquoi ?

— Ma mère écoute bien trop les commérages. Certains estiment que le duc de Kilve et la duchesse de Romsey se sont mal comportés. Quant à ce dernier, il est plus connu sous le nom de duc Ravageur. Parce que sa femme est morte et que, pendant longtemps, on l'a soupçonné de l'avoir tuée. Pas officiellement, bien sûr.

— N'a-t-il pas été blanchi dans l'affaire de la mort de sa femme ?

— Si, mais vous savez à quel point la bonne société peut se montrer vicieuse et impitoyable.

— Oui.

La gravité de son ton, et sa moue la firent réfléchir.

— À cause de votre sœur, dit-elle doucement.

— Oui.

Il détourna le regard, et elle comprit qu'il n'avait pas envie d'en parler. Elle n'insisterait pas. Un jour, elle aimerait en savoir plus sur elle, mais pas aujourd'hui.

Et voilà, une fois encore, « un jour ».

— Vous devriez y aller, lui dit-il. Nous nous sommes attardés assez longtemps, et je suis sûr que votre femme de chambre se demande où vous êtes.

Il l'avait vue arriver avec Carrin. Pourtant, il ne savait pas quand elle viendrait.

— Combien de temps m'avez-vous attendue ?

Il haussa les épaules.

— Pas longtemps.

Une sensation de chaleur envahit Lavinia. Il lui avait apporté le plus précieux des cadeaux et il avait attendu pour le lui remettre en personne. Il aurait très bien pu rédiger un petit mot pour l'accompagner. Il était suffisamment doué pour cela.

— Je voulais vous remercier pour le poème que vous avez écrit pour Sarah, dit Lavinia. Il est vraiment merveilleux. Elle est plus que ravie de l'attention qu'on lui porte.

— Je suis heureux de l'entendre. Je veux seulement aider, affirma-t-il, s'empressant d'ajouter, celles qui veulent l'être.

Elle lui sourit.

— Tout à fait, dit-elle.

Elle détestait devoir partir, mais il avait raison. Elle y était obligée.

— Je vous verrai demain, alors.

Elle croisa le regard de Beck, et une vague déferla sur elle, débutant à cet endroit de son cou et se propageant dans tout le reste de son corps.

Il inclina la tête vers le poignet de la jeune femme.

— Vous devriez mettre les fossiles dans votre réticule, s'ils y rentrent.

— Oh, oui, vous avez raison.

Elle voulut jongler avec les deux objets, mais Beck se saisit des fossiles pendant qu'elle ouvrait son réticule, puis il les déposa à l'intérieur. Elle leva les yeux vers lui.

— Merci.

— Tout le plaisir est pour moi.

Ce mot, « plaisir », déclencha une nouvelle vague de sensations en elle. Elle s'obligea à se tourner et à s'en aller.

Dès qu'elle sortit de derrière l'arbuste, une brise fraîche souffla sur elle. C'était comme s'ils s'étaient retrouvés dans un monde intime, réservé à eux seuls, et qu'elle avait dû le quitter.

Carrin se précipita vers elle.

— Je commençais à m'inquiéter

— Désolée, j'ai trouvé quelques pierres intéressantes.

Ce qui n'était pas un mensonge. Elle brandit son réticule et en agita le contenu.

Carrin était parfaitement au courant de l'intérêt de Lavinia pour les pierres, la terre et la science.

— C'est charmant. Peut-être pourrez-vous me les montrer plus tard.

— Certainement.

Lavinia se contenterait de lui montrer d'autres objets de sa collection.

Elles rentrèrent à la maison dans un silence relatif. La jeune femme ne pouvait se défaire d'un sentiment de vertige. Beck l'avait totalement surprise avec les fossiles. C'était sans aucun doute le plus beau cadeau qu'elle avait jamais reçu.

Mais il y avait plus que sa générosité. C'était ce qu'il lui faisait ressentir. Lorsqu'il la regardait. Lorsqu'il la touchait. Lorsqu'il disait des choses comme : « *Cette soif de connaissance ne fait qu'embellir votre visage et tout le reste de votre personne.* »

Elle réprima un frisson. Quelque chose était en train de s'enflammer entre eux, et elle ne pouvait pas se permettre de jouer avec le feu. Pas avec un séducteur qui ne voulait pas se marier. Et pourtant, se rapprocher un peu plus de la chaleur semblait presque trop excitant pour y résister.

~

Beck passa le dîner chez les Kilve à jeter des coups d'œil à Lavinia, assise à l'autre bout de la table, près de son amie Mlle Colton. Au vu de la longueur de la table, qui devait accueillir les vingt-six invités, elle aurait tout aussi bien pu être en Écosse.

Les femmes quittèrent la salle à manger, et on versa du porto aux gentlemen, qui se regroupèrent. Beck était assis entre Felix et le duc de Kendal, un homme proche de la quarantaine avec des cheveux noirs et des yeux verts, qui portait le surnom inquiétant de duc Interdit. Il était de notoriété publique que cela ne le dérangeait pas qu'on l'appelle ainsi, car cela empêchait les gens de le déranger. Il ne participait pas à beaucoup d'événements de la bonne société, et lorsqu'il le faisait, comme pour celui-ci, c'était avec des personnes qu'il considérait comme des amis proches. Du moins, c'était ce que Beck avait appris au cours du dîner.

Beck n'avait pas encore été assis avec le duc, avant maintenant, une fois que tout le monde avait changé de place. Il se demandait, étant donné l'âge de l'homme, s'il était possible qu'il ait rencontré sa sœur Helen ou, plus important encore, s'il savait qui étaient SW et DC.

L'autre homme se tourna vers lui et lui demanda comment il connaissait les Kilve.

— En réalité, je ne les connais pas, répondit Beck en toute honnêteté. Lady Kilve est très amie avec Mlle Colton, et je crois qu'ils voulaient équilibrer le nombre d'hommes et de femmes. Ils ont donc invité certains des amis de M. Colton.

— C'est gentil de votre part de venir. Je n'aurais jamais accepté une telle invitation ! affirma le duc avant de s'esclaffer. Dans ma jeunesse, je l'aurais fait. J'étais plus… sociable, à l'époque. Comme vous.

— Essayez-vous de dire poliment que vous étiez connu pour votre comportement de séducteur ?

Le duc but une gorgée de porto.

— L'alcool, le jeu, les femmes, tout cela. Mais mon père est mort et j'ai tout laissé derrière moi. Cela ne me manque pas, même pas un peu.

Beck ne se considérait pas vraiment comme un buveur ou un joueur, mais les femmes… il avait besoin d'elles pour trouver l'inspiration et, bien sûr, il appréciait le plaisir partagé. Cependant, depuis qu'il avait commencé à écrire en tant que duc Galant, il semblait en avoir moins besoin. Du moins en matière d'inspiration.

Cette conversation offrait à Beck l'ouverture dont il avait besoin.

— Ma demi-sœur était là, sans doute à l'époque où vous faisiez bombance. Elle s'appelait Lady Helen Beckett. La connaissiez-vous ?

Le duc secoua la tête.

— Pour son propre bien, j'espère que non. Avec le recul,

j'étais un jeune homme horrible. J'ai causé des problèmes à plusieurs personnes par mon comportement plutôt débauché. Comment va votre sœur ?

— Elle est décédée. C'était il y a seize ans, et j'étais assez jeune. Je me suis dit que ce serait agréable de discuter avec quelqu'un qui l'a connue.

Le duc hocha la tête d'un air compatissant.

— Je comprends. Ma femme était là à cette époque, et elle aurait pu la connaître, dit-il avec une grimace. Elle n'a pas vécu une très bonne expérience, je le crains.

Beck aurait voulu demander plus d'informations, mais il n'en fit rien.

— Je suis désolé de l'entendre.

Il termina son verre de porto.

— Elle a succombé aux charmes du mauvais gentleman et il y a eu un scandale. Elle a dû quitter Londres. Heureusement pour moi, elle est revenue neuf ans plus tard, en tant que dame de compagnie de ma belle-mère.

— J'en ai un vague souvenir… C'était il y a quoi, sept ou huit ans ?

— Sept, oui.

Le duc de Kilve annonça qu'ils devaient rejoindre les femmes dans le salon. Le duc de Kendal termina son porto et se leva, puis Beck fit de même et lui dit qu'il avait apprécié leur conversation.

Lorsqu'ils arrivèrent dans le salon, leur hôtesse annonça qu'ils avaient décidé de jouer à cache-cache. Pour ceux qui voulaient participer, ils pouvaient se cacher n'importe où au rez-de-chaussée et au premier étage. Ils avaient déjà décidé que le duc de Romsey chercherait les autres.

C'était un homme affable qui accepta le rôle avec joie.

— Soyez avertis, leur dit-il. Si c'est ma femme que je trouve en premier, vous risquez d'attendre un peu.

Il fit un clin d'œil à la duchesse, dont les yeux bleus brillaient d'émotion.

Beck pouvait pratiquement sentir l'amour entre eux. Son cœur se serra, et il se rappela ce qu'il avait ressenti à seize ans, lorsqu'il avait rencontré Priscilla. De trois ans son aînée, elle était la plus belle femme qu'il avait jamais vue. Son rire l'avait poussé à écrire des poèmes parfaitement atroces, avec le recul, et qu'il avait tenté de mettre en chanson peu après avoir commencé à jouer de la guitare.

— D'accord, tu comptes jusqu'à cinquante ? demanda la duchesse de Kilve au duc de Romsey.

— S'il le faut.

Beck n'était pas certain de vouloir jouer. Son regard se porta aussitôt sur Lavinia, qui s'était déjà levée. À l'évidence, elle allait participer.

Eh bien, dans ce cas…

Le duc commença à compter, et tout le monde se dispersa hors de la salle.

— Un, deux…

Beck ne voulait pas suivre Lavinia de manière trop évidente. De toute façon, il était à peu près certain de l'endroit où elle irait. Il quitta le salon et vit que ses parents et les Colton étaient restés, observant les allées et venues.

Il ne lui restait plus qu'à trouver la bibliothèque. Il alla à l'étage et tourna à droite lorsque l'une des ladies sortit de la pièce sur le côté gauche, refermant la porte derrière elle.

— C'est la bibliothèque, quelqu'un s'y est déjà caché.

Beck acquiesça et fit semblant de réfléchir à la direction à prendre. Une fois la femme disparue de l'autre côté de la maison, il se glissa dans la bibliothèque et ferma la porte derrière lui.

La pièce n'était pas très grande, et elle était apparemment vide. Elle n'était pas non plus très bien éclairée, avec un feu qui brûlait bas dans le foyer et quelques appliques qui vacillaient sur le mur de part et d'autre de la cheminée.

Elle était soit sous le bureau, soit derrière le rideau. Il ne voyait pas le dessous du bureau depuis la porte, il ne s'agissait pas du même modèle que celui de Lord Evenrude.

Il en fit le tour, et ne vit personne caché dessous. Il ne restait plus que les tentures devant la fenêtre. Il s'approcha du mur le plus éloigné et remarqua immédiatement le léger renflement derrière le damas bleu. S'avançant, il tendit la main vers le tissu, mais hésita avant de l'écarter. Et si ce n'était pas elle ?

Le tissu bougea, et elle découvrit son visage.

— Vous m'avez trouvée ! s'exclama-t-elle, son regard sombre reflétant sa surprise. Oh, c'est vous !

— C'est moi.

— Cherchez-vous toujours un endroit où vous cacher ?

— Oui.

Elle l'attrapa par le revers de sa veste et écarta largement la tenture, l'attirant dans l'obscurité à ses côtés.

— Il aura bientôt fini de compter. Si ce n'est pas déjà le cas.

— Je devrais sans doute me cacher ailleurs, dit-il, même s'il n'avait aucune envie de bouger.

Confiné dans l'obscurité avec Lavinia, il était parfaitement conscient de sa chaleur et de son parfum enivrant de lys et de chèvrefeuille.

— Oui, je suppose que oui, approuva-t-elle.

Elle se tourna vers lui, et ils étaient si proches que ses seins frôlèrent le torse de Beck.

— Désolée, murmura-t-elle.

Doux Jésus ! Lui ne l'était pas. Il était seulement désolé de devoir partir.

— Avant que vous ne partiez, je voulais vous remercier encore une fois pour les fossiles, chuchota-t-elle, son souffle chatouillant le cou de Beck lorsqu'elle parlait. Je ne peux pas m'empêcher de les regarder. Ils sont absolument extraordinaires. J'espère avoir une bonne raison de visiter le Devon un jour, pour pouvoir en chercher moi-même.

— J'espère aussi que vous pourrez le faire. Considérez-vous comme la bienvenue à Waverly Court à tout moment.

— C'est très gentil de votre part.

Il entendit le sourire dans sa voix et résista à l'envie de passer ses doigts sur sa bouche pour sentir la courbe de ses lèvres. Il fallait vraiment qu'il s'en aille...

Mais d'abord, il voulait lui demander quelque chose.

— Connaissez-vous la duchesse de Kendal ?

— Oui, mais pas très bien. La sœur de Fanny est l'une de ses bonnes amies. Pourquoi ?

Pourquoi, en effet ? Beck voulait solliciter l'aide de Lavinia pour voir si la duchesse pouvait l'aider à découvrir qui étaient SW et DC. Cependant, si la duchesse avait été impliquée dans un scandale, elle préférerait peut-être laisser ces souvenirs dans le passé. De plus, il n'était pas certain que ce soit une bonne idée de mêler Lavinia à tout cela.

Et pourtant, il ne pouvait tout simplement pas résister.

— Savez-vous ce qui s'est passé avec la duchesse lorsqu'elle a fait son entrée dans la société, il doit y avoir seize ans de cela ? Le duc a évoqué quelque chose, et j'étais curieux. Parce que ma sœur a fait ses débuts au même moment.

Il avait ajouté le dernier point parce qu'il estimait devoir donner une raison à sa requête. Pourtant, il détestait parler de Helen, parce qu'il ne voulait pas répondre à trop de questions à son sujet.

— Elle a été compromise. Un gentleman, je ne sais plus qui, l'a courtisée. Ils ont été surpris en train de s'embrasser, et il a refusé de l'épouser. Elle a été traitée en paria. C'était horrible parce que ce n'était même pas de sa faute. C'est tellement injuste. Les hommes peuvent embrasser qui ils veulent alors qu'on reproche aux femmes la moindre incartade.

— La clé, c'est de ne pas se faire prendre. On dirait que ce gentleman était plutôt incompétent.

— Êtes-vous en train de dire que c'était sa faute à lui ? demanda-t-elle, l'air surprise. La plupart des gens diraient qu'ils sont au moins tous les deux à blâmer.

— Certes, elle garde une part de culpabilité, mais un gentleman digne de ce nom veillerait à ce qu'ils puissent s'embrasser sans se faire prendre.

— Et comment pourraient-ils faire ?

Quelque chose changea dans son ton. Elle baissa la voix, et il eut la sensation qu'elle s'était légèrement rapprochée.

S'il se penchait un tout petit peu en avant, il était certain qu'il sentirait à nouveau ses seins. Dieu ! Qu'il en avait envie.

— Ils pourraient se cacher derrière un rideau dans la bibliothèque.

— Pendant une partie de cache-cache ?

Le sexe de Beck s'allongea et se raidit à mesure que l'air autour d'eux se réchauffait.

— Probablement pas. Car, dans ce cas, quelqu'un serait *vraiment* en train de les chercher.

— Et pourtant, nous sommes là.

Sa voix avait encore changé, elle était presque essoufflée.

— Oui, nous sommes là.

— Allez-vous le faire, alors ? lui demanda-t-elle, frôlant son torse de ses seins en se rapprochant de lui. M'embrasser ?

— Par Dieu, je crois que oui.

— Oh, bien.

Il passa ses bras autour de sa taille et l'attira contre son torse. Abaissant la tête, il posa sa bouche sur la sienne, la retrouvant dans l'obscurité comme si son corps connaissait instinctivement le sien.

Elle s'agrippa à son dos et le tint fermement tandis que ses lèvres bougeaient contre les siennes. Il s'intima d'y aller doucement en dépit de la passion qui faisait rage en lui. Il était célibataire depuis une éternité, semblait-il, et pourtant ce n'était pas le cas. Non, seulement depuis qu'il l'avait rencontrée, comprit-il à cet instant précis. Son moi intérieur avait-il attendu cela ?

Il mit un terme au baiser, laissant place à la frustration. Mais il le fallait.

— C'est tout ? lui demanda-t-elle, le prenant au dépourvu. Je sais qu'il y a plus que cela.

Bon sang, elle n'avait jamais été correctement embrassée !

— Nous n'avons pas beaucoup de temps.

— Alors, vous feriez mieux de vous dépêcher.

Il y avait une pointe de défi dans sa voix, mais surtout une exigence sensuelle. Et il ne pouvait rien lui refuser.

Il remonta une main à l'arrière de son cou et enroula ses doigts autour de sa nuque. Les lèvres de Beck trouvèrent à nouveau celles de Lavinia, et cette fois-ci, il inclina la tête et lécha le pli de sa bouche.

Elle l'ouvrit dans un doux halètement, l'invitant à pénétrer dans sa douceur luxuriante et veloutée. Sa langue glissa contre la sienne, l'amenant par de longues et délicieuses caresses à l'embrasser en retour. Elle réagit avec une spontanéité séduisante, le bout de ses doigts dansant le long de son cou.

La chaleur en lui se mua en un feu de joie, de désir et de passion. Elle se plaqua contre lui, ne se contentant plus d'être poitrine contre torse : le bassin de Lavinia était collé au sien. C'était une délicieuse tentation, et il s'efforça de se contenir. Ils n'avaient vraiment pas le temps.

La langue de la jeune femme s'enfonça dans celle de Beck, le faisant doucement gémir et il la serra plus fort contre lui. Il ne pouvait se rassasier d'elle. Et, bon sang ! Il n'y avait rien de plus vrai que cela. Il fallait qu'il la lâche.

Maintenant.

Il mit fin au baiser et recula d'un pas, tout en la repoussant légèrement. Il devait mettre de la distance entre eux. S'il ne le faisait pas, il n'était pas certain de pouvoir s'éloigner.

— Je vais aller me cacher sous le bureau maintenant.

Il n'était plus qu'une épave. Sa voix était sombre et rauque, et son membre tremblait d'un désir presque douloureux.

— Très bien, répondit-elle, l'air un peu étourdi. S'il le faut.

— Il le faut.

Il s'obligea à attraper la tenture et à l'écarter pour sortir. La lumière se répandit, révélant la rougeur de sa joue et le rose de ses lèvres enflées par les baisers. Il étouffa un nouveau gémissement. Elle était plus qu'éblouissante, et il n'était pas sûr d'avoir jamais eu autant envie d'une femme.

— Si jamais vous aviez une raison de recommencer, je vous invite à le faire, dit-elle.

Son regard, mélange d'innocence séduisante et de désir pur et simple, faillit le faire tomber à genoux.

Il ne répondit pas, car il entendit un bruit à l'extérieur. Lâchant le rideau, il fila vers le bureau et se jeta dessous une seconde avant que la porte ne s'ouvre. Il s'en était fallu de peu. Mais que croyait-il être en train de faire, à embrasser une jeune femme célibataire qu'il essayait d'aider à trouver un mari ?

Plus important encore, pourquoi essayait-il de trouver une raison, comme elle l'avait dit, de recommencer ?

CHAPITRE 9

Les anges prennent leur envol pour la contempler,
Beauté délicate, dentelle finement tissée.
Elle est une chanson, elle est fascinante.
Elle compose une ballade émouvante.

-Extrait de *La Vertu de Mademoiselle Anne Berwick*
Par le duc Galant

Après deux autres parties de cache-cache, tout le monde revint au salon. Les conversations allaient bon train dans la pièce, et Lavinia se faufila dans le coin où Beck se tenait seul.

— J'espérais que quelqu'un suggérerait qu'on joue de la musique, et que vous pourriez faire de la guitare, dit-elle.

Il lui jeta un regard, affichant une expression indéchiffrable.

— Je n'ai pas apporté de guitare.

— C'est dommage. J'aimerais vous entendre jouer. M. Jeffries m'a dit que vous étiez très doué.

Les sourcils blond foncé de Beck s'arquèrent un instant avant qu'il ne jette un autre regard rapide à Lavinia.

— Qu'est-ce que Horace a dit d'autre ?

Elle décela une pointe d'ironie dans son ton. Globalement, il semblait un peu tendu. Elle se rapprocha de lui, mais pas trop.

— Il a dit que vous étiez tombé amoureux.

Beck se renfrogna, mais ne tourna pas la tête vers elle.

— Horace parle trop.

— Êtes-vous en colère contre moi ?

Il souffla.

— Non. Je suis en colère contre moi.

Il ne la regardait toujours pas.

— À cause de ce qui s'est passé dans la bibliothèque ? demanda-t-elle, hochant la tête. Je suis aussi un peu en colère, en fait. Enfin, pas en colère. Frustrée.

Cette fois, il tourna la tête et la regarda.

— Vraiment ?

— Oui. J'aurais aimé que nous ayons plus de temps.

— *Lavinia.*

Ce mot unique sortit d'une voix grave et tendue.

Elle se rapprocha d'un petit pas et leva les yeux vers lui, battant des cils.

— Oui ?

Il fronça les sourcils.

— Vous flirtez. Et vous n'êtes pas douée pour cela.

— Je sais, dit-elle, affichant un sourire enthousiaste. Peut-être pourriez-vous m'apprendre cela aussi ?

Il ouvrit la bouche, puis la referma. Les yeux gris-vert de Beck reflétaient une tempête d'émotions qu'elle ne parvenait pas à déchiffrer.

— Non, répliqua-t-il, regardant derrière elle. Voilà Felix.

Elle fit la moue.

— Zut !

Il abaissa sa voix jusqu'à un simple murmure, son regard se détournant d'elle pour se porter sur Felix qui s'approchait, ou du moins le supposait-elle puisqu'elle ne s'était pas retournée.

— Lavinia, vous ne devez pas flirter, et nous ne devons pas réitérer ce qui s'est passé dans la bibliothèque. Je suis profondément désolé d'en avoir profité.

— Vous ne l'avez pas fait, répondit-elle d'une voix douce, plissant les yeux. Et vous n'êtes pas non plus responsable de moi.

L'arrivée du comte de Ware leur interdit toute autre conversation. Il tapa sur l'épaule de Beck et lui annonça qu'il allait partir.

— Je vais me joindre à toi, dit Beck, s'inclinant devant Lavinia. Passez une bonne soirée.

Il était particulièrement doué pour se comporter comme s'ils se connaissaient à peine.

Très bien. Elle pouvait le faire aussi.

— Je suis certaine que ce sera le cas.

Elle lui adressa un large et bref sourire et fit une petite révérence. Puis elle se tourna et rejoignit Sarah qu'elle sauva des griffes de Lady Colton et de sa propre mère.

Elles firent le tour du salon jusqu'à ce qu'elles trouvent Fanny, et toutes trois prirent place sur un canapé dans un coin, avec Lavinia au centre.

— Si cette soirée a été divertissante, elle ne m'a pas permis de faire avancer mes perspectives matrimoniales, déclara Sarah.

— Parce qu'il n'y a personne avec du potentiel ici, observa Fanny. Les seuls célibataires présents étaient ton frère, Ware et Northam. Si l'on exclut ton frère, il ne reste plus que Ware et Northam, et ni l'un ni l'autre ne constituent de bons candidats au mariage.

Sarah hocha la tête en signe d'approbation.

— Non, et c'est vraiment dommage. Le jeu de cache-cache se prête assurément aux rencontres clandestines. Si seulement il y avait eu quelqu'un qui valait la peine d'être retrouvé. J'aimerais un baiser volé.

Lavinia regarda droit devant elle dans la pièce, tandis que son cœur battait la chamade. La pression des lèvres de Beck sur les siennes, le contact de sa main sur son cou, le son des mots qu'il avait murmurés, empreints d'urgence et de désir, la réchauffèrent jusqu'à ce qu'elle regrette de ne pas avoir emporté son éventail.

— Vous n'avez jamais embrassé personne ? s'enquit Fanny.

Sarah secoua la tête.

— Nous avons joué à des jeux de baisers à l'automne dernier lors d'une partie de campagne. Et si Lavinia a eu la chance d'être embrassée sur la joue, ce n'est pas mon cas, expliqua-t-elle.

Elle se pencha devant Lavinia pour regarder Fanny.

— As-tu déjà embrassé quelqu'un ?

La jeune femme acquiesça, et Lavinia tourna la tête vers elle. Sarah et elle s'exclamèrent à l'unisson :

— Vraiment ?

— Oui.

— Mais tu es plus jeune que nous !

Sarah semblait terriblement déçue.

Fanny, quant à elle, rougit.

— Ce n'était qu'un baiser, même s'il était très agréable.

— Comment as-tu fait ? s'enquit Lavinia. Je ne me souviens pas t'avoir vue partir avec quelqu'un.

Ce qui ne voulait pas dire qu'elle ne l'avait pas fait ;

d'ailleurs ni elle ni Sarah ne savaient qu'elle s'était retrouvée seule avec Beck.

— Je l'ai rencontré à Stour's Edge, la maison de campagne de mon beau-frère, à Noël. Je suis sortie me promener, et je me suis un peu perdue. Il était en visite dans le quartier.

— Qui est-ce ? s'interrogea Sarah.

Les joues de Fanny rosirent à nouveau.

— Je ne connais que son prénom, David. Nous nous sommes dit qu'il valait mieux laisser notre… rencontre enveloppée d'un peu de mystère, expliqua-t-elle, avant d'éclater de rire. Je ne l'ai pas revu depuis et je ne m'attends pas à le revoir.

Le regard de Sarah se radoucit.

— Était-ce charmant ?

Fanny hocha la tête, les yeux brillants.

— C'était magnifique. Il ne se passe pas un jour sans que je pense à ce baiser. À lui. Peut-être a-t-il compromis mon avenir auprès de futurs prétendants. C'est sans doute pour cela que depuis le début de cette saison, je n'ai pas vraiment montré d'intérêt pour qui que ce soit.

— Fanny a un admirateur secret. C'est comme le duc Galant, mais pas du tout, dit Sarah en riant.

— J'ai un secret, laissa soudain échapper Lavinia, à la limite du murmure.

Elle ne voulait pas cacher cela à ses amies, et, pour être honnête, il fallait qu'elle le dise à *quelqu'un.* Le comportement de Beck était déroutant et agaçant, et elle ne savait pas quoi faire.

Sarah la regarda, surprise.

— Ah oui ?

Lavinia hocha la tête, puis adressa un regard plein d'excuses à son amie.

— J'aurais dû te le dire plus tôt. Au moins la première partie… quand il m'a embrassée dans le cou.

Sarah écarquilla les yeux.

— Qui t'a embrassée dans le cou ?

— Northam.

L'expression de Sarah était triomphante.

— Ah ah ! Je savais qu'il y avait quelque chose entre vous.

— Baisse d'un ton, insista Lavinia. Il n'y a rien entre nous. Je pensais que nous étions amis. Mais ensuite, nous nous sommes embrassés dans la bibliothèque...

— Ce soir ? demanda Sarah, interrompant son récit.

— Oui. Pendant la partie de cache-cache.

Sarah se pencha pour jeter un regard complice à Fanny.

— Je t'avais dit que c'était l'activité idéale pour cela.

Fanny rit doucement.

— Je ne crois pas que quiconque dira le contraire, répondit-elle, avant de reporter son attention sur Lavinia. Que s'est-il passé ?

— Nous avons tous les deux choisi de nous cacher dans la bibliothèque. Nous étions... proches. Cela m'a paru la chose naturelle à faire.

— Et quand t'a-t-il embrassée dans le cou ? demanda Sarah. Tu as dit que c'était la première partie.

Lavinia réfléchit.

— Oh, mon Dieu ! Il y a trois semaines ? Avant qu..., dit-elle, s'interrompant avant de dire « il ». Avant que le duc Galant écrive sur moi. C'était au bal Evenrude, le soir où nous t'avons rencontrée, Fanny.

Cette dernière hocha la tête, et Lavinia poursuivit.

— Je me suis rendue dans la bibliothèque pour lire un manuscrit de géologie, et pendant que j'étais assise sur le canapé, dos à la porte, il a embrassé ma nuque.

— Tu ne l'as pas entendu entrer ? voulut savoir Fanny.

— Non, j'étais trop absorbée.

— Ce n'est pas surprenant, constata Sarah avec un sourire doux. Pourquoi a-t-il fait cela ?

— Il pensait que j'étais la femme qu'il devait retrouver pour… vous savez.

Lavinia ne mentionna pas son nom, car elle lui avait promis de n'en parler à personne. Tout comme elle avait dit qu'elle ne révélerait jamais qu'il était le duc Galant. Cependant, cette information lui brûlait la langue. Mais comme elle était loyale, elle rentrerait chez elle et confierait à son journal intime ses sentiments sur l'ingérence de cet homme dans sa vie. Oui, elle n'avait rien écrit depuis un certain temps, et elle se rendait compte qu'elle avait des choses à dire à ce sujet.

Sarah se mit à rire.

— Doux Jésus ! Qu'a-t-il fait quand il a découvert que tu n'étais pas elle ?

— Il s'est excusé. Abondamment. J'étais plutôt en colère.

— C'était légitime ! dit Fanny, qui se pencha plus près, curieuse. Mais n'était-ce pas excitant ?

Excitant ? Sur le moment, elle avait ressenti de la panique. Mais depuis, elle y avait pensé, et à lui aussi, si souvent qu'elle pouvait sans doute le qualifier.

— C'était… mémorable.

— Manifestement, toi et lui avez noué des liens : vous avez discuté chez les Fortescue, vous vous êtes promenés dans le parc, et il t'a même ramenée chez toi dans son carrick quand tu as fait semblant de t'évanouir, énuméra Sarah, plissant les yeux. Je t'ai demandé s'il te faisait la cour, et tu m'as répondu que non. Pourtant, tu l'as embrassé ce soir.

Il y avait tant de choses que Lavinia aurait pu révéler, sur le secret de Beck, sur leur alliance qui découlait de ce secret, sur ces fossiles qu'il lui avait offerts… Mais elle ne pouvait rien dire de tout cela, pas sans inventer un énorme mensonge. Mieux valait simplement l'omettre.

Soudain, elle eut envie de partir.

— Oui, je l'ai embrassé. Ou il m'a embrassée, précisa Lavinia, agitant la main en espérant afficher le niveau d'insouciance approprié. Il s'agissait de curiosité mutuelle, et cela ne se reproduira pas. Northam est un séducteur, et je ne devrais pas vouloir être courtisée par un tel homme.

— Ne l'élimine pas pour cette raison, insista Fanny d'un ton déterminé. Ma sœur l'a fait avec West, et, finalement, elle faisait erreur sur lui. Elle a affirmé à plusieurs reprises qu'elle n'avait jamais été aussi heureuse de se tromper sur quelqu'un.

Lavinia se disait qu'elle pouvait se fourvoyer à propos de Beck, mais il avait assurément démontré son penchant pour les « choses immorales », pour reprendre ses mots. Elle l'avait vu discuter avec Lady Fairwell au parc. Et s'il continuait à la fréquenter ?

— J'ignore si je me trompe au sujet de Lord Northam, dit-elle en se levant du canapé.

Les autres se levèrent avec elles, et Sarah déclara :

— Je suppose que le temps nous le dira.

Elle avait raison. Et Lavinia n'avait pas l'intention d'attendre pour le découvrir.

~

En entrant chez Brooks le soir suivant, Beck se rendit directement au petit salon où il était susceptible de croiser Felix. S'il était là. Il était encore un peu tôt, et Beck se contenterait de boire un whisky.

Ou cinq.

Il avait dormi tard et passé la journée enfermé dans son bureau avec sa guitare et son crayon. Il avait fallu que Gage le tire de ses pensées et l'oblige à prendre un bain et à sortir ce soir-là. Le majordome était attentif aux humeurs de Beck.

Et son humeur avait été plutôt sombre après sa rencontre de la veille au soir avec Lavinia. Enfin, ses rencontres. Il y avait d'abord eu les baisers, puis sa tentative de flirt. Il avait tout gâché à chaque fois.

D'accord, peut-être n'avait-il pas bâclé les baisers. Ils avaient été plutôt agréables. Plutôt agréables ? Ils avaient été sublimes. Il avait commis une erreur, car il n'aurait pas dû l'embrasser en premier lieu. Tout comme il n'aurait pas dû aller la chercher dans la bibliothèque. En fait, avec le recul, il n'aurait même pas dû participer au jeu. Il pouvait faire mieux que cela. Il n'aurait même pas dû aller à cette maudite fête, pour commencer.

Mais il l'avait fait. Et il l'avait embrassée. Plus encore, cet instant avait été divin. Il s'était soûlé la nuit précédente pour tenter de la chasser de son esprit. Il avait dormi d'un sommeil agité, rêvant d'elle. Ensuite, il s'était réveillé plus tôt et s'était donné du plaisir, et pourtant elle s'était encore attardée dans ses pensées alors qu'il sombrait dans un profond sommeil qui avait duré jusqu'à l'après-midi.

S'immerger dans la musique et les mots l'avait aidé, même si le flot d'émotions avait été sombre et dissonant, le laissant avec le sentiment d'être insatisfait et un peu… vide.

Il avait l'habitude de cette sensation. Elle venait de temps à autre, moins souvent depuis qu'il était devenu le duc Galant. Cependant, depuis qu'il avait trouvé la lettre de Helen quelques jours plus tôt, il retombait dans ses vieux travers.

Un valet de pied lui apporta un verre de whisky dès qu'il prit place à une table. Beck le remercia et prit une gorgée du riche liquide couleur d'ambre pâle. Il était puissant et épicé, c'était exactement ce qu'il voulait. Il avait besoin d'un fortifiant.

Il ne pouvait pas continuer à faire une fixation sur Lavinia. C'était une jeune femme charmante et intelligente, qui méritait un mari qui lui apporterait la lumière et l'amour. Et la science. Beck ne pouvait pas le faire.

Ce qu'il devait faire, c'était trouver qui avait dit à sa sœur qu'il aurait mieux valu qu'elle soit morte. Ce devait être sa priorité. Il envisagea de parler à la duchesse de Kendal, mais si elle avait été mêlée à un scandale, elle pourrait ne pas vouloir discuter de cette période. Et il était également possible qu'elle ne connaisse pas Helen, ou ces femmes. Non, il devait trouver quelqu'un qui pourrait l'aider.

Beck but une gorgée de son whisky et observa la salle, dressant la liste de la poignée de gentlemen présents, dont aucun n'était plus qu'une connaissance. Du coin de l'œil, Beck vit quelqu'un entrer. Il tourna la tête, espérant qu'il s'agissait de Felix, qui pourrait sans doute l'aider à trouver à qui parler. Ce qui impliquerait de révéler le secret de sa sœur. À bien y réfléchir, peut-être ne pouvait-il pas faire cela.

Mais ce n'était pas Felix.

C'était le père de Lavinia, Lord Balcombe. Et il se dirigeait droit vers Beck.

Bon sang !

Il termina son verre et pria pour que le valet de pied revienne aussitôt lui en servir un autre.

Mais il n'en fit rien. Le comte arriva à la table de Beck et le salua.

— Puis-je m'asseoir ?

Oui.

— Je vous en prie, dit Beck avec un geste vers l'une des chaises vides de sa table ronde.

— Lorsque je vous ai vu assis ici, je me suis dit que je devais venir pour que nous puissions discuter. Je regrette de ne pas avoir eu l'occasion de vous parler hier soir chez les Kilve. J'aurais peut-être dû jouer à cache-cache.

Le coin de sa bouche se releva, et Beck se demanda s'il tentait de faire allusion à quelque chose. Savait-il ce qui s'était passé dans la bibliothèque ? Non, comment aurait-il pu ? À moins que Lavinia le lui ait raconté…

Elle n'aurait pas fait cela. Beck aurait mis en jeu tous les secrets qu'il cachait sur ce point.

— C'était une soirée agréable, dit-il.

Heureusement, le valet de pied arriva avec deux autres verres de whisky, qu'il déposa devant eux sur la table.

Le comte prit le sien du bout des doigts et le souleva.

— Aux nouvelles relations, et à l'avenir.

Beck leva son whisky, puis but une solide rasade. Il ne voyait pas de quoi Balcombe parlait, mais il avait le sentiment angoissant que le comte avait un objectif précis pour cette rencontre.

Celui-ci posa son verre.

— Le whisky est bon ici, chez Brooks.

Il posa un regard évaluateur sur Beck. Il plissa légèrement les yeux, et il se demanda si l'homme souffrait aussi de myopie.

— Ma femme et moi avons besoin de votre aide pour notre fille. Enfin, plus que vous n'en avez déjà fourni.

Le sentiment d'angoisse s'intensifia, et Beck eut la sensation que le sol sous lui se transformait en poussière.

— Je vous demande pardon ?

— Inutile de tergiverser, dit Balcombe d'un ton plaisant, mais avec une pointe d'acier. Nous savons que vous êtes le duc Galant.

Il pinça les lèvres, puis laissa échapper un petit son nasillard.

— Quel surnom ridicule !

Comment diable l'avaient-ils appris ? Gage n'aurait jamais révélé son secret, et ils n'auraient jamais posé la question à un majordome. Il restait donc Lavinia. Pourquoi leur avait-elle dit ? Avait-elle été en colère contre lui parce qu'il lui avait dit qu'ils ne pourraient plus s'embrasser ?

Beck repoussa sa colère et sa curiosité ardente.

— Comment voulez-vous que je l'aide au-delà de ce que j'ai déjà fait ?

— Il semblerait que vos… efforts ne portent pas les mêmes fruits que pour certains de vos autres sujets. Lavinia est unique, et elle a peut-être besoin d'une aide supplémentaire, dit-il.

Balcombe but une gorgée de son whisky, agissant comme s'il s'agissait d'une conversation amicale courante.

— Nous aimerions que vous lui fassiez la cour.

Beck se retint de refuser immédiatement.

— Je ne souhaite pas me marier.

— Nous ne vous demandons pas de l'épouser. Nous voulons que vous lui fassiez la cour, de sorte que les autres gentlemen, ceux qui ont exprimé un intérêt pour elle, accélèrent la leur.

Beck avait beau en vouloir à Lavinia de l'avoir dénoncé, il détestait que ses parents cherchent à gérer sa vie de cette façon.

— Pourquoi ne pas attendre que les choses suivent leur cours naturel ? Y a-t-il une raison pour laquelle vous voulez conclure un contrat de mariage à la hâte ?

Les yeux du comte s'assombrirent et il se pencha légèrement en avant.

— Je me fiche de vos insinuations, Northam. Je suis venu ici prêt à conclure un marché, mais si vous m'y obligez… je n'hésiterai pas à révéler votre identité cachée au monde.

C'était donc du chantage.

— Je n'insinuais rien du tout, répondit Beck d'un ton plein de rage. Je trouve votre gestion des affaires matrimoniales de votre fille excessive.

— Vous pouvez garder vos opinions pour vous. Je vous les demanderai si je souhaite les entendre.

Beck prit son whisky, sa main se crispant sur le verre alors qu'il le portait à sa bouche et prenait une autre grande gorgée, sans le finir tout à fait. Il le reposa sur la table, peut-être un peu trop fort, car le liquide déborda.

— Ne vous est-il pas venu à l'esprit que j'offre un service aux jeunes femmes, y compris à Lady Lavinia ? Ce n'est pas parce qu'elle n'est pas encore fiancée qu'elle ne le sera jamais. Vous voyez bien que mes poèmes ont amélioré sa visibilité.

— Oui, mais nous voulons qu'elle se marie cette saison. Vous allez lui faire la cour, et les choses évolueront rapidement.

— Et si ce n'est pas le cas ?

La cour conduisait souvent à des fiançailles, et Beck n'était pas prêt à accepter cela. Il n'était pas prêt à accepter quoi que ce soit.

— Nous nous occuperons de ce problème s'il se présente. La comtesse et moi sommes convaincus que votre intérêt encouragera quelques hommes en particulier à agir. Laissez-nous gérer cette manœuvre.

Manœuvre ? Bon sang ! Avaient-ils l'intention de manipuler également les autres prétendants ? Toute colère qu'il avait pu éprouver à l'égard de Lavinia se dissipa. Pour ce qu'il en savait, ils avaient sans doute fait quelque chose pour la manipuler aussi.

Le comte s'éclaircit la gorge et se redressa, adoptant la stature et le ton de quelqu'un qui mène une transaction commerciale.

— Vous rendrez visite à Lavinia demain et vous vous promènerez avec elle dans le parc durant la semaine. Et dansez avec elle dès que vous le pourrez. Nous assisterons au bal Halliwell et espérons vous y voir. Si vous ne respectez pas nos conditions, nous divulguerons votre identité en tant que duc Galant dans le *Times*

Beck jeta un regard meurtrier à l'homme de l'autre côté de la table.

— Vos manipulations sont tout à fait méprisables.

— Pas plus que vos ingérences et votre « aide » non sollicitée, dit Balcombe avait de terminer son whisky et de se lever. À demain.

La fureur submergea Beck alors qu'il regardait l'autre homme quitter la pièce. Il était tellement concentré sur le dos du comte qui s'en allait et qu'il fusillait du regard qu'il ne vit pas Felix s'approcher.

Il s'assit sur la chaise que Balcombe avait libérée.

— Bon sang, mais qu'est-ce que c'était que ça ? On dirait que tu veux le démolir.

— J'en ai envie, en fait, dit Beck d'une voix tendue.

Felix jeta un regard vers la porte par laquelle le comte était parti.

— Pourquoi ?

Beck ne pouvait pas lui expliquer sans tout lui raconter. Et il pourrait bien le faire, mais pas maintenant. Il était trop en colère.

— Peu importe. Je ne veux pas en parler.

Le valet de pied arriva et ramassa le verre vide de Balcombe, puis en déposa un autre pour Felix.

— J'espère que tu ne m'en voudras pas de te dire ça, mais tu as l'air un peu ailleurs ces derniers temps, dit ce dernier en prenant son verre dont il but une petite gorgée.

Il avala, pinça les lèvres, puis en prit une autre.

— As-tu écrit ? Joué ?

— Les deux.

— Tu ne vois personne en ce moment, n'est-ce pas ? Peut-être devrions-nous retourner chez Madame Bisset. J'ai passé un excellent moment l'autre soir.

— Non, je te remercie. Je n'ai pas envie de faire ça ce soir.

Felix l'observa un long moment.

— Te voilà encore d'humeur étrange. J'espère que cela ne durera pas longtemps.

Ses fameuses « humeurs » pouvaient durer de quelques

heures à quelques semaines. Ou, comme après avoir été rejeté par Priscilla, des mois. Beck espérait que ce ne serait pas le cas.

Il termina son whisky et décida qu'il allait s'adonner à des « choses immorales », ce qui lui rappela ce qu'il avait raconté à Lavinia lors de la représentation musicale des Fortescue.

— Allons jouer aux cartes.

— Excellente idée ! s'exclama Felix qui prit son whisky et se leva.

Beck le suivit dans la salle de jeux. Le lendemain, il irait voir Lavinia et ferait semblant de lui faire la cour. Elle en serait extrêmement déconcertée, compte tenu de son attitude de la veille. Il devrait soit la convaincre qu'il était sincère dans son désir de la courtiser, soit lui dire la vérité sur le chantage de ses parents. À moins qu'elle ne soit déjà au courant.

Mon Dieu ! Avait-elle imaginé ce stratagème après qu'il avait refusé ses avances la nuit passée ? Elle avait voulu flirter, et il l'avait rejetée. Il lui avait dit qu'ils ne pourraient pas recommencer ce qu'ils avaient fait dans la bibliothèque. Il savait qu'il l'avait déçue. Mais apparemment, il n'avait pas compris à quel point.

Une vague de déception le submergea. Il l'avait tellement appréciée. Et maintenant, il ne savait plus quoi penser. Le lendemain, avec un peu de chance, il le découvrirait.

CHAPITRE 10

*L*avinia s'était autorisée à ruminer l'impolitesse de Beck pendant la majeure partie de la journée de la veille, mais elle n'avait pas l'intention de lui accorder autant de temps aujourd'hui. Mais il était difficile de ne pas penser à lui, car chaque fois qu'elle regardait sa collection de fossiles élargie, il était *juste là*.

Et elle refusait de les rendre.

Elle préféra donc concentrer son énergie à la préparation d'une excursion sur le thème de la géologie. Elle essayait souvent de trouver des endroits autour de Londres où elle pouvait faire de courtes escapades. Il fallait s'organiser : convaincre sa mère de l'accompagner, ce qui n'était pas arrivé depuis quelques années, ou prendre un autre chaperon, par exemple sa belle-sœur si elle était en ville.

Lavinia avait une destination en tête et un chaperon. Avec un peu de chance, sa mère approuverait les deux. En attendant, elle écrirait à Diana pour lui demander si elle acceptait ce rôle. Il s'avérait plutôt utile d'avoir une amie mariée, duchesse de surcroît.

Alors qu'elle était assise au bureau dans le salon de l'étage, le majordome entra pour annoncer l'arrivée de Sarah. Lavinia ne l'attendait pas.

— Faites-la monter, s'il vous plaît.

Le majordome hocha la tête et s'en alla. Quelques instants plus tard, son amie, qui était venue des dizaines de fois dans ce salon, entra, l'air tendu. Elle retira ses gants et sa coiffe.

— Quelque chose ne va pas ? s'enquit Lavinia.

— Rien qui ne va pas, mais j'ai quelque chose à partager.

Elle se posa sur le bord du petit canapé et attendit que Lavinia prenne place dans le fauteuil près d'elle.

— Tu m'inquiètes, dit cette dernière.

— Ce n'est pas mon intention. C'est juste que…, commença-t-elle avant de s'interrompre.

Elle laissa tomber ses gants sur ses genoux, et déposa sa coiffe sur le canapé.

— Après ce que tu nous as raconté au sujet de Northam l'autre soir, je me suis dit qu'il fallait que je te raconte ce que j'ai appris.

Lavinia songea aussitôt à son identité secrète, mais elle doutait qu'il s'agisse de cela.

— Que s'est-il passé ?

— Anthony l'a vu, Northam, dans une maison close la semaine dernière. Il y était avec son ami, M. Jeffries, et avec Felix, bien sûr.

Lavinia sentit monter une légère nausée. Ce qui était ridicule. Beck était un séducteur. Il se rendait sans doute assez souvent dans des maisons closes. En fait, il l'avait probablement fait de nombreuses fois depuis qu'ils se connaissaient. Peut-être même en quittant la fête de Violet l'autre soir. Après leurs baisers.

— Eh bien, je crois que nous avons notre réponse en ce qui concerne sa réputation.

Et c'était douloureux.

— C'est toujours un séducteur, constata Sarah d'un ton plat. Je suis navrée. Je savais que tu voudrais savoir.

— Tu avais raison. Ne sois pas désolée. Je n'attendais rien de lui. Ce baiser, c'était de la curiosité, rien de plus, affirma Lavinia, ignorant sa poitrine qui se serrait, ravalant l'amertume dans sa gorge. Enfin, changeons de sujet. J'aimerais faire une excursion à la carrière de sable de Charlton, à une vingtaine de kilomètres à l'est de la ville. Je vais demander à Diana de jouer les chaperons. Voudrais-tu venir ?

Sarah s'illumina, ce qui remonta le moral de Lavinia.

— Bien sûr ! Mais crois-tu que ta mère autorisera Diana à nous chaperonner ?

— Je l'espère. Je crois que Violet et elle l'ont conquise avec leur merveilleuse fête de l'autre soir. Le scandale qui les entoure commence à s'estomper.

Sarah acquiesça.

— Oui, j'en ai bien l'impression, dit-elle, avant qu'une idée ne fasse étinceler son regard. Peut-être pourrions-nous organiser un pique-nique et y inviter Fanny également ?

— Oh, oui ! Quelle bonne idée !

Lavinia se sentait déjà mieux.

— Si ta mère n'accorde pas l'autorisation à Diana, peut-être que la sœur de Fanny pourrait nous chaperonner.

— Une excellente alternative. Je demanderai à la cuisinière de préparer un pique-nique. Nous partirons en milieu de matinée.

Sarah plissa le front.

— Pourquoi veux-tu visiter la carrière de sable ?

— En creusant, ils ont mis au jour une incroyable strate de terre. J'aimerais la voir.

Lavinia avait lu un article à ce sujet dans *Philosophical Transactions*, la revue de la Royal Society.

— C'est fantastique ! s'exclama Sarah, qui avait toujours soutenu les intérêts de Lavinia. Moi aussi, j'ai hâte de la voir. Quand irons-nous ?

— Plus tard dans la semaine, si nous parvenons à organiser tout cela. Peut-être jeudi ou vendredi.

La mère de Lavinia entra dans la pièce, et son regard se posa sur Sarah.

— Bonjour, mademoiselle Colton. J'ai bien peur que Lavinia n'ait un visiteur.

Les yeux écarquillés de Sarah rencontrèrent ceux de Lavinia. De qui pouvait-il s'agir ? Elle avait rencontré beaucoup de gentlemen au cours des dernières semaines, mais aucun d'entre eux ne s'était présenté chez elle. Elle ne les avait pas non plus encouragés à le faire, ce qui devait changer.

Lavinia se leva de son fauteuil et lissa le côté de sa robe.

— Qui est-ce, mère ?

— Le marquis de Northam.

Réprimant un bruit de dégoût peu élégant, Lavinia regarda Sarah, qui travaillait à nouer sa coiffe sous son menton. Elle adressa une grimace d'excuse à son amie, puis enfila ses gants.

— Descends dans la bibliothèque, Lavinia, dit la comtesse qui se tourna et quitta le salon.

Lavinia gémit doucement en se dirigeant vers la porte derrière Sarah, qui se tourna pour lui dire :

— Je suis désolée. Mais tiens-moi au courant. On se voit plus tard au parc ?

— Oui, acquiesça Lavinia avant de suivre son amie au rez-de-chaussée.

Sarah se retourna et lui jeta un regard encourageant par-dessus son épaule, ainsi qu'un petit signe de la main, avant de pénétrer dans le hall d'entrée.

Redressant les épaules, Lavinia se rendit dans la biblio-thèque, qui n'était en réalité qu'un grand salon où se trouvaient quelques étagères. À l'intérieur, Beck se tenait de profil devant les fenêtres de la façade, son chapeau à la main. Il se tourna vers elle lorsqu'elle entra et lui fit une révérence courtoise.

— Bonjour, Lady Lavinia.

Celle-ci jeta un regard à sa mère, qui était entrée derrière elle. Beck s'inclina vers elle et la salua. Tout ceci était très guindé et formel ; Lavinia s'efforçait de dissimuler sa frustra-tion et sa douleur.

Sa douleur ? Pourquoi la ferait-il souffrir ?

Parce qu'il l'avait embrassée tout en continuant à fréquenter Lady Fairwell et en allant dans une maison close. Elle l'avait cru meilleur que cela, mais pourquoi ? C'était un séducteur sans scrupules, et elle le savait. Elle l'avait embrassé malgré cela, et, même maintenant, elle ne pouvait se résoudre à le regretter. Ces moments passés dans ses bras attisaient une chaleur qu'elle s'efforçait d'étouffer.

Oh ! Comme elle aurait aimé pouvoir lui dire précisément ce qu'elle pensait de lui ! La présence de sa mère l'empêchait d'assouvir ce besoin.

— Souhaitez-vous un rafraîchissement ? proposa la comtesse.

Lavinia étouffa un nouveau gémissement. Elle voulait en finir au plus vite. Que faisait-il ici ? Il ne voulait pas lui faire la cour.

— Non, je vous remercie. J'aimerais emmener Lady Lavinia faire un tour dans le jardin, si vous en avez un.

Cela sembla plaire à sa mère, qui afficha un sourire éclatant.

— Oui, bien sûr.

Beck tourna la tête vers Lavinia en guise d'invitation. Elle aurait voulu lui rétorquer qu'elle préférait aller faire un tour avec le diable, mais elle convenait que ce pourrait être la même chose.

Relevant le menton, elle fit demi-tour et sortit à grands pas de la pièce, prenant à droite pour le conduire au petit salon, d'où ils pourraient sortir dans le jardin.

Elle ne les attendit pas, ni lui ni sa mère, qui les suivit pour surveiller depuis la maison. Lavinia ouvrit la porte et sortit. Beck lui emboîta le pas et referma derrière lui, puis il lui offrit son bras.

— Je suppose que je dois le prendre ? lui dit-elle d'un ton plein de rancœur.

— Je suis certain que cela ferait plaisir à votre mère, et je crains que ce soit mon principal objectif aujourd'hui.

Elle le regarda fixement, totalement confuse. Finalement, elle passa la main autour de son bras, et ils commencèrent à faire le tour du jardin. Sa curiosité méfiante prit le pas sur ses autres émotions.

— Pourquoi voulez-vous faire plaisir à ma mère ?

Il fronça les sourcils.

— Parce que…

Mais les autres émotions de Lavinia ne voulaient pas être mises de côté.

— Vous savez, en fait, je m'en fiche. J'ignore pour quelle raison vous êtes ici, et je m'en fiche aussi. Je n'ai aucune envie de me promener dans le jardin avec un séducteur sans scrupules qui fréquente une maison close, entretient vraisemblablement une relation avec une femme mariée et m'embrasse dans le même temps.

Elle tenta de retirer sa main de son bras pour retourner à l'intérieur.

Il posa sa main libre par-dessus, et la serra contre lui. Ses yeux gris-vert plongèrent dans les siens avec intensité.

— Eh bien, je n'ai pas envie d'être manipulé. Contentez-vous de marcher avec moi, bon sang !

— Manipulé ? Qui vous manipule ?

— Je pensais que c'était peut-être vous, mais je crois que ce sont seulement vos parents.

Il fit quelques pas, lentement, l'entraînant avec lui.

— Expliquez-vous.

— Votre père m'a abordé chez Brooks hier soir. Il m'a informé que je devais vous faire la cour, faute de quoi il révélerait mon identité de duc Galant, dit-il.

Il baissa les yeux vers elle, et elle lut de la colère dans son regard.

— Ce que je ne comprends pas, c'est comment il a pu le découvrir, dit-il d'un ton accusateur.

Elle s'arrêta à nouveau, et, cette fois, il la laissa retirer sa main de son bras. Se tournant pour lui faire face, elle toucha sa poitrine, irritée qu'il puisse douter de sa loyauté.

— *Je* ne leur ai rien dit !

— C'était forcément vous. La seule autre personne qui soit au courant, c'est mon majordome.

Son majordome ? Rien qu'elle et son majordome ? Le savoir déclencha un léger frémissement au creux de son ventre. Qui fut suivi d'une forte nausée.

— Votre majordome ne leur aurait pas raconté ?

Il ne la quittait pas du regard.

— Non.

— Je vous jure que je ne l'ai dit à personne, pas même à Sarah.

Pourtant, elle en avait eu envie, et si elles n'avaient pas été interrompues aujourd'hui, elle l'aurait sans doute fait, tant elle s'était sentie agacée par lui. Soudain, elle plaqua une main sur sa bouche, et ses yeux s'écarquillèrent.

— J'ai seulement… mon journal intime. J'en ai parlé dans mon journal intime, affirma-t-elle, jetant un regard enragé vers la maison. Elle lit mon journal ?

— Apparemment.

Elle lui adressa un regard chargé d'excuses.

— Je suis *sincèrement* désolée.

— Pas autant que moi. Maintenant, ils se servent de cette information pour me faire du chantage. Soit je vous fais la cour, soit ils me dénoncent.

— Ils vous ont demandé de m'épouser ?

Doux Jésus ! C'était trop affreux. Elle savait qu'ils voulaient la marier, mais recourir à des tactiques aussi méprisables était inadmissible.

— Non. Ils pensent que ma cour incitera d'autres personnes à se manifester. Ils sont plutôt impatients de vous voir fiancée.

La sensation de nausée s'accentua. Elle regarda à nouveau vers la maison et plissa les yeux. Sa mère se tenait juste derrière la porte et les observait. Lavinia se retourna et prit à nouveau le bras de Beck, l'entraînant plus loin de la maison, vers le coin opposé du jardin.

— Ils sont horribles.

C'était tout ce qu'elle parvenait à dire pour l'instant. Ses parents voulaient la marier à tout prix. Au vu de leur hâte, et de leur désespoir apparent, Lavinia craignait qu'ils ne la fiancent à n'importe qui, ou presque. Elle devait accepter l'inévitable : elle se marierait cette saison, et si elle souhaitait un mari qu'elle choisirait elle-même, mieux valait qu'elle s'en trouve un.

— J'aimerais pouvoir dire quelque chose pour soulager votre détresse, dit-il doucement.

Elle appréciait, mais la période des réactions émotionnelles était révolue. Il était temps d'agir.

— Vous deviez m'aider à trouver un mari. C'est plus que jamais essentiel, car il semble que je manque de temps.

— Qu'en est-il de Horace ?

Elle s'arrêta une nouvelle fois, et plissa les yeux sur lui.

— Le même M. Jeffries qui s'est rendu dans une maison close avec vous ? Soyez honnête avec moi : est-ce un séducteur comme vous ?

Elle ne l'aurait pas deviné en se fondant sur leur rencontre, mais que savait-elle vraiment de lui ?

Beck fit un geste vers le banc qui se trouvait dans un coin du jardin à quelques pas de là.

— Pourrions-nous nous asseoir ?

Sans mot dire, Lavinia retira son bras du sien, et s'assit sur le banc. Il prit place à côté d'elle, pas trop près, et étira une jambe en se tournant vers elle.

— Horace aime les femmes, mais je ne suis pas certain que je le qualifierais de séducteur. Honnêtement, je ne suis pas sûr d'entrer encore dans cette catégorie. Oui, je suis allé chez Madame Bisset avec Horace et Felix. J'y ai joué aux échecs.

Lavinia le regarda, l'air confus.

— Vous pouvez y jouer aux échecs ?

Sa bouche se fendit d'un bref sourire.

— Ou aux cartes, au backgammon, ou à un tas d'autres choses encore. Les femmes qui y travaillent fournissent les divertissements qu'un homme désire, et il n'est pas nécessaire que ces divertissements soient, euh, sexuels.

Beck détourna son regard de celui de Lavinia en prononçant les derniers mots.

Les conséquences de ce qu'il disait ne faisaient qu'attiser la curiosité de la jeune femme.

— Avez-vous un jour vraiment été un séducteur ?

À ce moment, il la regarda, et éclata de rire. Que ce soit à cause de l'absurdité de la question, ou du tumulte d'émotions qu'elle avait traversées au cours du dernier quart d'heure, elle fit de même. Il leur fallut un long moment avant de se calmer, et elle ne pouvait qu'imaginer à quoi cela ressemblait pour sa mère. Si elle pouvait les voir. Un massif d'arbustes bien placé assurait une certaine intimité à l'endroit où ils se trouvaient.

— Sans entrer dans les détails, j'ai agi de nombreuses fois de façon dévergondée. Cependant, je ne fréquente plus Lady Fairwell, à son grand désarroi, et, parfois, il m'arrive de préférer une partie d'échecs à… autre chose.

Le souvenir des lèvres de Beck sur les siennes envahit Lavinia. Elle ne pouvait imaginer qu'on puisse préférer les échecs à cette sensation. Cependant, elle était heureuse d'entendre qu'il ne fréquentait plus Lady Fairwell et qu'il n'était pas allé chez Madame Bisset pour les raisons habituelles. Ce qui était idiot, car il n'était pas un mari potentiel. Il ne lui faisait pas *vraiment* la cour. Du moins, c'était ce qu'il avait dit.

Voulait-elle qu'il le fasse ?

Elle se tourna légèrement vers lui.

— Pour que je comprenne bien, vous ne me faites pas la cour dans l'intention de vous marier. Vous me faites la cour pour inciter d'autres personnes à le faire.

— C'est ce que veulent vos parents, oui.

Ses maudits parents !

— Je ne les laisserai pas révéler votre secret, je vous le promets.

Le regard de Beck s'adoucit.

— J'apprécie, mais êtes-vous sûre que vous pourrez les en empêcher ?

— Je le pourrai si je me fiance. Cela doit donc être mon objectif premier.

Savoir que sa liberté telle qu'elle était serait bientôt restreinte l'emplissait d'effroi. À moins qu'elle ne trouve un mari qui partage ses intérêts. La laisserait-il faire des choses comme des excursions à la carrière de sable ?

— Et Horace n'est plus dans la course, annonça Beck.

Lavinia croisa les mains sur ses genoux.

— Vraiment ? Si vous avez des raisons de douter de sa fidélité, alors oui, je préfère chercher ailleurs.

— Je n'en suis pas certain, déclara Beck. Cependant, je ne suis pas certain non plus qu'il soit prêt à se marier. Il est un peu maladroit, au cas où vous n'auriez pas remarqué.

— J'ai vu, mais en réalité, j'ai trouvé cela touchant. De plus, il a dévoilé toutes sortes d'informations très intéressantes à votre sujet.

Elle lui adressa un sourire, et les yeux de Beck s'assombrirent et se plissèrent légèrement. Son expression fit bondir son cœur et elle comprit qu'elle avait envie de l'embrasser à nouveau.

Bon sang ! Il ne lui faisait *pas* la cour.

Elle se força à revenir au sujet qui l'occupait : son futur mari. Passant en revue les différents hommes qu'elle avait rencontrés au cours des dernières semaines, le seul qui sortait du lot était Sir Martin, et ce, en grande partie à cause de ses penchants scientifiques. Comme elle manquait de temps et, apparemment, de prétendants potentiels acceptables, elle devrait déterminer s'il lui conviendrait.

— À ce stade, je pense que Sir Martin Riddock est ma meilleure option. Cependant, j'ai une idée qui pourrait m'aider à déterminer si quelqu'un d'autre pourrait me convenir. Plus tard dans la semaine, je vais faire un pique-nique à la carrière de sable de Charlton pour étudier la strate qui y a été exposée. Si Sir Martin pouvait venir, et peut-être quelques autres célibataires éligibles, je pourrais observer leur attitude à l'égard de mes intérêts scientifiques. C'est le cadre idéal, puisque je vais y faire des recherches et discuter de géologie.

— Vous allez pique-niquer dans une carrière de sable ? demanda-t-il, souriant en secouant la tête. Évidemment. Et c'est une idée brillante. En fait, si vous me le permettez, je vais parler à Felix, et il pourra transformer l'excursion en un véritable événement. Vous aurez alors le choix parmi une pléthore de gentlemen, et vous serez la vedette de la journée lorsque vous expliquerez à tout le monde l'importance de la strate.

Le pouls de Lavinia s'emballa. L'idée de pouvoir parler de géologie devant des gens lui procurait une sensation grisante. L'objectif de trouver un mari fut relégué au second plan.

— Pensez-vous que les gens viendraient ?

— Sans aucun doute. Felix est capable de persuader à peu près n'importe qui de faire à peu près n'importe quoi.

C'était mieux que tout ce qu'elle aurait pu imaginer.

— Merci. Ce serait merveilleux. Le duc Galant est un gentleman très serviable.

Le sourire qu'il lui adressa fit chavirer son cœur.

— Il essaie de l'être.

En proie à une soudaine pulsion, elle se leva avant de faire une bêtise.

— Je vais m'efforcer de faire en sorte que cette fausse cour soit brève.

— Prenez tout le temps dont vous avez besoin, lui dit-il.

Non, elle ne le ferait pas. Elle craignait que même un simulacre de cour avec lui ne mène à quelque chose qui risquait de la blesser. Elle lui prit le bras, et il la raccompagna vers la maison.

— Nous pouvons prévoir cela pour jeudi, proposa-t-elle.

Il hocha la tête.

— Je vais aller immédiatement parler à Felix, et je laisserai un mot dans l'arbre pour vous confirmer les choses.

— Je ne pourrai pas m'y rendre aujourd'hui, dit-elle. Mais je serai dans le parc plus tard. Peut-être devriez-vous venir vous promener avec moi ; mes parents s'y attendront.

— Oui, cela fera d'une pierre deux coups.

Il lui ouvrit la porte du petit salon, et elle le précéda à l'intérieur.

Beck lui prit la main et déposa un baiser sur ses articulations qui fit remonter un frisson le long de son bras et de son épaule, jusqu'à cet endroit de son cou. Elle retira sa main, peut-être un peu trop vite.

— Je vous verrai plus tard au parc, dit-il doucement avant de se retourner pour saluer sa mère.

Après son départ, la comtesse attira Lavinia vers le canapé.

— Raconte-moi tout ce qu'il a dit.

Lavinia se mordit la langue avant de lui répondre : « *Y compris la partie sur le chantage que papa et toi exercez sur lui pour qu'il me fasse la cour ?* » Au lieu de cela, elle lui adressa un sourire aimable, et lui raconta qu'ils avaient discuté du temps, de musique, et de stratification des roches.

À ces mots, sa mère tressaillit.

— Il n'a pas pu vouloir t'entendre parler de cela !

— En fait, il était très intrigué, répliqua Lavinia d'un ton hautain.

La comtesse lui adressa un regard condescendant et lui tapota le genou.

— Je suis certaine qu'il essayait juste de se montrer gentil, ma chérie. Il ne faut pas mettre à l'épreuve la patience d'un gentleman.

Parce qu'il ne faisait que feindre d'être intéressé ? En tout cas, c'était ce que pensait sa mère, de toute évidence. Les manipulations de ses parents la rendaient malade.

Lavinia se leva d'un bond.

— Je me sens un peu mal en point. Je devrais me reposer si je veux pouvoir aller au parc plus tard.

Sa mère la regarda d'un air implorant.

— Tu *dois* aller au parc.

Lavinia avait l'impression que ses parents allaient recevoir une sorte de récompense s'ils la mariaient au plus vite. Leur empressement, doublé de leur sournoiserie, était parfaitement inquiétant. Soudain lasse, elle souffla, et décida qu'elle avait vraiment besoin de se reposer… de ses parents.

— Oui, mère, il y a beaucoup de choses que je dois faire. Et je suis convaincue que tu t'assureras que je les fasse.

Elle quitta la pièce, le dos raide, et s'intima de regarder vers l'avenir, où, quoi qu'il arrive, elle n'aurait plus à les supporter.

~

*L*es derniers jours étaient passés dans un tourbillon d'activités. Beck s'était promené deux fois dans le parc avec Lavinia, et il avait dansé une fois avec elle lors d'un bal. Il avait aussi observé Sir Martin qui lui avait accordé une attention particulière, ainsi que deux autres gentlemen. Il essayait de ne pas regarder de trop près, car cela le mettait très mal à l'aise.

Il ne voyait pas l'intérêt de chercher à en comprendre le pourquoi, alors il ne le faisait pas.

Pendant ce temps, Felix avait organisé le pique-nique de la saison. Une multitude de véhicules et de cavaliers descendaient vers un espace vert près de la sablière de Charlton, jeudi en début d'après-midi.

Lavinia était déjà là : grâce à leur emploi du temps, Beck

savait depuis le début qu'elle serait l'une des premières à arriver. Elle était installée près d'un mur de roche et de terre
exposé dans la carrière. C'était une magnifique stratification,
avec des bandes de texture et de couleur variées. Tout au
long de l'après-midi, elle discuta avec les gens de l'histoire de
ces bandes, allant parfois jusqu'à discuter de l'âge potentiel
de la Terre. Certains secouaient la tête, incrédules, mais la
plupart étaient fascinés par ses connaissances.

Beck était un peu épris. Y avait-il quelque chose de plus
attirant qu'une femme intelligente ? Il ne le pensait pas. L'une
des raisons pour lesquelles il était tombé amoureux de Priscilla si vite et si fort, c'était son intelligence. Son père était
universitaire à Oxford, et elle avait appris de lui et de ses
collègues. Ce n'était pas une scientifique comme Lavinia,
mais une historienne de la littérature. C'était en partie son
amour des mots qui avait incité Beck à écrire.

Cette journée de début de printemps était nuageuse, mais
pas froide, et heureusement sèche, ce qui en faisait une occasion parfaite pour passer du temps à l'extérieur. L'aire de
pique-nique était un peu agitée. Felix avait installé un filet de
badminton et des boules, et un groupe était en train de jouer
une partie de cartes endiablée.

Beck observait les festivités avec amusement, mais n'avait
pas particulièrement envie d'y participer. Il aurait préféré
s'asseoir sous un arbre et jouer de la guitare. Mais, bien sûr, il
ne l'avait pas apportée, et ne le ferait jamais. Pas lors d'un
événement comme celui-ci. Pas lors de n'importe quel
événement.

— Excusez-moi, my lord ?

Une voix féminine l'incita à se retourner. La femme qui
s'adressait à lui était grande, avec des yeux marron clair et un
sourire charmant. Il la reconnut : c'était la duchesse de
Kendal.

Beck lui adressa une révérence galante.

— Bonjour, Lady Kendal.

— Bonjour. Nous nous sommes rencontrés au dîner des Kilve.

— Je m'en souviens.

— Vous avez discuté avec mon mari ce soir-là, il m'a raconté votre conversation. J'espère que vous ne me trouverez pas présomptueuse, mais je voulais vous dire que j'ai rencontré votre sœur. Lady Helen était une âme gentille et douce. Je suis navrée d'apprendre qu'elle est décédée. Je me suis demandé ce qui lui était arrivé, mais j'ai perdu le contact avec presque tout le monde après avoir quitté la ville.

Beck se crispa en apprenant que la duchesse avait connu Helen, mais se détendit légèrement à l'évocation de ses souvenirs pleins de sollicitude.

— Merci pour vos aimables paroles.

— C'était une vilaine saison, dit-elle, alors qu'un léger frémissement agitait ses épaules. Pas seulement à cause de ce qui m'est arrivé, même si, avec le recul, plusieurs de ces gentlemen se comportaient plutôt comme des prédateurs.

Beck songea à l'homme que Helen avait mentionné dans sa lettre. S'était-il comporté de la sorte ?

— Apparemment, l'ambiance était très compétitive.

— Tout à fait. Certaines jeunes femmes pouvaient se montrer impitoyables dans leur quête du mariage.

Il hocha la tête.

— C'est l'impression que j'ai eue. Ma sœur a fait mention de deux de ces femmes, mais seulement par leurs initiales, SW et DC. Je suppose que vous ne vous rappelez pas de qui il s'agit ?

Elle pinça les lèvres, plissant légèrement les yeux.

— Je n'ai même pas besoin d'y réfléchir. Elles étaient les pires langues de vipère cette année-là. En vérité, elles ne se sont pas vraiment améliorées avec le temps, en particulier Lady Abercrombie.

Il avait enfin un nom.

— C'est l'une d'entre elles ?

— Oui, elle s'appelait Susannah Weycombe à l'époque, et DC fait référence à sa plus proche amie, Dorothy Cranley. Aujourd'hui, elle est Lady Kipp-Landon.

Un sentiment de satisfaction l'envahit, mais le fait de connaître leur identité ne lui permettrait pas vraiment de triompher. Il savait vaguement qui elles étaient, mais n'était pas tout à fait sûr de pouvoir les reconnaître dans une foule. Il balaya les environs du regard, se demandant si elles étaient là.

La duchesse devina ses pensées.

— Elles ne sont pas ici. Elles ne font pas partie de ce cercle. Je doute que le comte de Ware invite quelqu'un comme cela.

Elle avait raison.

— C'est vrai, mais il arrive que les choses dérapent lors d'un événement organisé par Felix.

— Ah oui ? On dirait que cela peut s'avérer aussi bon que mauvais, dit-elle avec une petite grimace, avant de poser sur lui un regard compatissant. Cela vous aide-t-il de savoir qui sont ces femmes ? Je sens que c'est important pour vous.

— Ma sœur a connu des moments difficiles, et elles en ont fait partie. Je ne sais pas si cela m'aide, mais j'apprécie vraiment de savoir qui sont ces personnes afin de pouvoir les snober devant toute la bonne société. Si l'occasion se présente.

— Je ne vous en voudrais pas. Elles ont essayé de se lier d'amitié avec moi lorsque j'ai épousé Titus, mais il est possible que j'aie fait en sorte qu'elles soient exclues de la sphère d'influence considérable de ma belle-mère, lui dit-elle.

Elle haussa les épaules pour marquer son indifférence. Beck éclata de rire.

— Et il est possible que mon mari ait donné un coup de poing à Lord Haywood, mais je n'ai pas peur de dire qu'il méritait au moins cela.

Beck avait rencontré Haywood ; il avait au moins dix ans de plus que lui. Il était connu pour être un peu joueur et buveur.

— Haywood est l'homme qui… ?

Beck ne voulait pas le dire, et il savait qu'elle comprendrait sa question.

— L'homme que j'ai eu la folie de retrouver seule ? Oui. Il avait un comportement extrêmement charmant. J'ignorais qu'il n'était pas sincère dans sa cour, dit-elle avec un petit sourire. Il s'est avéré qu'il poursuivait de nombreuses jeunes filles de ses assiduités, sans avoir apparemment l'intention d'épouser l'une ou l'autre.

— Il leur a fait miroiter de fausses promesses.

— En tout cas, il l'a fait avec moi, dit-elle. Et j'étais la cible parfaite : jeune, idiote, avec une folle envie de me marier.

Exactement comme Helen. Était-elle devenue la proie de Haywood ou de quelqu'un comme lui ?

— Je suis heureux que les choses se soient arrangées pour vous.

Beck sourit à la duchesse, même s'il déplorait que les choses ne se soient pas arrangées pour Helen.

Elle laissa échapper un petit rire.

— Excessivement bien, heureusement ! Et maintenant, je dois partir. Mes enfants m'attendent à la maison, expliqua-t-elle, puis elle jeta un rapide coup d'œil autour d'elle avant de reporter son attention sur Beck. Je dois d'abord trouver Ware et le remercier pour ce charmant événement. Avez-vous écouté Lady Lavinia parler de la stratification dans la sablière ? C'était absolument fascinant.

— Je l'ai fait, et je suis d'accord.

Elle lui fit ses adieux, et Beck se retrouva de nouveau

attiré vers la carrière. Plus personne ne s'y trouvait, et il se demanda où Lavinia était partie. Il s'avança vers les couches exposées dont elle avait parlé plus tôt. Retirant son gant, il passa ses doigts nus sur la bande de terre la plus basse, s'interrogeant sur ce qui avait pu y vivre.

Son esprit se tourna vers une histoire plus récente, celle de la dernière saison de sa sœur. Maintenant qu'il savait qui étaient ces femmes, il voulait leur demander pourquoi elles avaient tourmenté Helen.

La famille de Beck ne savait pas grand-chose des circonstances de la mort de la jeune femme. Ces femmes pourraient-elles l'éclairer ? Beck pourrait-il se fier à ce qu'elles lui diraient ?

La satisfaction qu'il avait ressentie en apprenant leur identité s'évanouit. L'impuissance, le désespoir et la colère qu'il avait nourris pendant des années le submergèrent à nouveau, le poussant à quitter la carrière de sable pour se diriger vers un bosquet d'arbres, à l'écart des invités. Les gens commençaient à s'en aller. Tant mieux. Il se cacherait en attendant. Dans son état présent, il ne voulait voir personne. Il serait bien parti, mais il était venu avec Felix et il devait trouver quelqu'un d'autre pour le ramener. La seule personne qu'il pensait pouvoir supporter à cet instant était Felix, alors il attendrait.

La seule autre personne ?

Lavinia envahit ses pensées : son esprit, sa beauté, son intelligence vive et son assurance. Oui, il pouvait très bien la supporter. Dommage que sa cour n'ait pas été réelle.

CHAPITRE 11

-Extrait de *Ode à Mademoiselle Anne Berwick*
Par le duc Galant

*L*a journée passa si vite que Lavinia fut surprise quand elle prit fin. Elle était particulièrement reconnaissante à Sarah de lui avoir apporté de la nourriture à la carrière de sable, car elle avait été tellement occupée à discuter avec les gens de la géologie de l'endroit qu'elle n'avait pas pris le temps de manger.

Lorsque les choses avaient enfin commencé à s'apaiser, elle avait reçu la visite de trois gentlemen différents, notamment Sir Martin, qui avait trouvé ses explications sur la géologie très instructives. Dommage que sa mère n'ait pas été là. La comtesse aurait été ravie de toute l'attention que recevait sa fille.

Lavinia, quant à elle, se surprit à ne chercher qu'un seul homme, celui qui faisait semblant de la courtiser et qui n'aurait sans doute plus besoin de le faire. Elle le vit s'esquiver dans un bosquet à l'écart de l'aire de pique-nique.

Jetant un coup d'œil à l'endroit où les gens rangeaient leurs affaires, elle fila vers les arbres. Une légère brise agita ses jupes lorsqu'elle s'avança derrière la haie à hauteur d'épaule qui se dressait entre l'étendue herbeuse et le bosquet.

— Beck ?

Il sortit de derrière un arbre.

— Êtes-vous en train de me suivre ?

Il avait posé la question d'un ton léger, mais un pli barrait son front. Elle le voyait, car elle avait mis ses lunettes, ce qu'elle avait fait tout au long de la journée, selon ses besoins. Elle les avait d'ailleurs portées devant Sir Martin, qui lui avait dit qu'elles lui donnaient une allure remarquable.

— Je vous ai vu vous glisser entre les arbres, et je suis là, alors je suppose que *oui*, je vous suis. Je voulais vous remercier d'avoir organisé cette journée.

Il s'appuya contre l'arbre qu'il venait de contourner.

— Vous portez vos lunettes.

Elle les rajusta inutilement sur son visage.

— Oui.

— J'aime quand vous les portez, lui dit-il, puis il jeta un coup d'œil vers l'aire de pique-nique, dissimulée par la haie. Je n'ai rien fait pour organiser cette journée, c'est Felix qui s'en est chargé.

— Mais Felix ne l'aurait pas fait si vous ne le lui aviez pas demandé.

Le coin de la bouche de Beck se souleva.

— C'est vrai. J'ai l'impression que vous avez connu un grand succès. J'en suis très heureux.

La chaleur de son ton prouvait à Lavinia qu'il était vraiment sincère.

— Oui, tout le monde s'est montré très intéressé par la géologie. J'ai hâte de le raconter à ma mère !

Beck éclata de rire.

— Vous croira-t-elle ?

Lavinia haussa les épaules.

— Probablement pas.

— En dehors de cela, je parlais de votre succès en matière de quête matrimoniale. Vous semblez avoir plusieurs prétendants sérieux… à moins que je ne me trompe ?

Elle tendit sa main gantée vers l'arbre à côté d'elle et la passa sur l'écorce.

— Non, vous avez raison. Sir Martin, en particulier, semble être à la hauteur. Il envisage de se déclarer.

Beck s'éloigna de l'arbre et fit un pas vers elle, réduisant la distance qui les séparait.

— Cela vous rendra-t-il heureuse ?

Heureuse. Elle n'était pas certaine que ce soit le bon mot.

— Cela ne me rendra pas *malheureuse*. J'aime bien Sir Martin. Il n'est pas du tout ennuyeux, à condition que je parvienne à l'obliger à se concentrer sur la science plutôt que sur les chevaux.

— Croyez-vous pouvoir l'empêcher de parler de chevaux pendant toute la durée d'un mariage ? s'enquit Beck.

— Bien sûr que non, mais je peux m'en accommoder.

— Voilà qui ne laisse pas présager d'un avenir conjugal particulièrement favorable.

Non, effectivement, mais ce n'était pas non plus horrible. Donc, elle n'aimait pas Sir Martin, mais elle était en train d'apprendre que l'amour était peut-être un luxe qu'elle ne pouvait se permettre. Mieux valait épouser quelqu'un qu'elle appréciait que laisser ses parents la manipuler pour qu'elle s'unisse à quelqu'un qu'elle détestait.

— Je manque de temps, comme vous le savez, et Sir Martin est ma meilleure option pour le moment.

Beck se rapprocha.

— J'espérais que vous trouveriez l'amour, dit-il doucement. Avez-vous déjà été amoureuse ?

Elle secoua la tête, fascinée par son regard sensuel, et le timbre séduisant de sa voix.

— Moi, je l'ai été, comme vous le savez. Elle s'appelait Priscilla. Elle avait trois ans de plus que moi, et elle était si intelligente et si belle que j'en avais le souffle coupé. Je pensais à elle nuit et jour. Je pouvais à peine manger ou dormir sans sa présence. J'ai commencé à écrire des poèmes d'amour, d'horribles strophes pleines de banalités larmoyantes.

La poitrine de Lavinia se serra, et elle comprit exactement ce qu'il voulait dire lorsqu'il parlait d'avoir le souffle coupé. La jalousie, amère et épaisse, lui obstruait la gorge. Elle finit par retrouver sa voix.

— Je n'ai jamais ressenti cela.

— Tant mieux. Quand ce n'est pas réciproque, c'est la pire sensation du monde.

— Elle ne vous aimait pas ?

Il secoua la tête.

— J'étais trop jeune, trop désespéré, trop mauvais en poésie, probablement.

Elle se mit à rire, puis plaqua aussitôt une main sur sa bouche, jusqu'à ce qu'elle parvienne à maîtriser son amusement.

— Désolée.

Il sourit.

— Ne le soyez pas. J'aime le son de votre rire.

Soudain, elle n'eut plus envie de rire. Lorsqu'il parlait

ainsi, et la regardait comme il le faisait à cet instant, comme si elle était Priscilla, elle n'avait qu'une envie, qu'il la touche et l'embrasse à nouveau.

— Avez-vous embrassé Priscilla ?

— Pourquoi me demander cela ? s'enquit-il, la voix presque réduite à un murmure.

— Si vous l'aviez fait, je suis certaine qu'elle ne vous aurait pas éconduit.

Il fit un pas de plus vers elle. Ils étaient à présent si proches l'un de l'autre qu'ils se touchaient presque.

— Comment le savez-vous ?

Elle ne put s'empêcher de fixer sa bouche.

— Par expérience, évidemment.

— Lavinia, vous me donnez envie de recommencer.

Il semblait plein d'espoir.

— « *La tentation est le mariage entre la curiosité et le désir.* »

C'était un vers du premier poème qu'il avait écrit sur elle.

Il posa sur elle un regard admiratif.

— Vous êtes en train de me citer.

— C'était une phrase magnifique.

Il attrapa le ruban de sa coiffe et le prit entre son pouce et son index pour jouer avec.

— Je l'ai écrit à propos de vous.

— Vous me connaissiez à peine à l'époque, souffla-t-elle.

— Et à quel point vous connais-je maintenant ?

— Pas assez bien.

Elle agrippa les revers de sa veste et l'attira contre elle. Debout sur la pointe des pieds, elle posa sa bouche sur celle de Beck.

Il l'entoura de ses bras et la serra fort, tandis que ses lèvres s'emparaient des siennes. Cela faisait des jours qu'elle repensait à son baiser, et maintenant qu'il recommençait, elle se rendait compte que son souvenir n'était pas exact. C'était tellement mieux !

Le corps de Beck était chaud et dur, et il sentait le pin et l'herbe. Ou peut-être était-ce simplement parce qu'ils étaient dehors. Non, c'était lui. Il sentait l'extérieur, et cela faisait de lui l'homme le plus séduisant de l'histoire des hommes.

Enfin, de son histoire des hommes.

Doux Jésus, était-il vraiment possible que son esprit parte à la dérive pendant que Beck l'embrassait ? Apparemment, oui, mais cela n'avait pas d'importance. Elle se noyait dans l'émerveillement et le plaisir, et n'avait pas envie de reprendre de l'air.

Elle s'agrippa à ses épaules et à son cou, et se colla à lui. Elle avait revécu ce baiser dans la bibliothèque, imaginant ce qu'elle ferait si elle avait une seconde chance avec lui. Et voilà.

Inclinant la tête, elle se rendit vaguement compte d'avoir fait tomber son chapeau de sa tête avec le bord de sa coiffe. Elle fit glisser sa langue contre celle de Beck, se délectant de la sensation de leur rencontre. Ses seins se tendirent et son ventre s'échauffa, et elle prit conscience des autres possibilités qui s'offraient à eux pour s'unir.

Était-ce ce qu'elle voulait ?

Oh, bonté divine, Lavinia, cesse de réfléchir !

Elle chassa ses pensées et se concentra sur ses sensations. Les mains de Beck s'agrippèrent à son dos, ses lèvres et sa langue se mêlèrent aux siennes, son corps se pressa impatiemment contre le sien. Elle en voulait plus.

Timidement, elle rapprocha ses hanches des siennes. Il descendit la main et saisit sa taille, la plaquant contre lui. Il remua contre elle, et elle haleta dans sa bouche lorsque la friction jaillit entre ses jambes.

Il fit reculer Lavinia et il la guida deux petits pas en arrière, jusqu'à ce qu'elle sente un arbre contre son dos. Sa bouche quitta la sienne, mais seulement pour mordiller et lécher sa mâchoire et son oreille. Elle bascula la tête en arrière jusqu'à la poser contre l'écorce, fermant les yeux pendant qu'il exerçait sa magie sur sa chair.

— Votre col est bien trop haut, marmonna-t-il en le repoussant, l'écartant pour avoir accès à son cou.

Elle ne pouvait qu'être d'accord. Et pourtant, il s'en sortait plutôt bien, semblait-il. Beck remonta la main le long du flanc de la jeune femme, glissant sur elle jusqu'à saisir son sein. C'était un contact tout à fait insuffisant, car il portait des gants et elle était habillée, mais son corps réagit comme si c'était plus que suffisant.

Son mamelon se tendit lorsqu'il la caressa à travers sa robe, tout en l'embrassant dans le cou. Elle l'attira plus fort contre elle ; elle voulait le sentir le plus possible. Sa main relâcha son sein, et elle gémit doucement. Et encore. Et elle s'en moquait.

Il baissa la main pour soulever sa jupe. De l'air frais s'engouffra contre sa jambe vêtue d'un bas, tandis que sa main frôlait sa cuisse. Le bout de ses doigts en effleura le sommet, touchant délicatement sa chair. Puis il s'immobilisa.

— Pardonne-moi, lui dit-il.

Le moment lui semblait approprié pour commencer à la tutoyer.

Elle tira sur les cheveux de sa nuque, et suivit son exemple.

— Regarde-moi.

Il releva la tête, la regardant droit dans les yeux.

— Il n'y a rien à pardonner. Du moins, pas si tu ne t'arrêtes pas. Sinon, *jamais* je ne te le pardonnerai.

— Tu veux que je continue ?

— Quelle que soit la chose que tu t'apprêtais à faire…

Elle avait du mal à trouver les mots. Elle se sentait complètement impudente. Mais elle ne voulait pas renoncer à la sensation que lui procurait le contact de sa main à cet endroit.

— Fais-le, le supplia-t-elle.

— As-tu déjà connu cela auparavant ? lui demanda-t-il d'une voix douce. L'orgasme, je veux dire.

— Je ne connais pas ce mot.

Elle avait discuté de sexe, brièvement, avec d'autres jeunes femmes, mais avant Diana, aucune d'entre elles n'avait connu d'expérience pratique. Et les conversations qu'elle avait eues avec elle depuis son mariage avaient été tristement dépourvues de détails excitants. Elle lui avait seulement dit que c'était merveilleux, et qu'elle espérait sincèrement que Lavinia aurait autant de chance qu'elle avec son futur mari.

— Il décrit ce que fait ton corps lorsqu'il se libère grâce à la satisfaction sexuelle. Songe à l'impatience ressentie à l'approche d'un événement et à la montée en puissance des sensations lorsqu'il se produit.

Pendant qu'il parlait, il la touchait doucement, le bout de ses doigts glissant sur sa chair.

Elle écarta les cuisses, lui offrant un meilleur accès, parce qu'il lui semblait que c'était ce qu'elle devait faire. Elle n'était pas sûre de ce qu'il voulait faire, mais elle savait qu'il y avait forcément plus. L'impatience dont il avait parlé enflait en elle. Elle s'agrippa à son cou et s'y accrocha tandis qu'il glissait son doigt le long de ses replis intimes.

Elle inspira brusquement juste avant qu'il l'embrasse. Le baiser était court, mais merveilleux, et sa bouche continua à parcourir sa joue, ses lèvres se promenant sur sa chair. Il lui murmura à l'oreille :

— Je pourrais essayer de te faire jouir, c'est-à-dire d'atteindre ton orgasme, rien qu'en te touchant ici.

Il appuya les doigts sur le haut de son sexe et les déplaça d'avant en arrière, produisant un délicieux frottement.

— Ou bien je pourrais introduire mon doigt, ou mes doigts, en toi, et te faire jouir de cette manière. Que préfères-tu ?

Bonté divine ! Comment aurait-elle pu le savoir ?

— Ne puis-je pas choisir les deux ?

Il rit doucement.

— Lavinia, tu ne manques jamais de me surprendre et de m'intriguer. Et, dans le cas présent, de m'exciter. Oh ! Comme j'aimerais que nous ayons un meilleur endroit à disposition, et beaucoup moins de vêtements. Je te montrerais toutes les manières dont je pourrais te faire jouir. Avec mes doigts. Avec ma bouche. Avec mon sexe.

Oh, mon Dieu ! C'était *vraiment* un séducteur ! Ses mots enflammaient son corps déjà brûlant. Elle avait envie de jouir, de ressentir cette chose dont il parlait.

— Je me fiche de ce que tu fais, mais je t'en prie, fais-le ! s'exclama-t-elle.

Elle agrippa sa nuque, et l'obligea à la regarder.

— *S'il te plaît.*

Le regard de Beck était sombre et séducteur pendant que ses doigts commençaient à se promener sur son sexe. Il se concentra sur cette première partie, caressant sa chair. Chaque passage faisait monter son impatience. Puis il l'embrassa à nouveau, sa bouche épousant la sienne alors que sa langue pénétrait en profondeur.

Un instant plus tard, son doigt imita sa langue et se glissa dans son sexe. Elle gémit en voyant des lumières danser derrière ses paupières, et ses jambes se mirent à trembler. Il faisait des va-et-vient avec son doigt, lentement au départ, puis il intensifia le rythme. Puis son pouce se posa sur cet autre point, et il appuya tout en la pénétrant.

Ses mouvements s'accélèrent, puis sa main se concentra sur l'extérieur pendant un moment avant que son doigt – ou étaient-ce ses doigts maintenant ? – ne plonge à nouveau en elle. D'avant en arrière, il alternait entre ses différentes caresses, et la passion de la jeune femme croissait à un rythme effréné. Elle était si proche de ce qu'il avait décrit.

Elle le sentait dans ses os, dans le sang qui parcourait son corps enfiévré.

Il rompit le baiser et pressa ses lèvres contre son oreille.

— Jouis pour moi, Lavinia.

Il plongea en elle et appuya la paume de sa main contre son sexe. Elle comprit précisément ce qu'il entendait par « libération ». Elle eut l'impression que son corps se désagrégeait. Ses muscles se contractèrent d'abord, se crispant partout tandis que la sensation se déchaînait en elle. Puis vint la libération, un relâchement de toute l'extase qui s'était accumulée en elle. Mais la main de Beck ne s'immobilisa pas, et elle se tendit à nouveau, puis gémit encore. Elle était heureuse de la présence de l'arbre dans son dos, car sans lui elle se serait sûrement effondrée sur le sol. Sans relâche, la main de Beck l'emmenait vers des sommets qu'elle n'aurait jamais imaginés.

Enfin, son corps fléchit. Épuisée, elle lutta pour reprendre son souffle. Sa main n'était plus sur sa chair, et ses jupes retombèrent autour de ses jambes. Il recula d'un pas et se pencha pour ramasser quelque chose au sol. Son gant, comprit-elle. Elle n'avait même pas vu qu'il l'avait retiré. Et puis son chapeau. Là, elle s'en souvenait.

— C'était peu judicieux, dit-il, la voix plutôt tendue.

— Peut-être.

Lavinia rajusta sa coiffe, ses lunettes et sa robe. Son visage était sans doute rougi, mais elle ne pouvait rien y faire. Avec un peu de chance, une brise la rafraîchirait.

— Mais je ne le regretterai pas, et j'espère que toi non plus, dit-elle avec une grimace. À moins que… je n'aurais pas dû insister pour que tu le fasses.

Elle n'avait pas insisté. Elle avait *supplié*. Elle n'avait aucune honte.

Il revint vers elle et lui prit la main, l'écartant de l'arbre.

— Ma chère Lavinia, si je n'avais pas voulu le faire, je ne

l'aurais pas fait. Mais maintenant, tu dois t'en aller. Nous sommes partis trop longtemps, et je ne peux qu'espérer que notre absence, simultanée, n'aura pas été remarquée. Repars là-bas, et je te suivrai plus tard. De toute façon, je serai le dernier à partir avec Felix.

Ce qu'il disait était logique. Et lui inspirait également une certaine crainte. Et si leur absence avait été remarquée ? Ils n'étaient pas là depuis si longtemps, mais apparemment assez…

— Je voulais vraiment te remercier pour cette journée, et maintenant, j'ai encore plus de raisons de le faire, dit-elle, lui adressant un sourire charmeur avant de l'embrasser sur la joue. Tu es un gentleman au grand cœur, tout comme Fanny et Sarah le pensaient du duc Galant. Je suis navrée d'avoir imaginé que tu pouvais être autre chose.

Un orage apparut dans son regard.

— Je suis toujours un séducteur, Lavinia. Pour ne pas l'oublier, il te suffira de penser à ce qui s'est passé ici. Les gentlemen au grand cœur ne séduisent pas les femmes célibataires dans la forêt.

— Est-ce vraiment ce que tu as fait ? C'est moi qui t'ai demandé de continuer. C'est peut-être moi qui t'ai séduit.

Elle haussa une épaule, puis se détourna et s'éloigna, extrêmement satisfaite.

Oui, du point de vue de Lavinia, le séducteur venait d'être séduit.

~

Une légère bruine se mit à tomber alors que Beck et Felix rentraient à Londres dans la berline de ce dernier.

— Heureusement que je n'ai pas pris le phaéton, remarqua-t-il en jetant un coup d'œil par la vitre.

Beck hocha à peine la tête pour lui répondre. Son cerveau était obnubilé par Lavinia, par sa transgression et par le désir inassouvi qui agitait toujours son corps.

— Je n'arrive toujours pas à croire qu'ils s'envoyaient en l'air devant tout le monde.

Regardant Felix assis en face de lui dans la berline, Beck se crispa.

— Quoi ?

Son ami avait croisé les bras et étiré ses jambes au maximum.

— Voilà qui a finalement attiré ton attention.

— Qui s'envoyait en l'air ?

Beck avait peur de poser la question : et si quelqu'un les avait vus ? Mais non, Felix aurait dit quelque chose immédiatement, et cela faisait déjà près d'un quart d'heure qu'ils étaient dans le véhicule.

— Personne. J'essayais de voir si tu m'écoutais, dit son ami en plissant les yeux. Qu'est-ce qui ne va pas chez toi aujourd'hui ? Tu as ruminé tout l'après-midi.

— Pas *tout* l'après-midi.

En réalité, pas avant d'avoir discuté avec la duchesse de Kendal.

— Ne joue pas les imbéciles. Que se passe-t-il ?

— Rien.

Intérieurement, Beck grimaça, songeant qu'il pourrait être agréable de se décharger de son fardeau et que Felix était quelqu'un, l'une des seules personnes, en fait, en qui il pouvait avoir confiance.

Son ami pinça les lèvres.

— Tu es devenu plutôt secret ces derniers temps. Et j'ai remarqué que tu avais disparu un moment. Tout comme Lady Lavinia.

Diantre ! Si Felix l'avait remarqué, qui d'autre l'avait fait ?

— Ne t'inquiète pas, lui dit son ami. Je doute que quelqu'un d'autre ait fait attention. La seule raison pour laquelle j'ai fait ce rapprochement, c'est parce que je t'ai vu avec elle au cours des dernières semaines. Il se passe quelque chose, affirma-t-il, dépliant les bras pour agiter une main. Oh, tu peux toujours le nier, l'ignorer, ou faire comme s'il n'y avait rien, mais je ne suis pas idiot. Et si je le vois, tu dois te demander qui d'autre le voit.

— Ses parents.

Felix le regarda.

— Quoi ?

— Ses parents le remarqueront. C'est là tout l'intérêt. Je suis censé lui faire la cour.

Les yeux de son ami s'écarquillèrent, et il en resta bouche bée.

— Tu prévois de te marier ? Voilà qui semble être un sujet important que l'on pourrait aborder avec son ami le plus proche.

— Je n'ai pas l'intention de me marier. On me fait du chantage.

Beck souffla et se passa une main sur le visage. Il s'affala sur la banquette, étalant ses jambes devant lui.

— J'ai un secret, et ses parents s'en servent contre moi. Je dois faire semblant de la courtiser pour encourager d'autres à se lancer.

— Quel est ce secret ?

— J'aurais dû te le dire plus tôt. Je suis le duc Galant.

Felix, abasourdi, siffla.

— Bon sang ! Je savais que tu écrivais, mais jamais je n'aurais imaginé que tu ferais une chose pareille, dit-il, avant de se pencher en avant. Pourquoi l'avoir fait ?

Beck tourna la tête et fixa la fenêtre, où de minces filets d'eau coulaient le long de la vitre.

— Je voulais aider ces jeunes femmes qui sont négligées et qui méritent d'avoir une chance d'être heureuses

— Sur le marché du mariage. Que tu méprises, affirma-t-il, incrédule. Je ne comprends toujours pas.

— Je ne crois pas t'avoir déjà dit pourquoi je déteste le marché du mariage.

— Je pensais que c'était à cause de Priscilla, parce qu'elle t'a brisé le cœur. Tu as juré de n'épouser personne.

— C'était un peu vrai. Cependant, mon amertume ne se limitait pas à cela. Ma sœur Helen a connu l'échec sur le marché du mariage, expliqua-t-il.

Il croisa le regard de son ami alors que les ténèbres l'envahissaient. Il poursuivit.

— Mais ce n'est pas tout. Les gens ont été cruels, et je commence à me demander si elle n'a pas été courtisée par un escroc qui l'a poussée à commettre l'impensable.

Felix blêmit.

— Ta sœur est morte. Tu es en train de dire qu'elle… ?

Beck hésita, même si Felix semblait avoir déduit la vérité, ce qui était logique après ce qu'il venait de lui dire. Pourtant, sa famille n'abordait pas ce sujet, et le fait de le dire à voix haute révélait au grand jour la honte qui pesait sur elle. Beck n'avait su ce qui s'était réellement passé qu'après la mort de sa mère, quelques années plus tard. Puis, dans un accès de désespoir, son père lui avait tout révélé.

— Oui, elle a été empoisonnée, probablement de sa propre main. C'est du moins ce que pensaient mes parents. Elle avait dit ne pas vouloir endurer une saison de plus, et qu'elle voulait mettre un terme à sa solitude et à ses souffrances. Elle avait toujours été d'une nature sombre, qui semblait l'engloutir.

La gorge de Beck se serra. Il connaissait ce sentiment de solitude, d'impuissance, d'obscurité totale. Mais elle ne l'avait pas englouti. Pas encore, en tout cas. Pas tant qu'il avait la musique et les mots pour le préserver de l'abîme.

— Elle s'est suicidée, dit Felix, se passant une main sur le front. Je n'en avais aucune idée. Et pourquoi l'aurais-je su ? Tu ne voulais pas que cela se sache.

Il s'adossa au siège.

— Tu penses qu'un homme l'a poussée à le faire ?

Beck posa ses coudes sur ses genoux et laissa retomber sa tête entre ses mains.

— Je ne sais pas quoi croire. Tout ce que je sais, c'est que deux femmes lui ont dit qu'il aurait mieux valu qu'elle soit morte, qu'un homme la poursuivait de ses assiduités, et qu'ensuite elle est morte empoisonnée. Mon père n'a jamais accepté cela.

— Tu aimerais savoir ce qui s'est passé, dit Felix d'une voix douce.

Beck releva légèrement la tête et jeta un coup d'œil à son ami.

— Tu ne le voudrais pas ?

— Si. Comment puis-je t'aider ?

Avec un soupir, Beck laissa retomber sa tête sur ses mains.

— Je ne sais pas. Aujourd'hui, j'ai découvert qui étaient ces femmes. J'aimerais leur demander ce qu'elles savent. Je veux savoir qui était cet homme.

— Je le voudrais aussi, confirma Felix. Qui sont ces femmes, et comment pourrions-nous obtenir des informations de leur part ?

Se redressant en position assise, Beck bascula la tête contre la banquette.

— J'y ai réfléchi, d'où ma morosité, affirma-t-il.

Il prononça cette dernière phrase d'un ton ironique, provoquant un bref sourire chez Felix.

— Je crois que je vais écrire un poème à leur attention ;

— Bon sang ! Quelle idée brillante ! s'exclama Felix en se redressant. Pas l'un de tes poèmes habituels, évidemment.

— Non. Celui-ci aura un but bien différent.

— Comment pourrait-il les amener à te parler ? s'enquit son ami. Tu as gardé ton identité secrète, et je ne peux imaginer que tu souhaites te dévoiler pour ça.

— Non. C'est la partie que je cherche à déterminer.

Felix inclina la tête.

— Et si tu te servais du poème comme d'un levier ? Menace-les de continuer à écrire sur elles si elles ne te disent pas ce qu'elles savent au sujet de Helen.

Cette idée n'était pas terrible.

— Et comment vais-je faire passer ce message ? Je ne peux pas publier cela dans le journal.

— Non, mais tu peux leur envoyer une lettre par l'intermédiaire du journal, de sorte qu'elles ne sauront pas qui l'a écrite.

Cette idée n'était pas brillante non plus.

— Si je pose des questions au sujet de Helen, ne crois-tu pas qu'elles feront le rapprochement ?

— Diantre ! Bien sûr que si ! convint Felix, cognant sa tête contre le coussin. Il te faut un intermédiaire, quelqu'un qui pourra leur poser des questions sans qu'elles puissent remonter jusqu'à toi.

— Si tu penses à quelque chose, fais-le-moi savoir. Entre-temps, j'ai écrit à ma sœur Margaret pour lui demander si elle se souvenait d'un homme qui aurait pu prêter attention à Helen. Elles correspondaient régulièrement et j'espère que Helen lui en a parlé.

— Je l'espère aussi, dit Felix.

Le silence s'installa entre eux un moment avant qu'il ne demande :

— Ensuite, que feras-tu ?

Une fois qu'il aurait découvert qui avait courtisé sa sœur, et l'avait peut-être poussée à se suicider ? Il l'ignorait.

— Je veux la vérité. Tant que je ne l'aurais pas, je ne peux pas dire ce que je ferai.

Felix hocha lentement la tête.

— Je serai à tes côtés quoi qu'il arrive.

Il l'avait dit avec une telle férocité que cela réchauffa la poitrine de Beck.

— Merci.

— Maintenant, au sujet de Lady Lavinia, poursuivit son ami, orientant brusquement la conversation dans une direction bien plus légère.

Vraiment ? Beck avait outrepassé les convenances de manière spectaculaire et il craignait de ne pas hésiter à recommencer. Ce qui signifiait qu'il ne devait pas s'approcher d'elle. Bon sang ! Dans tous les cas, il ne devait pas s'approcher d'elle. Sir Martin allait se déclarer, et d'ici une semaine, elle pourrait bien être fiancée. Leur fausse cour n'était plus nécessaire.

— Il n'y a rien à propos de Lady Lavinia. Je te l'ai dit, c'était une fausse cour.

— Il n'y a rien de faux lorsqu'on disparaît avec quelqu'un pendant un quart d'heure, affirma Felix avec un haussement de sourcil ironique.

Beck se renfrogna.

— Je pense que j'ai fini de révéler des choses pour aujourd'hui.

— Je te comprends.

Pendant un certain temps, Felix observa un silence salutaire. Cependant, alors qu'ils approchaient de la ville, il reprit la parole.

— Il est peut-être temps pour toi d'accorder une nouvelle chance à l'amour. Priscilla, c'était il y a très longtemps.

Ce n'était pas que Beck ne voulait pas lui accorder de chance. Tout simplement, il ne l'avait jamais rencontré. Et le désir qu'il ressentait pour Lavinia n'était pas de l'amour. Il la voulait, désespérément, mais l'amour ?

Beck regarda son ami.

— Tu pourrais suivre ton propre conseil. D'un autre côté, je ne crois pas que tu lui aies jamais accordé une première chance.

Le regard de Felix devint glacial, et Beck en ressentit le frisson.

— Non, effectivement, et je n'ai pas l'intention de le faire.

Beck le savait, bien sûr, mais Felix avait insisté, et il allait faire de même. Cependant, il n'était pas assez fou pour continuer. En dépit de sa nature agréable et de sa capacité à créer de l'amusement partout où il passait, le cœur de Felix était encerclé d'un mur que personne ne parvenait à franchir. Pas même son ami le plus proche.

S'adossant pour le reste du trajet, Beck concentra ses pensées sur ce qu'il allait écrire. Il rédigerait le poème dès son retour à la maison. Quel meilleur moyen de canaliser sa colère et sa frustration ?

Et son désir insatisfait.

CHAPITRE 12

Maléfiques sont celles qui blessent avec des mots,
S'en prenant à la grâce telles des mouches sur du lait ribot.
Dans leur bouche, des mensonges en instance,
Laids, affreux, imprégnés d'une haine rance.

-Extrait de *L'Éviscération d'un duo de perroquets vicieux*
Anonyme

— Je pense que cela s'est très bien passé ! s'exclama la mère de Lavinia avec un sourire éclatant dès que Sir Martin fut parti.

Elle était restée assise dans un coin, son regard de faucon fixé sur Lavinia et son invité pendant qu'ils discutaient. Au bout d'un quart d'heure, Lavinia lui avait proposé d'aller faire un tour dans le jardin pour atténuer l'attention constante de sa mère.

— Oui, se contenta de répondre Lavinia.

— De quoi avez-vous discuté dans le jardin ? s'enquit la comtesse lorsque sa fille se leva du canapé.

— De sciences.

Voilà qui empêcherait sa mère de demander des détails. Et ils avaient vraiment discuté de sciences, d'astronomie, surtout, même si Sir Martin avait posé des questions au sujet de la carrière de sable de Charlton. Il lui avait demandé à quel autre endroit elle aurait aimé se rendre et avait paru disposé à l'accompagner. Cela aurait dû l'emplir de bonheur, voire d'enthousiasme, car une union avec lui l'autoriserait à s'adonner à sa passion pour la géologie.

Et pourtant, elle se sentait un peu… vide. Depuis la veille, elle n'avait pratiquement fait que penser à Beck. À sa manière de flirter avec elle. À son regard qui semblait pénétrer directement dans son âme. À sa façon de la toucher, avec un mélange enivrant de respect et de désir. À son corps qui prenait vie entre ses bras.

— Accepterais-tu sa demande, alors ? s'enquit sa mère.

— Oh, oui, répondit Lavinia, l'esprit entièrement concentré sur le séducteur aux cheveux blonds et aux yeux gris-vert qui avait ravi son cœur.

Son cœur ? Vraiment ?

— Lavinia !

Elle cilla, sortant de ses pensées.

— Oui ?

— Tu dois te préparer pour aller au parc, lui dit sa mère, levant les yeux au ciel. Mon Dieu ! Ma fille, j'ai parfois l'impression que tu vis dans un autre monde.

Parce que parfois, cela vaut mieux que vivre dans le tien.

Lavinia lui offrit un doux sourire et se précipita à l'étage pour passer une robe de marche pour le parc. Beck serait-il là ? Elle l'espérait.

Après avoir choisi sa robe avec bien plus de soin que d'habitude, elle retrouva sa mère au rez-de-chaussée et elles marchèrent jusqu'à Hyde Park. Sir Martin n'y serait pas, et il s'était excusé de son absence. Lavinia s'attendait à ce qu'un ou deux autres gentlemen l'approchent, mais elle guettait Beck.

Elle ne le vit pas, mais comme elle ne portait pas ses lunettes, la plupart des gens étaient flous. En dépit de sa myopie, elle avait appris à reconnaître sa silhouette et sa posture, et il ne semblait pas être présent.

Mais il était encore tôt. Elle aperçut cependant Jane Pemberton, qui s'approchait en souriant.

— Bonjour, Lavinia. Pourrions-nous faire une courte promenade ?

Elle jeta un regard en direction de la mère de Lavinia.

Celle-ci se moquait de son opinion. De toute façon, la comtesse était encore sous le coup de l'étourdissement suscité par la visite de Sir Martin, et Lavinia comptait bien en profiter.

— Oui.

Elle glissa son bras sous celui de Jane, et elles se mirent à marcher sur le sentier.

— Tu es devenue très populaire, constata la jeune femme. J'ai entendu énormément de choses merveilleuses au sujet du pique-nique d'hier. Je suis navrée de l'avoir manqué.

— Je suis désolée aussi que tu n'aies pas pu y assister. C'était très amusant.

Son esprit dériva vers la meilleure partie de la journée. Elle s'empressa de reprendre ses esprits avant de se perdre totalement dans ses pensées.

— Pourtant, la plupart des gens ne cessent de parler de ce poème paru dans le *Chronicle* ce matin.

— Quel poème ?

Lavinia ne l'avait pas lu et sa mère n'en avait rien dit. Elle doutait donc qu'il s'agisse de l'un des poèmes de Beck.

Et pourtant, qui d'autre en publiait dans le *Morning Chronicle* ?

Jane écarquilla les yeux.

— Tu ne l'as pas lu ?

— Je lis rarement le *Morning Chronicle*.

— Pas même depuis que tu es devenue le sujet de l'un des poèmes du duc ? Je vérifie tous les jours s'il n'a pas encore écrit sur moi. Il est très curieux qu'il ne l'ait fait qu'une fois. Je pense être la seule à n'avoir eu droit qu'à un seul poème, ce qui ne me dérange pas, bien sûr. En fait, c'est presque comme s'il s'était rendu compte que je n'aimais pas être l'objet de toute cette attention, et qu'il avait arrêté.

Lavinia fit de son mieux pour que son expression ne trahisse pas le fait que Jane avait vu juste.

— Ne serait-ce pas une bonne initiative de sa part ? dit-elle, détournant le sujet du duc Galant. Le poème d'aujourd'-hui, concernait-il une nouvelle personne ?

— Absolument. C'était un tout nouveau genre de poème. En fait, il est possible qu'il n'ait pas été écrit par lui, car l'au-teur n'a pas signé, expliqua-t-elle, jetant un regard complice à Lavinia. Cependant, j'ai des raisons de penser que c'était le duc Galant. La cadence et l'utilisation des mots sont trop similaires.

Qu'avait donc écrit Beck ? Elle n'avait qu'une envie, se précipiter chez elle pour lire le journal elle-même.

— De qui s'agit-il ?

— L'auteur n'a pas été très explicite, mais l'utilisation d'initiales et la description du comportement des sujets ont conduit la plupart des gens à penser qu'il s'agissait de Lady Abercrombie et de Lady Kipp-Landon.

Elles étaient de proches amies et deux des pires commères de Londres, aux langues les plus acérées. Lady Kipp-Landon *pouvait* se montrer agréable, surtout en l'absence de Lady Abercrombie, mais Lavinia s'efforçait de les éviter.

Elle était encore confuse. Il, s'il s'agissait de Beck, n'avait manifestement pas écrit sur elles pour les aider à trouver des maris. Les deux femmes étaient mariées, avaient des enfants, et étaient âgées d'environ trente-cinq ans.

— Tu as dit qu'il s'agissait d'un poème différent.

— Il s'appelle *L'Éviscération d'un duo de perroquets vicieux*.

Le souffle de Lavinia se bloqua dans sa poitrine.

Éviscération. Son mot. Il s'agissait certainement de Beck. Pourquoi l'avait-il écrit ? Elle jeta un coup d'œil autour d'elle, se demandant si elle le verrait aujourd'hui… *espérant* qu'elle le verrait.

— Eh bien, voilà qui semble plutôt désagréable.

La lèvre de Jane se retroussa.

— Elles le méritent, à mon avis. Ce sont deux des harpies les plus critiques de toute la société. La plupart du temps, Lady Abercrombie ne fait même pas semblant d'être gentille. Elle aime snober les gens. Il y a deux ans, je l'ai vue faire trébucher une jeune femme qui était considérée comme l'un des joyaux les plus brillants de la saison. J'ai voulu aller la dénoncer, mais ma mère m'en a empêchée, raconta Jane, agitant la main. Quoi qu'il en soit, nous ne devrions pas perdre notre temps à parler d'elles, même si c'est pour nous réjouir de leur humiliation publique bien méritée.

Elle tourna la tête vers Lavinia, puis poursuivit.

— Celle dont nous devrions parler, c'est Phoebe Lennox.

Lavinia était heureuse de ce changement de sujet, même si son cerveau allait sans doute s'accrocher à ce poème, du moins jusqu'à ce qu'elle ait l'occasion d'en parler à Beck.

— Ah oui ? Son mariage n'a-t-il pas lieu demain ?

— Si. Je l'ai vue hier soir, et elle était assez bouleversée. Elle m'a dit avoir vu Sainsbury s'entretenir de manière assez intime avec une autre femme.

Il n'y avait rien de mal à discuter.

— Qu'entendez-vous par intime ?

— Ils étaient très proches, se touchaient la main, et ainsi de suite. Phœbe dit l'avoir vu se pencher vers elle pour lui murmurer à l'oreille, et il a embrassé la femme dans le cou, raconta Jane avant de se renfrogner. Si c'est vrai, et Phœbe n'a aucune raison de mentir, il est dégoûtant.

— Que va faire Phœbe ? s'enquit Lavinia. Ce n'est pas comme si elle pouvait se désister, le mariage a lieu demain.

Ce devait être horrible de devoir épouser un homme que l'on soupçonnait d'être infidèle. Cela arrivait, bien sûr, et beaucoup de femmes étaient infidèles aussi, Lady Fairwell, par exemple, mais Lavinia espérait que cela ne se produirait pas dans son propre mariage. Un sentiment de malaise l'envahit. Beck, en dépit de toutes ses qualités agréables, avait aidé de nombreuses femmes à être infidèles.

— Je l'ignore, répondit Jane d'un ton inquiet. Elle était passablement désemparée à ce sujet hier soir. J'espérais qu'elle serait là aujourd'hui, mais je ne la vois pas.

— Elle sera peut-être au bal des Sutton ce soir.

— J'en doute, puisque le mariage a lieu dans la matinée, répondit Jane, plissant les yeux. Mais je vais surveiller Sainsbury, et il a intérêt à bien se tenir.

Lavinia haussa un sourcil.

— Rien ne te retiendra cette fois-ci ?

Jane souffla.

— Si ma mère est dans les parages, elle essaiera. Mais moi aussi.

Elle fit un clin d'œil à Lavinia, qui sourit en réponse.

Elles retournèrent auprès de la mère de Lavinia, qui patientait avec M. Chapman, l'un des gentlemen qui avaient manifesté de l'intérêt pour la jeune femme la veille. Il était veuf, avait deux enfants en bas âge et possédait un petit domaine dans le Kent. Il avait aimé apprendre que Lavinia aimait la nature, car ses enfants l'aimaient aussi.

Elle n'était pas certaine de pouvoir assumer une famille entière, surtout sans avoir rencontré sa progéniture. Pourtant, il était assez sympathique et possédait un sourire charmant, même si sa chevelure était clairsemée, ce qu'elle savait parce que son chapeau était tombé la veille.

Pendant leur promenade, elle continua de chercher Beck, et fut encore déçue. Elle n'avait pas non plus vu Sarah ni Fanny, et lorsqu'elle retourna auprès de sa mère, elle était plus que prête à rentrer chez elle. Elle savait qu'elle verrait ses amies au bal le soir même. Elle espérait seulement y voir Beck également.

Ils avaient beaucoup de sujets à discuter, et notamment celui de savoir s'il avait *éviscéré* deux des pires commères de la bonne société. Lavinia était impatiente d'en connaître la raison.

~

*L*e poème sur Lady Abercrombie et Lady Kipp-Landon faisait sensation au bal des Sutton. Apparemment, personne ne doutait de l'identité des sujets.

Très bien.

Beck n'avait pas voulu les nommer, mais il ne souhaitait pas non plus cacher leur identité. Il ignorait ce qu'il en résulterait, mais il était ravi que tout le monde discute des méfaits de deux des pires commères de la bonne société.

Peu après son arrivée, il avait surpris un échange entre deux femmes d'âge moyen.

— Il est temps que quelqu'un les fasse chuter de plusieurs crans. Je me plais à penser que leurs activités mondaines vont se raréfier, ce qui aurait dû être le cas depuis un certain temps déjà.

— Mais tout le monde avait tellement peur d'elles et de leurs congénères. J'ai dans l'idée que d'autres personnes comme elles pourraient se retrouver dans la même situation.

— Alors peut-être vont-elles corriger leur comportement.

— On ne peut que l'espérer.

En effet.

Pourtant, il ne se sentait pas vraiment satisfait. Rien de tout cela ne l'aidait à découvrir l'identité de l'homme qui avait poursuivi Helen de ses assiduités.

Mais son insatisfaction trouvait aussi son origine ailleurs. Il avait entendu une autre bribe de conversation.

— Sir Martin lui a rendu visite cet après-midi. Il semble que des fiançailles se préparent.

— Le duc Galant réussit à nouveau !

Il n'avait pas l'impression de réussir. Il se sentait vide en regardant Lavinia danser avec Sir Martin.

Elle était magnifique, même lorsqu'elle passait la moitié de son temps à plisser les yeux en scrutant la salle de bal. Il espérait que Sir Martin lui permettrait de porter ses lunettes après leur mariage.

Après leur mariage ?

Bon sang ! Il ne pouvait pas penser à elle comme il le faisait si elle était mariée à un autre homme. Et il ne pouvait pas non plus supporter un instant de plus de la regarder au bras d'un autre homme.

Tournant les talons, il quitta la salle de bal et se mit à chercher la bibliothèque des Sutton. Elle se trouvait à l'arrière de la maison, au rez-de-chaussée, et l'on y entrait en passant par un salon, ce qui l'isolait des festivités qui se déroulaient à l'étage. Cela lui convenait parfaitement.

Mieux encore, Sutton avait un buffet bien rempli. Beck se servit un verre de whisky, qu'il avala en un rien de temps.

Que diable faisait-il ? Pourquoi n'était-il pas tout simplement parti, au lieu de venir ici ? Il n'avait aucune raison de rester. Il n'avait plus à faire semblant de courtiser Lavinia, et, franchement, se retrouver dans son orbite et savoir qu'elle était sur le point d'épouser quelqu'un d'autre suffisait à le ramener à ses seize ans, quand Priscilla lui avait échappé.

Il reposa le verre sur le buffet et se tourna pour partir. La porte de la bibliothèque, qui semblait faire office de bureau pour Sutton, s'ouvrit.

Soudain, il eut la réponse à la question non seulement de savoir pourquoi il était resté, mais aussi pourquoi il était venu ici.

Lavinia entra et referma la porte derrière elle.

— Je savais que je te trouverais dans la bibliothèque, dit-elle avec un regard vers les étagères. Y a-t-il de bons livres sur la géologie ?

— Je n'ai pas regardé.

Cependant, il ne pouvait s'empêcher de la regarder, elle. Il la dévorait des yeux, du haut de ses cheveux couleur cannelle jusqu'au bout de sa ballerine kaki. Bon sang ! Avait-il encore faim ? Oui. D'elle.

Elle vint vers lui, et ses yeux se détendirent à mesure qu'elle approchait.

— J'ai lu ce que tu as écrit dans le journal.

Il aurait dû savoir qu'elle comprendrait qu'il l'avait écrit.

— Comment sais-tu que j'en suis l'auteur ?

Elle inclina la tête, lui jetant un regard perplexe.

— Je ne crois pas devoir répondre à cette question. J'ai lu tes poèmes des dizaines de fois. Je connais ton style. Tout comme les autres.

Il grimaça intérieurement. Il avait craint que cela n'arrive, mais en quoi était-ce important ? Ce n'était pas comme si quelqu'un savait qu'il était le duc Galant. Il haussa les épaules.

— Je ne m'en soucie guère. Je devais le faire.

Elle se plaça devant lui et lui prit la main. Il sentit la chaleur de la jeune femme à travers leurs gants, et il eut envie de se débarrasser de ces vêtements. Le regard de Lavinia croisa le sien.

— Pourquoi ?

— Elles ont fait du mal à ma sœur. Il y a des années. Elles lui ont dit qu'elle aurait mieux fait d'être morte.

Il ignorait pourquoi il le lui disait. Les mots sortaient tout seuls de sa bouche.

Un pli lui barra le front, et elle toucha son visage. Ses doigts enveloppés de coton blanc effleurèrent ses pommettes et sa mâchoire. Il ferma brièvement les yeux, savourant sa caresse.

— Je suis vraiment désolée, murmura-t-elle.

Se hissant sur la pointe des pieds, elle effleura ses lèvres des siennes.

Il recula d'un pas.

— Lavinia. Tu l'as dit toi-même, nous ne pouvons pas continuer à nous retrouver dans les bibliothèques.

— C'était avant-hier, affirma-t-elle.

Les yeux de Lavinia étaient assombris par le désir, et le corps de Beck réagit. Le désir le fit durcir et se contracter.

— Je n'arrête pas de penser à ce qui s'est passé. À ce que tu as fait.

— Hier, c'était une grave erreur. J'ai largement dépassé les bornes.

Elle plissa les yeux.

— Je t'ai *demandé* de le faire.

— Oui, et je n'aurais pas dû t'écouter. Et je ne devrais surtout pas le faire maintenant, alors qu'il semblerait que tes fiançailles avec Sir Martin soient imminentes.

— Ce n'est pas le cas.

Son cœur se serra.

— Tu es déjà fiancée ?

Elle posa les mains sur ses hanches et lui jeta un regard noir.

— Non, mais cela aiderait-il ? Apparemment, cela ne te pose pas de problèmes d'entretenir des liaisons avec des femmes mariées.

Il encaissa la remarque comme s'il avait reçu un coup de poing dans le ventre qui lui aurait coupé le souffle.

— Lavinia, je ne vais pas avoir de liaison avec toi.

Au moment même où il prononçait ces mots, il se demanda s'il serait vraiment capable de dire non. Elle avait raison, il n'avait jamais eu de problème à avoir des relations avec des femmes mariées. Soudain, il éprouvait un profond dégoût à l'égard de lui-même.

Elle souffla et laissa retomber ses bras contre ses flancs.

— Comment suis-je censée épouser quelqu'un d'autre après tout ce qui s'est passé entre nous ?

La douleur dans son ventre se propagea dans tout son être. Il n'allait pas la laisser prendre le dessus. Se redressant, il inspira profondément.

— J'aimerais pouvoir changer ce qui s'est passé. Tu mérites bien mieux. J'ai aimé notre amitié, mais cela ne peut être que cela. Je ne suis pas le genre d'homme qui se marie, Lavinia, lui dit-il avant de se corriger. *Lady* Lavinia.

Elle le fixa un long moment.

— Je ne crois pas que nous puissions entretenir une amitié. Tu vois, je ne veux rien changer à ce qui s'est passé, et savoir que c'est ce que toi, tu veux, ne fera que me rendre triste. De plus, il me semble évident que nous éprouvons une attirance mutuelle, et tu viens de dire que tu aimais notre amitié. Je pense que tu *pourrais* être du genre à te marier si tu le voulais, affirma-t-elle.

Son regard était sombre, marqué par la déception et par une autre chose qu'il ne voulait pas envisager.

— Je crains que ce ne soit un adieu.

Elle lui tourna le dos et se dirigea vers la porte. Elle se retourna au dernier moment, juste avant de partir.

— Adieu, Lord Northam.

Dès qu'elle fut sortie, il s'approcha de la porte et appuya son front contre le bois. Il la voulait. Mais pour l'instant, il ne voyait pas au-delà des ténèbres. Elles l'engloutirent jusqu'à ce qu'il ait l'impression de ne plus pouvoir respirer.

Il ignorait combien de temps il était resté là, mais il finit par ouvrir la porte et quitter la maison. Il rentra chez lui, et s'enfouit sous un amalgame de mots et de whisky.

Gage le réveilla tôt, lui parlant doucement, l'encourageant à monter se laver et s'habiller. Pourquoi son majordome le dérangeait-il ? Beck n'avait envie d'aller nulle part. Il s'était évanoui sur la méridienne de son bureau à de nombreuses reprises.

Soulevant ses paupières alourdies, Beck regarda la carafe vide et le verre couché sur le côté près du fauteuil, sur le tapis. Des feuilles de papier jonchaient le sol ainsi que l'extrémité de la méridienne.

— Le mariage a lieu ce matin, monseigneur, dit doucement Gage.

Le mariage. Oh, mon Dieu ! Elle allait déjà se marier ? L'angoisse et les regrets l'envahirent avec une force stupéfiante, le poussant à s'asseoir. Sa tête palpitait de concert avec le martèlement de son cœur.

— Où ? demanda Beck d'une voix rauque.

— À Saint-Georges, bien sûr.

Gage le regardait d'un air inquiet, comme il le faisait toujours après une nuit comme la dernière.

Attendez... La nuit *dernière*. Il l'avait vue la veille, et elle avait affirmé n'être pas fiancée. Du moins, pas encore. Et il ne lui avait assurément pas donné de raison de ne pas l'être.

Il porta une main à sa tête et se mit à masser sa tempe.

— Ce n'est pas le mariage de Lavinia.

Les plis qui barraient le front de Gage se creusèrent.

— Non. C'est le mariage de Mlle Lennox.

Soulagé, Beck s'affaissa, et la douleur dans sa tête s'atténua légèrement. Évidemment il s'agissait de Mlle Lennox. Il voulait la voir quitter l'église et s'assurer qu'elle était partie pour une vie heureuse.

— Vous n'avez pas beaucoup de temps, dit Gage. La cuisinière est en train de vous préparer un tonique pour les maux de tête. Je vais l'apporter à l'étage pendant que vous vous habillez.

Beck se leva de sa méridienne au prix d'un effort considérable.

— Merci.

En remontant les escaliers, il pensa à Lavinia. Il craignait de s'être comporté comme un imbécile. Non, il s'était *vraiment* comporté comme un imbécile. Ce qu'il avait dit était vrai : il n'était pas du genre à se marier. Pourtant, lorsqu'il imaginait qu'elle allait épouser quelqu'un d'autre, l'idée lui était insupportable. Cette peur qu'il venait de ressentir en croyant que c'était son mariage ce matin… Il ne voulait plus jamais l'éprouver.

Après avoir avalé le tonique, s'être baigné et habillé, il retourna à son bureau pour griffonner une note. Son cheval l'attendait dehors, mais au lieu de l'emmener à l'est vers Saint-Georges, Beck tourna à l'ouest vers Grosvenor Square.

Il dissimula le billet dans l'arbre, puis traversa en direction de Park Street pour attacher le ruban qu'il avait glissé dans son manteau à la grille en face de chez Lavinia. Il resta là un moment, à fixer sa chambre, espérant qu'elle viendrait à la fenêtre. Mais il était encore tôt, et elle n'en fit rien.

Il prit ensuite la direction de l'est, et lorsqu'il arriva en face de l'église, il patienta. Son cœur avait commencé à se soulever lorsqu'il avait écrit le mot, et il s'était senti mieux en apposant le ruban en face de la maison de Lavinia. Voir Mlle Lennox comblée par son mariage rajusterait son esprit et le tirerait des ténèbres.

Il continua d'attendre.

Au bout d'un certain temps, il commença à s'inquiéter. Puis les gens, un petit groupe, sortirent de l'église, montèrent dans leurs véhicules et repartirent. L'angoisse lui comprimait la poitrine.

Beck descendit de son cheval et l'attacha à un poteau avant de traverser la rue. Un gentleman qui quittait l'église se tourna vers lui.

— Northam ?

Détournant son attention de la porte, Beck regarda l'homme. C'était Lord Haywood. Connaissant ce que Beck savait maintenant, il dut lutter contre l'envie de frapper l'homme au visage et de l'assommer. Et de lui balancer un coup de pied pour faire bonne mesure.

— Si vous êtes venu pour le mariage, ce n'est pas la peine, dit Haywood d'un ton chargé de mépris.

— Non, je passais juste par-là, répondit Beck, masquant son aversion pour l'homme dans le but d'obtenir des informations. Le mariage de qui ?

— Mon cousin, Sainsbury. Sa fiancée, cette idiote, a annulé, raconta Haywood, dont la lèvre se retroussa. Les femmes ne devraient pas être autorisées à faire une telle chose.

Que s'était-il passé pour que Mlle Lennox change d'avis ? L'impatience que Beck avait ressentie quelques instants plus tôt disparut dans un nuage de malaise.

— Pourquoi cela ?

— Parce qu'il s'agit d'un engagement, répondit Haywood. Et que les engagements doivent être honorés.

Il avait le culot de parler d'engagement et d'honneur

après s'être joué de la duchesse de Kendal comme il l'avait fait ?

Beck s'efforça de garder ses mains le long du corps pour éviter de frapper l'homme.

— J'imagine qu'elle avait de bonnes raisons.

Le sentiment de malaise de Beck ne faisait que croître, et cela n'avait rien à voir avec l'attitude de Haywood.

Celui-ci ricana.

— Elle s'en est convaincue. Cette petite imbécile le regrettera, affirma-t-il en coulant un regard vers l'église. Ah, voici mon cousin.

Il se retourna, et Beck en profita pour s'éclipser.

Il remonta sur son cheval et rentra chez lui, se demandant ce qui avait bien pu se passer pour que Mlle Lennox renonce à son mariage. Il confia sa monture à un palefrenier et grimpa les marches au moment où un valet de pied ouvrait la porte.

Gage était dans le hall de réception.

— Le comte de Ware est dans le salon.

Il tendit la main pour que Beck lui confie son chapeau et ses gants.

— Qu'est-ce que Felix fait ici si tôt ?

Et il avait attendu le retour de Beck ?

— Il a pas mal insisté pour vous voir.

L'inquiétude qui couvait en Beck s'accrut à nouveau. Il se retourna et entra dans le salon où Felix se tenait debout devant la fenêtre.

— J'étais sur le point d'aller dans le hall.

— Qu'y a-t-il de si important pour que tu sois ici à cette heure ?

— Qu'y a-t-il de si important que tu n'y sois pas ?

— Je suis sorti.

Pourquoi ne pas le lui dire ? Il connaissait déjà le secret de Beck.

— Je suis allé voir Mlle Lennox quitter l'église après son mariage. Sauf qu'elle ne s'est pas mariée. Apparemment, elle s'est désistée.

Felix écarquilla les yeux.

— Pourquoi ?

— Je l'ignore. J'ai croisé le cousin du marié, Haywood, et il n'a pas donné de raison.

Beck se demandait si elle avait jamais vraiment voulu se marier. Il ne pouvait s'empêcher de repenser à l'indignation initiale de Lavinia face à son ingérence dans sa vie et celle des autres ladies. Il aurait dû les laisser tranquilles. Les ténèbres qu'il était parvenu à chasser un peu plus tôt le rattrapaient.

Felix fronça les sourcils, l'air sombre.

— Tu n'as pas l'air heureux.

— C'est à cause de moi si elle s'est fiancée à Sainsbury.

Son ami plissa les yeux.

— C'est absurde. Les as-tu placés dans une situation compromettante qui les a contraints à se marier ?

— Dit comme cela, effectivement, cela paraît absurde.

Il laissait les ténèbres prendre le dessus, et il savait qu'il valait mieux éviter. Cependant, il était dans un état de confusion assez profond après la façon dont il avait tout gâché avec Lavinia la nuit précédente.

— J'ai tout de même joué un rôle. Sans mon poème, elle n'aurait peut-être pas attiré l'attention de Sainsbury, et ce qui l'a poussée à tout annuler ne se serait sans doute pas produit.

— Au lieu de t'inquiéter d'une chose que tu as pu ou non influencer, concentre-toi sur un problème qui est entièrement dû à ton imbécillité.

Beck tressaillit intérieurement sous le poids de la colère de son ami.

— Qu'est-ce que j'ai fait ?

— Il serait sans doute plus pertinent de poser la question

de ce que tu n'as *pas* fait. Sir Martin va demander Lady Lavinia en mariage aujourd'hui. Son père a déjà donné son accord pour les fiançailles.

Oh, bon sang ! Les genoux de Beck flanchèrent.

— Comment le sais-tu ?

— Tard hier soir, au club, Sir Martin a fait part de sa bonne fortune.

Beck s'assit ; son corps s'écroula sur une chaise.

— Pourquoi t'assieds-tu ? lui demanda Felix, s'avançant vers lui, le regard flamboyant. Tu n'as pas de temps à perdre !

Il avait déjà perdu Lavinia. Quelle importance pouvait avoir le temps ?

— Pour quoi ?

Il détourna le regard de Felix.

— Doux Jésus ! Ta dérobade de l'autre jour en disait long. Il est évident que tu tiens à elle, et qu'il y a quelque chose entre vous. Si tu es certain qu'elle ne ressent rien pour toi, alors oui, je suppose qu'il n'y a rien à faire. Cependant, si tu as la plus petite chance d'être heureux, ne crois-tu pas que tu devrais essayer avant qu'il ne soit trop tard ?

Beck pencha la tête sur le côté et jeta à Felix un coup d'œil où transparaissait sa souffrance.

— Te voir me donner des conseils en matière de cœur est plutôt déconcertant, tu ne trouves pas ?

Felix leva les mains.

— Je ne suis pas un expert, c'est vrai. Mais j'ai vécu ton angoisse après Priscilla, et je sais à quel point tu peux t'enfermer dans ta propre tête. J'aimerais autant ne pas te perdre pendant plusieurs semaines ou plusieurs mois encore. De plus, tu n'es pas *moi*. Tu es William Beckett, et tu as besoin d'amour dans ta vie. Tu en as *envie*. Est-ce que tu la veux ?

Il ne pouvait pas mentir.

— Oui.

Le mot sortit comme un croassement, une supplique brisée.

— Alors, va la chercher.

Beck n'hésita pas. Il se leva d'un bon de sa chaise et retrouva Gage qui était toujours dans le hall, son chapeau et ses gants à la main. Il les récupéra et sortit en hâte de la maison, en route vers l'avenir.

CHAPITRE 13

*L*a mère de Lavinia entra en trombe dans sa chambre.

— Il est temps de se réveiller, ma chérie. Ton mal de tête devait être épouvantable, tu ne dors jamais aussi tard.

Elle ouvrit les lourdes tentures et se plaça au bord du lit de Lavinia.

Se retournant pour éviter le regard de sa mère, elle soupira.

— Oui. Et il est possible que je passe la journée au lit.

Quelle raison avait-elle de se lever ? Elle ferma les yeux pour se protéger de la lumière du jour.

— Oh non, pas aujourd'hui. C'est aujourd'hui que tu vas te fiancer !

Lavinia ouvrit brusquement les yeux et elle s'assit, se tournant vers sa mère.

— Quoi ?

— Sir Martin a abordé ton père hier soir au club et lui a demandé s'il pouvait faire sa demande aujourd'hui. N'est-ce pas merveilleux ?

Non, c'était *terrible*.

Pourquoi ? Elle avait déjà décidé qu'il était sa meilleure option.

Mais elle ne voulait pas de lui. Elle voulait Beck. Qui ne voulait pas d'elle.

Elle résista à l'envie d'enfouir sa tête sous son oreiller.

— À quelle heure arrive-t-il ?

— Bonté divine ! Tu ne sembles pas très enthousiaste, mais d'un autre côté, tu as dit que tu voulais passer la journée au lit, constata sa mère.

Le front de sa mère se plissa, et elle sembla soucieuse.

— Es-tu toujours malade ?

— Oui.

Elle était *vraiment* malade. Ou elle avait l'impression qu'elle pourrait l'être.

— Eh bien, repose-toi un peu. Je vais te faire monter du chocolat et des petits pains, proposa sa mère, qui, à l'occasion, pouvait se montrer très attentionnée et prévenante. Je suis sûre que Sir Martin n'arrivera pas avant un certain temps.

Elle adressa un sourire encourageant à sa fille avant de s'en aller.

Avec un gémissement, Lavinia se jeta sur le lit et contempla le plafond. La colère le disputait à la tristesse, alors qu'elle dirigeait toutes sortes de mauvaises pensées vers Beck. Quelques minutes plus tard, une domestique arriva avec un petit plateau qu'elle déposa sur la table située devant la fenêtre donnant sur la rue en contrebas.

Après son départ, Lavinia se leva et marcha jusqu'à la table. Elle prit un petit pain dont elle grignota un coin en écartant le rideau, espérant que le temps serait gris et pluvieux, pour s'accorder avec son humeur maussade.

Son cœur manqua un battement lorsqu'elle repéra un ruban bleu attaché à la balustrade de la maison d'en face.

Beck.

Que diable faisait-il ? Il s'était montré clair la veille, elle n'avait rien à espérer de lui. À moins qu'il n'ait changé d'avis.

Elle devait savoir.

Si elle appelait sa femme de chambre et lui demandait de l'aider à s'habiller pour une excursion, elle ne pourrait pas s'éclipser sans se faire remarquer. Et si elle disait à quelqu'un où elle allait, elle n'y serait pas autorisée. Sa mère insisterait pour qu'elle reste à la maison en attendant l'arrivée de Sir Martin.

Ce qui signifiait qu'elle devait s'habiller seule. Peu importe. Elle avait des vêtements qu'elle pouvait enfiler sans aide. Ce serait une tenue plus simple, mais une fois qu'elle aurait passé une pelisse par-dessus, elle aurait l'air tout à fait à la page.

Elle s'activa et se prépara en un temps étonnamment court. Mais elle était exceptionnellement motivée. Elle allait devoir maintenant s'éclipser de la maison sans se faire remarquer. Elle ne pouvait donc pas emprunter l'escalier principal. Sa mère était sans doute dans le salon avant, à guetter l'arrivée de Sir Martin, même s'il ne devait pas arriver avant quelques heures.

Oh ! Sir Martin. Elle se sentait mal de ne pas vouloir l'épouser. C'était un gentleman sympathique, bien qu'un peu autoritaire. Mais comparé à Beck, ce serait comme se contenter d'une tarte aux pommes de terre alors qu'il y avait peut-être un carré d'agneau rôti à disposition.

Elle devait voir si l'agneau était au menu.

Lavinia se dirigea vers la porte, et recula lorsqu'elle la vit s'ouvrir. Carrin écarquilla les yeux en voyant la tenue de Lavinia.

— Oh ! Vous êtes déjà habillée.

Tirant Carrin dans la pièce, Lavinia jeta un coup d'œil dans le couloir pour s'assurer qu'il n'y avait personne avant de refermer la porte.

— Il faut que je sorte, dit-elle.

Elle se rendait compte qu'elle pouvait avoir besoin de l'aide de sa domestique, et qu'elle pouvait lui faire confiance pour garder un secret.

— C'est ce que je vois, dit la domestique avec une pointe de sarcasme qui fit sourire Lavinia.

— J'ignorais que vous pouviez être aussi drôle, Carrin. Je dois *m'éclipser*. Ma mère ne doit pas savoir que je sors.

Les yeux de la domestique s'écarquillèrent à nouveau, mais brièvement.

— Vous voulez mon aide ?

— Oui, s'il vous plaît.

Carrin la fixa d'un regard perçant.

— Donnez-moi votre chapeau, vos gants et votre pelisse. Je vais les emmener discrètement en bas, puis je les porterai aux écuries.

Lavinia commençait à comprendre le plan de Carrin.

— Je vais sortir dans le jardin, puis retourner aux écuries.

— Là, je vous donnerai le reste de vos vêtements et vous vous mettrez en route.

Lavinia regarda sa domestique, stupéfaite.

— Comment se fait-il que je n'aie jamais remarqué ou apprécié votre esprit brillamment sournois ?

Carrin haussa les épaules.

— Apparemment, nous n'en avons jamais eu besoin avant.

Lavinia retira ses gants.

— Eh bien, je vous en suis profondément reconnaissante aujourd'hui.

Peu après, Lavinia se rendit au jardin sans incident. Elle parvint à se soustraire totalement à la vigilance de sa mère. Carrin l'attendait aux écuries, et l'aida à enfiler ses vêtements.

— Vous ne voulez pas que je vous accompagne, my lady ?

Lavinia secoua la tête.

— Il se peut que je ne m'absente que quelques minutes.

Elle devait simplement faire l'aller-retour jusqu'à Grosvenor Square. À moins que… et s'il l'attendait là, comme il l'avait déjà fait auparavant ?

Elle ne le saurait qu'une fois sur place. L'impatience la gagna alors que Carrin cherchait à placer une épingle dans son chapeau. Elle leva une main.

— Ne vous inquiétez pas des épingles. Je suis sûre que cela ira.

Carrin leva le nez vers le ciel.

— Il y a un peu de vent.

— Alors je le tiendrai, dit Lavinia.

Après avoir remercié une dernière fois sa femme de chambre, Lavinia quitta les écuries et sortit sur Park Street. D'un pas rapide, elle se dirigea vers Grosvenor Street, puis vers la place, consciente qu'elle n'avait pas d'escorte. Si quelqu'un la voyait, cela pourrait faire scandale. Peut-être aurait-elle dû emmener Carrin…

Elle agrippa son chapeau, le maintenant sur sa tête alors qu'elle atteignait la place et marchait à grands pas jusqu'à l'arbre, son regard balayant la zone. Dans sa hâte, elle n'avait pas pris ses lunettes, ce qu'elle regrettait à présent. Elle ne saurait pas si quelqu'un de sa connaissance la voyait ;

heureusement, il n'y avait pas grand monde dans les parages.

Il n'y avait aucun signe de Beck non plus, et c'était décourageant. Mais il lui restait l'arbre… Elle plongea la main dans le creux et en sortit une feuille de papier à lettres pliée.

Ma très chère Lavinia,

Son cœur se serra et elle eut du mal à déglutir. Cela ne ressemblait pas à une missive d'un homme qui ne voulait pas d'elle.

Je crains d'avoir été trop expéditif lors de notre discussion d'hier soir. J'espère pouvoir te parler dans le parc aujourd'hui. Je me réjouis d'avance de te voir.
Bien à toi,
Beck

Oui, à *elle*.

Sauf qu'elle ne pouvait pas attendre de le voir au parc. D'ici là, elle serait fiancée à Sir Martin. Sans hésiter, elle tourna les talons, s'accrochant encore à son maudit chapeau, et se remit en marche, avant de s'arrêter brusquement ; où allait-elle ? Elle savait que Beck vivait sur Brook Street, et elle *pensait* que sa maison faisait l'angle. Mais lequel ?

Zut !

Elle traversa la place en direction de Brook Street en espérant que cela deviendrait évident. Ne méritait-elle pas un peu de chance ?

Soudain, elle se présenta à elle.

Beck était en train de s'approcher d'elle, le chapeau rabattu sur le front. Il s'arrêta en la voyant. Elle plissa les yeux pour essayer de distinguer son expression, mais en vain.

Tous deux se précipitèrent en même temps et jetèrent un

coup d'œil autour d'eux pour déterminer qui pouvait les voir.

— Où est ta femme de chambre ? demanda-t-il d'un ton bourru.

Il balaya les environs du regard, puis se concentra sur son visage.

— Et tes lunettes ?

— J'ai laissé les deux à la maison. Et ne me dis pas que nous pourrons discuter dans le parc plus tard, parce que ce n'est pas possible. D'ici là, je serai fiancée à Sir Martin.

Il écarquilla les yeux, et elle sentit quelque chose dans son regard… du soulagement, peut-être ?

— Tu ne l'es pas déjà ?

Elle secoua la tête.

— Mais il va bientôt arriver pour faire sa demande.

Il jura à mi-voix, puis la fit pivoter et passa son bras sous le sien. Il se dirigea à grands pas vers Brook Street.

— Allons-nous chez toi ? s'enquit-elle.

Il s'arrêta juste avant qu'ils ne traversent l'angle de Brook Street, et se tourna pour la regarder.

— Nous ne devrions pas.

— Mais il le faut, protesta-t-elle.

Elle le tira en avant après avoir vérifié la circulation. Puis ils poursuivirent leur chemin jusqu'au coin de la rue.

— Est-ce ta maison ?

— Oui.

Il l'escorta rapidement en haut de l'escalier. La porte s'ouvrit aussitôt sur un domestique grand et plutôt beau ; le majordome, devina-t-elle. Beck lui lança un regard, mais ne dit rien, tout en la guidant devant un grand salon. Ils ne s'arrêtèrent que lorsqu'il l'eut menée dans une autre pièce, dans le coin avant de la maison, et qu'il eut refermé la porte derrière eux.

Elle balaya l'endroit du regard, et comprit aussitôt qu'il s'agissait de son bureau, ou de sa salle de musique, voire les deux. Il y avait un bureau, visiblement très utilisé, avec des plumes de différentes tailles éparpillées, ainsi qu'une pile de feuilles de papier à lettres dans un coin. Il y avait aussi des étagères de livres qu'elle avait envie de parcourir, même si elle savait qu'il n'en aurait pas sur la géologie. Enfin, dans un coin, trois guitares étaient disposées autour d'un tabouret rembourré.

Ses pieds l'y menèrent. Elle écarta les rideaux et découvrit qu'il avait une vue sur Grosvenor Square. Elle se tourna vers lui.

— Tu peux voir notre arbre.

— Oui.

Son regard était intense tandis qu'il s'appuyait contre la porte, là où elle l'avait laissé. Il retira son chapeau et l'envoya en direction de son bureau, mais sans l'atteindre.

— Lavinia, dit-il.

Jamais son nom ne lui paraissait aussi séduisant ni aussi magnifique que lorsque c'était Beck qui le prononçait.

— Je ne suis pas un gentleman. J'ai eu des relations avec des femmes mariées sans penser à leur mari. En dépit de cela, et peut-être en partie à cause de cela, j'ai cherché à aider des jeunes femmes comme toi à trouver le bonheur matrimonial. Et pourtant, il semblerait que j'aie toujours eu une piètre opinion du mariage. Je pense que c'est à cause de la manière dont ma sœur a été traitée. La vie d'une femme, son existence même, dépend du fait qu'elle se marie ou non, et c'est parfaitement injuste.

Elle était tout à fait d'accord avec lui, et pourtant elle ne comprenait pas vraiment où il voulait en venir. Elle ne dit rien, attendant de voir s'il en viendrait au fait.

— Mlle Lennox s'est désistée. Il n'y a pas eu de mariage ce matin.

Elle entendit la douleur dans sa voix et sut qu'il se sentait responsable. Elle revint vers lui et sentit que son chapeau glissait à nouveau. Marmonnant un juron, elle le jeta dans la même direction où il avait envoyé le sien.

Elle poursuivit son chemin jusqu'à se placer devant lui.

— Ce n'est pas de ta faute.

Beck avait le regard sombre.

— Elle ne se serait peut-être pas fiancée à Sainsbury si je n'avais pas été là.

— Peut-être. Ou peut-être qu'elle l'aurait fait, dit Lavinia en haussant une épaule. Tu ne dois pas te torturer.

Et pourtant, elle voyait bien que c'était ce qu'il faisait. Elle commençait à entrevoir une autre facette de cet homme, qu'il gardait bien cachée.

Elle posa une main sur son torse, écartant les doigts sur le devant de son manteau.

— Jane Pemberton m'a dit que Mlle Lennox avait vu Sainsbury avec une autre femme. Ce n'est pas ta faute, répéta-t-elle en le regardant sérieusement. Pourquoi m'as-tu repoussée hier soir ?

— Parce que c'était la bonne chose à faire.

— Vas-tu me repousser aujourd'hui ? lui demanda-t-elle, fléchissant brièvement sa main contre lui. Si tu le fais, il n'y aura pas de retour en arrière. Sir Martin va venir, et je devrai dire « oui ». Sinon, mes parents trouveront quelqu'un que je n'apprécierai peut-être pas.

Elle vit le tourment qui agitait le regard de Beck, et murmura :

— De quoi as-tu peur ?

— De toi, répondit-il d'une voix à peine audible. Et de moi.

— Seuls ou ensemble ? Je préfère cette dernière solution, et je ne pense pas que tu aies à craindre quoi que ce soit.

— Tu n'en sais rien. Je suis… difficile.

Elle commençait à s'en rendre compte.

— Je suis patiente, répondit-elle en pensant à ses propres

défauts. La plupart du temps. Et surtout quand c'est important.

Elle le regarda droit dans les yeux : elle se languissait de l'embrasser.

— Je manque de temps, Beck. Que voulais-tu me dire au parc ? Tu dois le dire maintenant, ou te taire pour toujours.

— Épouse-moi.

Elle avait voulu entendre ces mots, pourtant elle n'arrivait pas à croire qu'il les avait prononcés. Peut-être parce qu'il donnait l'impression d'être écartelé sur un chevalet.

— Pardon, mais ton offre ne me semble pas particulièrement irrésistible.

Il se laissa glisser le long de la porte, jusqu'à se retrouver à genoux devant elle. Son regard exprimait un désir impérieux et une foule d'émotions qu'elle ne pouvait que deviner. L'humour qu'elle avait tenté de maintenir pour se protéger s'était envolé face au… désespoir de Beck.

— Lavinia, épouse-moi. J'ai parfois des humeurs noires et, comme je l'ai dit, je ne me suis pas comporté comme un gentleman le devrait. Mais je ne peux pas imaginer l'avenir, mon avenir, sans toi.

Ses paroles la réchauffaient et la ravissaient, mais elle ne comptait pas lui faciliter la tâche, pas même face au tourment qu'il endurait manifestement.

— Seras-tu fidèle à notre mariage ?

— Je n'ai pas pensé à une autre femme, je n'en ai regardé aucune autre depuis que je t'ai embrassée dans le cou.

Il semblait plutôt surpris de son aveu. Mais aussi fier et satisfait.

— Je ne veux que toi. Je ne peux pas imaginer vouloir *quelqu'un d'autre* que toi.

Le désir la fit frissonner.

— Oui, dit-elle, prenant son visage dans ses mains. Oui, je vais t'épouser. Maintenant, lève-toi et embrasse-moi.

— Je vais faire plus que cela.

Il arracha ses gants et se leva, puis la prit dans ses bras, sa bouche s'écrasant sur la sienne avec une intensité fiévreuse. Il plaqua les mains dans son dos, la serrant contre lui. C'était la sensation la plus délicieuse au monde que d'être tenue par cet homme.

Qui allait devenir son mari.

Elle passa les mains autour de son cou et enfonça les doigts dans les cheveux sur sa nuque. Il plongea sa langue dans sa bouche et elle accepta son invasion, l'explorant et le goûtant à mesure que le désir montait en elle.

Il lui fit cambrer le dos, la plaquant contre lui alors qu'elle fléchissait légèrement les genoux. La main de Beck descendit plus bas, sur ses fesses, et la retint tandis qu'il se collait à elle.

Elle gémit dans sa bouche. Elle voulait ressentir ce qu'elle avait éprouvé à la sablière l'autre jour. Aucun autre homme ne serait jamais à la hauteur. Si elle avait épousé le pauvre Sir Martin, elle l'aurait comparé à Beck.

Il la mit debout et s'écarta, baissant les yeux sur les vêtements de Lavinia. Sans un mot, il lui retira ses gants et les jeta, puis il entreprit de détacher sa pelisse.

Elle frissonna, se disant qu'il était heureux qu'elle se soit habillée aussi simplement. Captivée par le sortilège qu'il avait tissé autour d'eux, elle le laissa la dépouiller de son vêtement extérieur. Il le déposa délicatement sur le dossier d'une chaise, ce qui, tout en étant attentionné, déclencha une tension dans le ventre de la jeune femme. Elle voulait qu'il aille plus vite. Elle voulait qu'il la touche. Elle voulait s'assurer que tout cela était bien réel.

Il revint vers elle et la retourna pour dénouer les lacets de sa robe de jour. La tâche fut rapide et elle sentit le tissu se détendre et l'air effleurer sa chair juste au-dessus de son corset et de sa chemise. Elle tira le vêtement vers l'avant et le laissa retomber à ses pieds. Il se pencha pour le ramasser alors qu'elle se dégageait de la mousseline. Il l'amena à la chaise et le déposa soigneusement par-dessus la pelisse.

Elle se débarrassa de son jupon et l'écarta d'un coup de pied. Lorsqu'il voulut le ramasser, elle lui dit :

— Ne t'occupe pas du reste. Tu es bien trop méticuleux. Es-tu sûr d'être un séducteur ?

Il haussa un sourcil blond foncé vers elle, et le coin de sa bouche se retroussa dans un sourire séduisant qui lui fit perdre ses moyens.

— Sans le moindre doute. Dois-je t'en faire la démonstration ?

Elle déglutit, mais elle ne pouvait pas parler ; elle ne parvint qu'à hocher la tête.

Il la contourna et délaça son corset court. Il posa les lèvres dans son cou, à cet endroit même où il l'avait embrassée pour la première fois de nombreuses nuits plus tôt dans la bibliothèque des Evenrude. Le corset, qu'elle n'avait pas réussi à serrer très fort, se relâcha et lui retomba sur la taille.

La bouche de Beck continua à longer son cou, remontant jusqu'à son oreille, puis elle redescendit pour en mordiller le lobe. Il lécha sa mâchoire, puis revint dans son cou, faisant glisser ses lèvres jusqu'à sa nuque. Il saisit le haut de son corset et l'agrippa fermement en embrassant son dos et ses épaules.

Puis ses mains remontèrent le long de sa cage thoracique jusqu'au-dessous de ses seins. Il la toucha à travers la chemise et elle haleta, inclinant la tête sur le côté pour qu'il ait pleinement accès à son cou, sa clavicule et son épaule. Elle n'avait jamais été autant exposée à quelqu'un, et c'était divin.

Ses doigts tirèrent doucement sur ses mamelons tandis qu'il la plaquait contre lui, et elle sentit la pression ferme de son sexe raide contre ses fesses. Elle avait envie de se tourner, de l'embrasser, mais elle ne voulait pas que ses caresses cessent. Ses seins étaient lourds et généreux, et ses caresses ne faisaient que renforcer cette sensation.

Il saisit le bord de son décolleté, le relâcha et tira le coton vers le bas jusqu'à ce que ses seins soient libres. Alors il posa les mains sur sa chair nue. Il était chaud et dur ; elle ne put contenir son gémissement. Ce qu'il faisait déclencha une vague de désir au plus profond d'elle-même, la poussant à le vouloir *là*. Elle ignorait que son corps fonctionnait ainsi et se demandait maintenant ce qui lui échappait encore. Tant de choses. Et il les lui apprendrait toutes.

Elle voulut se tourner dans ses bras, mais il abaissa une main sur son abdomen et la maintint contre lui.

— Ne te retourne pas. Pas encore.

La main posée sur son sein pinça son mamelon, tirant sur sa chair jusqu'à la faire crier. Une nouvelle vague de sensations l'envahit, et ses jambes flanchèrent.

— Je te tiens, murmura-t-il contre son oreille.

La langue de Beck parcourut sa chair tandis qu'il caressait son sein et glissait sa main vers le bas.

Elle sentit de l'air sur ses jambes, et comprit qu'il était en train de remonter sa chemise. Elle retint son souffle jusqu'à ce que le tissu se retrouve autour de sa taille, avec le corset. Anticipant la suite, elle écarta les jambes.

Ses doigts caressèrent doucement ses replis intimes.

— Tourne la tête et embrasse-moi, Lavinia.

Elle fit ce qu'il lui demandait et sa bouche s'empara de la sienne. Il plongea la langue dans la bouche de la jeune femme, au moment où son doigt s'enfonçait dans sa chair. Elle gémit, à peine capable de tenir debout, mais il la maintenait fermement contre lui. Ses mains faisaient monter son excitation.

Il se balança contre elle, et elle sentit à nouveau la dureté de son membre contre ses fesses. Elle était à la fois perdue dans les affres de l'extase et avide d'en avoir plus.

Soudain, il la souleva dans ses bras et l'amena jusqu'à la méridienne où il l'allongea. Il se débarrassa de son manteau et arracha sa cravate de son cou avant de se pencher, et, sans préambule, il prit son sein dans sa bouche. Il poussa ses vêtements vers le bas, et elle se déhancha lorsqu'il les dégagea.

Ses lèvres et sa langue taquinaient son mamelon, léchant et suçant légèrement avant de tirer fort sur sa chair. Elle s'agrippa à sa tête, et se fit violence pour ne pas lui arracher les cheveux. Le désir qui enflait en elle était presque insupportable.

Elle ignorait combien de temps il consacra à ses seins, mais à chaque coup de langue et à chaque succion, ses hanches pivotaient et elle commença à se soulever de la méridienne. Elle voulait qu'il remette sa main entre ses jambes. Ou, mieux encore, son sexe.

Mais il ne fit ni l'un ni l'autre. À la place, sa bouche descendit le long de son abdomen et elle se crispa, se demandant ce qu'il voulait faire. Malheureusement, elle dut attendre le temps qu'il lui retire ses demi-bottes. Elle s'impatienta, pensant au temps qu'il lui faudrait pour lui retirer ses bas, mais, à sa grande surprise, il s'en abstint.

Il lui agrippa les genoux et la fit descendre sur la méridienne, au bout de laquelle il s'agenouilla. Ses doigts caressèrent brièvement sa chair avant que ses lèvres ne se posent sur elle. Son baiser était léger, effleurant ses boucles. La gêne l'envahit et elle se redressa partiellement.

— Beck, ça ne peut pas être…

— C'est ce que je préfère. Je te le promets. Cela fait si longtemps que je voulais te goûter là. Laisse-moi faire, Lavinia, je t'en prie.

Il la regarda droit dans les yeux, et elle se perdit totalement.

Sa honte s'effaça devant le désir pur qu'elle voyait en lui, un désir qu'elle ressentait aussi. S'efforçant de se détendre, elle s'allongea. Son baiser était doux encore une fois, rien que ses lèvres contre elle tandis que ses doigts taquinaient ses replis intimes. Puis il glissa en elle tout en suçant légèrement l'endroit tout en haut où il l'avait touchée l'autre jour. Une décharge brutale de désir la traversa et elle se cambra sur la méridienne.

Il posa sa main sur son bassin et la maintint en place tandis qu'il passait la langue le long de son repli. Cette sensation déclencha une nouvelle décharge, mais il ne la laissa pas bouger. Il la coinça, captive de sa bouche. Et oh ! Les choses qu'il faisait avec !

Lavinia n'aurait jamais pu imaginer un tel plaisir. Ce qu'il avait fait l'autre jour avait tant accaparé son esprit et son corps qu'elle n'aurait jamais pensé ressentir de nouveau l'équivalent. Mais d'une certaine manière, c'était mieux encore. Ce qu'il préférait, avait-il dit. C'était en train de devenir son activité favorite aussi.

La tension monta dans ses muscles tandis que les doigts de Beck se glissaient dans son intimité et qu'il suçait sa chair. Des lumières dansaient derrière ses paupières ; elle rejeta la tête en arrière contre la méridienne.

Il retira sa main de son bassin et attrapa ses cuisses, drapant ses jambes sur ses épaules tandis qu'il enfouissait sa langue profondément en elle. Son orgasme explosa dans tout son corps, contractant tout pendant qu'une vague d'extase l'enveloppait. Elle cria inconsciemment, ses jambes frémissant sous l'effet de la tempête qu'il lui imposait.

Lentement, elle revint à elle, et se mit à grimacer. Elle était étalée devant lui de façon si impudique… Et pourquoi aurait-elle fait preuve de pudeur ? Elle allait devenir sa femme. Et pourtant, elle se sentait si exposée. Peut-être parce qu'il était encore presque entièrement vêtu.

Il s'accroupit et leva le regard vers elle. Ses yeux brillaient d'une satisfaction toute masculine et de désir. Elle s'appuya sur ses coudes.

— Pourquoi portes-tu autant de vêtements ?

— Je ne peux pas aller parler à ton père en étant nu.

Elle baissa les yeux sur son propre corps alangui.

— Tu crois que moi, je peux ?

Beck afficha un sourire diabolique.

— Non, mais j'aime te voir comme ça. Tu as des seins magnifiques.

Il remonta le long de son corps et en saisit un, attrapant le mamelon dans sa bouche. Le désir l'envahit à nouveau, comme si elle ne venait pas d'être emportée.

Elle l'attira entre ses jambes, il gémit contre sa chair.

— Lavinia, nous devrions y aller.

— Cela fait maintenant deux fois que tu me donnes du plaisir, et je n'ai pas eu l'occasion de te rendre la pareille.

Il releva la tête pour la regarder.

— As-tu la moindre idée de ce qu'il faut faire ?

Elle pinça les lèvres.

— Compte tenu de ce que je viens de faire et de ta réaction, je dirais que j'ai au moins une *petite* idée. Et ce n'était rien. Peut-être que si je te retirais tes vêtements…

Elle tira sur les boutons de son gilet, et, dans sa hâte, l'un d'eux s'envola. Elle suivit sa trajectoire, puis le regarda avec un sourire d'excuse en repoussant le vêtement sur ses épaules.

— Désolée.

Le regard de Beck s'assombrit, puis il plaça un genou entre les jambes de Lavinia pour s'équilibrer tandis qu'il passait sa chemise par-dessus sa tête.

— Tu me veux, Lavinia ?

Elle fixa son torse et passa les mains sur sa chair brûlante.

— Oh, oui !

— Alors, prends-moi.

CHAPITRE 14

Aucun homme n'a plus d'esprit qu'elle,
Sans jugement, sans affront, sans querelle.
Elle est sainte ! Ses mots sont puissants,
Mais soyeux, comme un son qui se répand.

-Extrait de *Ode à Lady Lavinia Gillingham*
Par le duc Galant

— J'ignore ce qu'il faut faire, dit-elle, mais je pense que je vais trouver.

Lavinia posa les lèvres sur le torse de Beck, et laissa glisser sa bouche jusqu'à son mamelon qu'elle caressa de sa langue.

— Euh, oui. Je pense que oui.

Il avait du mal à articuler. Comment il avait réussi à se contenir, c'était un mystère pour lui. Il avait failli se répandre lorsque les muscles intimes de la jeune femme s'étaient resserrés autour de ses doigts et qu'elle s'était désintégrée dans sa bouche.

Il était peut-être un séducteur, mais c'était un séducteur à genoux, totalement à la merci d'une femme. Cette femme.

Son genou se pressa contre sa chaleur, et elle remua contre lui, gémissant doucement contre sa poitrine.

— Comment se fait-il que je ne sois pas satisfaite après ce que tu viens de faire ? demanda-t-elle avec une douce innocence qui l'aurait fait rire s'il n'était pas aussi tendu. Est-ce parce que tu n'es pas très doué pour cela ?

Il éclata alors de rire. Mais le son était étranglé, et il ne semblait pas particulièrement amusé.

— Je dois me tromper, car j'ai *beaucoup* aimé cela.

Pour ponctuer chaque mot, elle l'avait embrassé et léché, le rendant fou par ses explorations. Mais elle s'arrêta et leva les yeux vers lui.

— Peut-être suis-je insatiable ?

— Bon sang ! Je l'espère !

Avec un grognement, il lui saisit la nuque et lui fit incliner la tête pour pouvoir l'embrasser, sa langue s'enfonçant dans sa bouche profondément et durement, tandis que le désir s'emparait de lui.

Elle s'agrippa à ses épaules et son bassin se remit en mouvement contre lui. Il ajusta son genou, se frottant contre ses replis intimes, la faisant haleter dans sa bouche.

Il la repoussa, se détachant d'elle presque sans ménagement alors qu'il se levait pour retirer le reste de ses vêtements. Ses bottes atterrirent quelque part dans un coin de la pièce, et il déchira peut-être la fermeture de son pantalon, mais il s'en fichait.

Lorsqu'il se retrouva nu devant elle, il vit son regard dériver sur son sexe. Lavinia avait les yeux brillants de désir, et sa langue sortit pour lécher sa lèvre inférieure.

C'était suffisant, plus que suffisant même pour l'expédier au bord du précipice.

Il replaça son genou entre ses jambes, mais plus bas entre ses cuisses et il attrapa ses flancs, la faisant remonter sur la méridienne, de sorte que son buste soit surélevé.

— Je dirais bien que nous devrions attendre d'être mariés, mais je crains de ne pas pouvoir faire cela.

Elle lui saisit la taille et l'attira au-dessus d'elle.

— Charmant.

Il marqua un temps d'arrêt, plongeant dans ses yeux sombres.

— Mais je m'arrêterai toujours si tu me le demandes.

— C'est bon à savoir, mais la seule chose que je te demande maintenant, c'est d'aller plus vite, s'il te plaît.

— Insatiable est probablement le mot juste, murmura-t-il juste avant de l'embrasser.

Elle aspira sa langue dans sa bouche et se mit à faire la démonstration de ses talents naturels en matière de baisers. Il se perdit totalement dans les choses diaboliques qu'elle faisait à sa langue.

Et elle parvint à l'attirer si près d'elle que son membre se posa contre son intimité. Elle gémit, ses doigts se plantant dans ses hanches alors qu'elle se soulevait contre lui. Un désir brûlant éclata en lui, l'obligeant à se retenir.

Il glissa la main entre eux, et trouva son intimité moite. Il taquina sa chair, l'excitant pour que son baiser s'approfondisse et que ses jambes s'ouvrent plus largement.

Saisissant la base de son membre, il le guida vers son sexe et s'enfonça doucement dans son fourreau. Elle était faite de satin mouillé et de chaleur, et il se glissa à l'intérieur avec une relative facilité. Il ne savait pas à quoi s'attendre avec une vierge, n'ayant aucune expérience en la matière. Oh ! Plus il s'enfonçait, plus elle devenait étroite. Il éloigna sa bouche de la sienne, et gémit d'extase.

— Est-ce que ça va ? parvint-il à articuler.

— Je pense que oui. C'est… étrange.

— Ce n'est pas encourageant.

Il n'allait pas tenir longtemps. Il fallait qu'il se reprenne. Il s'enfonça en elle jusqu'à la garde, puis inspira profondément, posant son front contre celui de la jeune femme.

— S'il te plaît, reste immobile un instant, lui demanda-t-il.

— Je croyais que nous étions censés bouger, dit-elle, remontant ses jambes pour les enrouler autour de sa taille. Oh ! c'est meilleur, tu es tout contre ce point et… Oh, mon Dieu ! Je ne crois pas avoir envie de rester immobile, Beck.

Elle se mit à remuer les hanches, et son membre tressaillit en elle.

— *Lavinia !*

Il se retira, pas tout à fait jusqu'au bout, puis s'enfonça à nouveau. Il tenta d'aller lentement, mais il craignait d'échouer lamentablement.

— Je veux que ce soit… agréable pour toi.

Il pouvait à peine parler.

— C'est très agréable, dit-elle, sans paraître aussi affectée que lui. Recommence.

Il se retira, et la pénétra encore.

— Ça ?

— Oh, oui, *ça*. Mais plus vite. Je n'arrête pas de te demander d'aller plus vite. Est-ce normal ?

— Oui, surtout au début. Un jour, nous irons beaucoup plus lentement, surtout quand nous ne serons pas pressés d'aller voir ton père.

Elle haleta.

— Ne parle pas de lui maintenant !

Bon sang ! Mais à quoi pensait-il ? Il ne pensait à rien, elle l'avait totalement privé de toute pensée cohérente. Il n'avait qu'une envie, s'enfoncer profondément dans son corps et se perdre totalement.

Ce qu'il fit.

Il posa la main sur sa nuque et l'embrassa avec une faim féroce tandis qu'il la pénétrait sans relâche. Il se laissa aller, et, à chaque coup de reins, elle le rejoignit avec un désir ardent. Il voulait vraiment qu'elle jouisse avec lui, mais il était tout proche.

Il déposa des baisers le long de sa mâchoire et attrapa le lobe de son oreille avec ses dents.

— Jouis avec moi, Lavinia. Je ne peux pas me retenir plus longtemps.

— Ne te retiens pas, dit-elle d'une voix rauque, agrippant ses fesses, plongeant les doigts dans sa chair. Emmène-moi là où je dois aller. Je t'en prie.

Il bougea plus vite, s'enfonça plus profondément. Ses testicules se contractèrent, et son sang se mit à bouillonner alors que son orgasme atteignait son paroxysme. Il releva la tête de son oreille et cria en jouissant, déversant sa semence en elle.

Il n'était pas suffisamment étourdi pour ne pas sentir les muscles de la jeune femme se resserrer autour de lui, puis se relâcher à mesure qu'elle jouissait à son tour. Elle gémit doucement, ses lèvres pressées contre son torse pendant qu'il continuait à bouger.

Il ralentit, mais sans s'arrêter, les emmenant tous les deux jusqu'au bout. Lorsqu'elle s'apaisa totalement, ne laissant entendre que le bruit de sa respiration, il s'immobilisa. Puis il commença à se retirer.

Mais elle le serra contre elle.

— Non, ne pars pas. Pas encore. Je veux juste… un moment.

Il embrassa son front humide, sa tempe, sa joue tendre.

— Tout ce que tu veux.

Ils restèrent allongés ensemble, enlacés, jusqu'à ce que leurs corps soient totalement calmés. Il la sentit frissonner et se redressa.

— As-tu froid ?

— Non, j'ai juste changé, je crois, lui dit-elle avec un sourire coquin. Pour le meilleur.

Il se sentit soulagé, car c'était aussi ce qu'il ressentait.

— Je dois parler à ton père, puis nous devrons découvrir ce qui s'est passé avec Mlle Lennox.

Son mariage avorté pesait dans son esprit, même si c'était entièrement dû au comportement de Sainsbury, ce qui, connaissant la réputation de son cousin, ne surprenait pas Beck.

Il commença à se lever, mais s'interrompit.

— Ai-je le droit de me lever maintenant ?

Elle rit.

— Oui.

Il se leva et l'aida à se mettre debout. Il l'attira contre lui et l'embrassa, songeant qu'il pourrait le faire à tout moment une fois qu'ils seraient mariés.

Mariés.

Il allait épouser cette femme.

La peur et l'impatience l'envahirent. Il ne serait pas seul. Lorsqu'il imaginait ses journées remplies avec Lavinia, la joie explosait dans sa poitrine. Il rompit le baiser et releva la tête.

— Je veux jouer pour toi.

Les joues de la jeune femme rougirent, elle en eut le souffle coupé.

— *Oui.* Quand ?

— Maintenant. Rien qu'un instant.

Il s'éloigna d'elle et prit sa guitare préférée. Il gratta les cordes avec ses doigts, puis joua quelques notes pendant qu'elle cherchait sa chemise et la passait par-dessus sa tête.

Il commença à jouer une des chansons qu'il avait écrites

ces derniers jours, depuis qu'il l'avait rencontrée. Une des mélodies que Gage appréciait.

Elle cessa de s'habiller et se contenta de le regarder, émerveillée.

Lorsqu'il eut terminé, elle applaudit, les yeux brillants.

— Il n'y a pas de paroles ?

— Oui, mais je ne suis pas un grand chanteur.

— Qui a dit cela ? Acceptes-tu autant de spectateurs quand tu chantes que quand tu joues ?

Il rit devant le ton sarcastique de la jeune femme.

— Voilà une raillerie bien placée, my lady. Je chanterai pour toi une autre fois.

Elle lui sourit en ramassant son corset.

— J'ai hâte, dit-elle avant de se renfrogner. Combien de temps dois-je attendre pour être à nouveau seule avec toi ?

Il se trouva incapable de lui répondre.

— Pas longtemps ? Les bans pourraient être lus demain.

Ils pourraient se marier d'ici deux semaines.

— Une quinzaine de jours me semble une éternité, dit-elle, faisant le même calcul que lui. Et si tu essayais d'obtenir un permis spécial ? Je t'ai dit que j'étais impatiente.

Elle haussa une épaule.

— En fait, je crois que tu as tenté de me dire que tu étais patiente, mais je commence à entrevoir la vérité, dit-il avec un clin d'œil. Toutefois, je peux essayer.

Il s'avança vers elle pour resserrer son corset.

Puis, il se concentra sur son propre habillement, de peur d'être distrait par elle. Son corps réagissait déjà, et il ne lui faudrait pas grand-chose pour le pousser à la prendre à nouveau dans ses bras.

Elle commença à resserrer sa robe toute seule, mais il se précipita pour l'aider.

— Je peux le faire, lui proposa-t-il.

— Je l'ai fait toute seule tout à l'heure. En fait, je me suis habillée sans ma femme de chambre. J'essayais de m'éclipser.

— Comme c'est entreprenant de ta part.

Lorsqu'il eut terminé, elle se tourna vers lui.

— Mes cheveux sont-ils en désordre ?

Plusieurs boucles s'étaient détachées.

— Ils ne sont pas en désordre.

Il se dirigea vers la porte et appela Gage.

— Que fais-tu ? lui demanda-t-elle.

Beck se plaça devant la porte, empêchant son majordome de voir dans la pièce.

— S'il vous plaît, apportez-moi un petit miroir.

L'expression de Gage était impassible, mais Beck était certain qu'il savait ce qui s'était passé.

— Tout de suite, my lord.

Après avoir refermé la porte, Beck se tourna et la vit serrer ses gants, sourcils froncés.

Il s'approcha d'elle, lui prit la main et la porta à sa bouche pour pouvoir déposer un baiser sur son poignet.

— Tu as besoin d'un miroir.

Elle expira.

— Sans doute.

Beck acheva de s'habiller : la déchirure de son pantalon et le bouton manquant ne se voyaient pas du tout, mais le fait de savoir qu'il était imparfait et que c'était leur désir qui l'avait rendu ainsi l'emplissait d'une satisfaction perverse. Gage frappa doucement à la porte.

Beck lui répondit, et prit le miroir, laissant la porte entrouverte.

— Venez rencontrer ma future femme, Gage. Voici Lady Lavinia. Lavinia, permets-moi de te présenter Gage, le meilleur majordome d'Angleterre.

Elle lui adressa un sourire un peu nerveux, ce qu'il n'avait pas l'habitude de voir chez elle. Avait-il commis une erreur en faisant les présentations à ce moment-là ? Il les avait faites dans le désordre, c'était certain. Il faisait absolument n'importe quoi.

— Je suis ravie de vous rencontrer, Gage. Merci pour le miroir.

Son regard se posa alors sur ledit miroir que Beck tenait dans sa main et qu'il avait omis de lui donner.

Il le leva devant elle pour qu'elle puisse se recoiffer.

— Le plaisir est pour moi, my lady, répondit Gage. Voulez-vous que j'envoie une femme de chambre pour vous aider ?

— Non, merci.

Elle lui sourit tout en ajustant les épingles dans ses cheveux ; elle se recoiffa. Elle jeta un coup d'œil à Beck pour lui indiquer qu'elle avait terminé, et il rendit le miroir à Gage.

Puis il traversa la pièce pour récupérer son chapeau.

— Je reviendrai plus tard, Gage. Je dois aller parler à Lord Balcombe.

— Très bien, monsieur, dit le majordome en hochant la tête. J'aurai le courrier du jour à votre retour. Il y a une lettre de votre sœur, que vous attendiez, je le sais.

Beck s'arrêta net avant de rejoindre Lavinia pour l'escorter hors de la pièce. Il avait écrit à Margaret après avoir lu la lettre de Helen dans la boîte que sa belle-mère avait envoyée de Waverly Court. Le besoin de lire sa réponse occultait presque tout le reste, mais il devait ramener Lavinia chez elle.

— Je la lirai plus tard, dit Beck, gagné par l'impatience alors qu'il guidait Lavinia dans le hall en passant devant le salon.

Gage se précipita pour leur ouvrir la porte.

— Permettez-moi d'être le premier à vous féliciter tous les deux, leur dit-il en souriant lorsqu'ils sortirent.

Lavinia tourna la tête et le remercia. Une fois sur le trottoir en direction de Grosvenor Square, elle dit à Beck :

— J'aime bien ton majordome.

— C'est bien.

Il se mit à penser à ce que cela pourrait être de partager une maison, son espace, avec quelqu'un et commença à se sentir un peu étrange. Il mit cela sur le compte de la lettre qui l'attendait, et qu'il voulait absolument lire.

Ils tournèrent sur Grosvenor Square et prirent la direction de Grosvenor Street.

— Pourquoi attends-tu une lettre de ta sœur ? lui demanda Lavinia.

— Je lui ai écrit au sujet de Helen. Lorsque j'ai réclamé les fossiles que je t'ai donnés, ma belle-mère m'a envoyé tout ce qui se trouvait dans la boîte, y compris une lettre écrite par Helen. Elle y mentionnait ce que Lady Abercrombie et Lady Kipp-Landon avaient dit, à savoir qu'il aurait mieux valu qu'elle soit morte. Elle évoquait également un gentleman qui avait dansé avec elle. Il lui donnait de l'espoir, et je me demandais si Margaret savait qui il était, et ce qui s'était passé pour le lui ôter.

— Lui ôter quoi ? demanda-t-elle d'une voix douce. Son espoir ?

Il hocha la tête, et l'image de sa sœur, petite femme aux yeux gris et aux cheveux noirs, lui revint en tête. Elle avait une âme douce et gentille, avec un sens de l'humour très pince-sans-rire que peu de gens comprenaient.

— Elle est morte seule et triste.

— Comment est-elle morte ?

La demande de Lavinia était empreinte de compassion.

Le cœur de Beck se serra. Il peinait à trouver les mots, même s'il avait déjà dit la vérité à Felix.

— Elle est morte empoisonnée.

Lavinia s'arrêta à l'angle de Park Street et se tourna vers lui, le visage soudain blême.

— Quelqu'un l'a tuée ?

— Non, ils ont conclu qu'elle l'avait fait.

La jeune femme plaqua une main sur sa bouche.

— Oh, Beck ! Je suis vraiment désolée. Pourquoi aurait-elle fait… une telle chose ?

Il se mit à marcher, la poussant doucement à faire de même. Il ne voulait pas rester là à en parler dans la rue, d'autant plus qu'ils attiraient peut-être déjà l'attention puisqu'ils n'étaient pas accompagnés.

— Elle était très malheureuse. Désespérée, en fait. Elle n'avait pas eu de chance sur le marché du mariage : elle était trop timide et trop calme. Elle n'avait pas d'amies, contrairement à toi, dit-il d'une voix dure.

— Non, mais elle avait des ennemis. Ou du moins, des gens se sont montrés cruels avec elle. Je comprends pourquoi tu as écrit ce poème.

Elle lui caressa le bras au moment où ils tournaient dans Park Street.

Elle s'arrêta soudain de marcher, et sa main serra fort le bras de Beck à travers son manteau. Elle plissa les yeux.

— Je crois que Sir Martin est déjà là.

Il tourna le regard vers sa maison, et vit une berline stationnée devant.

— Enfer et damnation ! Voilà qui va être gênant.

— Nous pourrions nous faufiler à l'arrière par les écuries, et je te ferai attendre dans le petit salon.

Il baissa les yeux sur elle.

— Je ne peux pas te laisser les affronter seule.

— Veux-tu vraiment te retrouver face à face avec Sir Martin ?

Il grimaça légèrement.

— Et toi ?

— Non, mais je dois le faire, dit-elle avec une pointe de résignation. Je lui dois une explication.

Beck ne pouvait s'empêcher de se sentir désolé pour cet homme.

— Et que vas-tu lui dire ?

Elle détourna le regard.

— Que nous nous correspondons mieux.

Il sentait qu'elle voulait peut-être dire quelque chose d'autre, mais n'insista pas. Ils n'avaient bel et bien plus le temps.

— Non. Nous allons passer par la porte d'entrée, affirma-t-il, tout en l'interrogeant du regard.

Elle hocha la tête en guise de réponse.

Alors qu'ils approchaient de la porte, il la sentit trembler.

— Je ne laisserai rien t'arriver, lui murmura-t-il, juste avant qu'on leur ouvre.

Ce n'était pourtant pas un domestique qui se trouvait sur le seuil, mais son père. Et il semblait prêt à commettre un meurtre, jusqu'à ce qu'il pose les yeux sur Beck. Puis il plissa le front, incrédule. Il ouvrit la bouche, puis la referma d'un coup sec avant de s'écarter pour qu'ils puissent pénétrer dans le hall.

Beck prit aussitôt la parole.

— Je suis conscient que vous recevez un autre prétendant, Balcombe, mais je me dois de vous dire tout de suite que je suis venu vous demander votre bénédiction pour épouser votre fille.

— Eh bien, c'est un soulagement, dit le comte en passant une main sur son front. Lorsque je l'ai vue rentrer à la maison au bras d'un gentleman, j'étais prêt à vous défier en duel. Ma femme pensait bien qu'il s'agissait de vous, mais je ne vous distinguais pas bien.

— Vous devriez porter des lunettes, comme Lavinia le fait, dit Beck. Comme elle le *fera*.

La jeune femme lui offrit un sourire rayonnant.

La comtesse arriva dans le hall, les lèvres pincées. Elle s'approcha de Lavinia, notant au passage que sa fille s'accrochait toujours au bras de Beck.

— Qu'est-ce que cela signifie ? siffla-t-elle.

— Calmez-vous, ma chère, ils vont se marier. Le pauvre Sir Martin n'a malheureusement pas de chance.

Lavinia retira alors son bras.

— Si vous voulez m'excuser un moment, je vais aller lui parler.

Elle adressa un petit sourire à Beck, et il la vit entrer dans la pièce que sa mère venait de quitter.

— Cela va faire un scandale, dit la comtesse, et Beck n'aurait su dire si cela la mettait en colère ou la réjouissait.

— Pas obligatoirement, dit Beck d'un ton égal. Je vais demander un permis spécial, de sorte que nous nous marierons dans les plus brefs délais.

Le visage de la mère de Lavinia se décomposa.

— Non, vous ne pouvez pas. Ce serait *vraiment* un scandale.

Et il était clair pour lui que celui-ci serait *mauvais*. Il lui sourit.

— Nous préférons ne pas attendre.

— Ce n'est qu'une quinzaine de jours, insista la comtesse d'un ton suppliant. Ce n'est pas très long à attendre.

— C'est à Lavinia de décider, affirma Beck. Elle n'a jamais eu son mot à dire sur quoi que ce soit, et j'insiste pour qu'elle ait le dernier dans cette affaire.

Sir Martin sortit de la pièce, Lavinia le suivant docilement. Il avait l'air extrêmement perturbé.

Le baronnet jaugea Beck d'un air maussade.

— J'ai cru comprendre que des noces se préparaient, lui dit-il avant d'adresser un regard mauvais à Balcombe. Vous auriez pu mentionner qu'elle avait d'autres prétendants.

Le père de Lavinia esquissa un bref sourire d'excuse.

— J'ai bien peur que vous ne soyez tous les deux arrivés au même moment. Malheureusement, vous avez voulu me parler en premier, tandis que Lord Northam s'est adressé directement à Lavinia pour lui demander sa main. Et, en fin de compte, c'est de son choix à elle qu'il s'agit.

Beck jeta un coup d'œil à Lavinia et vit son regard s'adoucir envers son père. Il était content pour elle.

— Bonne journée, alors.

Sir Martin ne salua personne, et ne jeta même pas un regard à Lavinia avant de s'en aller.

La comtesse fronça à nouveau les sourcils.

— Eh bien, voilà qui était *très* gênant, affirma-t-elle en se tournant vers Lavinia. Tu vas avoir des ennuis, ma chère. T'éclipser pour retrouver un gentleman !

Elle lança un regard furieux à Beck.

— Mon *fiancé*, mère.

Elle parvenait plutôt bien à rester sereine, mais Beck imaginait qu'elle avait eu des années d'expérience avec sa mère.

— Et qu'est-ce que c'est que cette histoire de permis spécial ? poursuivit sa mère. Tu es mon unique fille, et tu te marieras à Saint-Georges. Les bans seront lus demain. Si vous êtes si pressés, vous pourrez vous marier lundi en quinze.

Elle s'interrompit pour regarder sa fille, l'air boudeur. Puis elle continua.

— Mais tu ne me refuseras pas le plaisir d'un mariage à l'église et d'un petit-déjeuner de fête.

Beck ne dit rien en attendant que Lavinia se décide. Elle posa sur lui un regard interrogateur, et il souleva très légèrement l'épaule, lui signifiant ainsi en silence qu'il ferait tout ce qu'elle voulait.

Lavinia soupira et leva brièvement le nez vers le plafond avant de se tourner vers sa mère.

— Très bien. Lundi en quinze, et pas un jour plus tard.

La comtesse se détendit visiblement.

— Cela nous laisse à peine le temps, mais j'essaierai de me débrouiller. Nous allons être très occupées, Lavinia.

Elle parlait d'un ton grave, et on aurait pu croire qu'on lui avait demandé de résoudre une crise nationale.

Beck refréna un rire.

— Excusez-nous un instant, s'il vous plaît, demanda Lavinia d'un ton extrêmement autoritaire. Je dois parler à mon fiancé.

Elle lui prit le bras et l'entraîna dans la pièce où elle était allée voir Sir Martin, refermant la porte derrière eux.

— C'est l'un des aspects positifs des fiançailles, déclara-t-il avec ironie. Plus personne ne se préoccupe de savoir si nous sommes seuls ensemble.

Elle grimaça.

— Cela me fait penser à Mlle Lennox. J'espère sincèrement qu'elle n'est pas anéantie après avoir annulé son mariage avec Sainsbury, dit-elle avant de lever les yeux vers Beck, horrifiée. Je suis navrée. Je n'aurais pas dû en parler.

Il tressaillit intérieurement.

— Non, c'est bon.

Vraiment ? Il se sentait encore responsable et ce serait probablement toujours le cas. Il s'accrochait au bonheur de l'heure qui venait de s'écouler pour éloigner toute inquiétude.

— Je veux m'assurer qu'elle va bien.

— Je passerai la voir cet après-midi, dit Lavinia en lui touchant le bras d'un air rassurant.

— Ta mère le permettra-t-elle ? Apparemment, ton temps va être accaparé par l'organisation de notre mariage.

Lavinia leva les yeux au ciel.

— Pas en totalité. Elle préférera que je la laisse s'occuper de la plupart des préparatifs, crois-moi. Ce genre de choses ne m'a jamais intéressée.

— Peut-être devrions-nous l'organiser sur le thème de la géologie.

Elle rit et déposa un baiser sur ses lèvres.

— Je t'adore.

Il se figea un instant. Ce n'était pas le mot « amour », mais c'était proche. L'aimait-elle ? L'aimait-il ? Il n'avait aimé personne depuis Priscilla. Jamais il n'avait imaginé que ce sentiment pourrait se frayer à nouveau un chemin jusqu'à lui.

— Fais-moi confiance, lui dit-elle, le ramenant au présent. Je veillerai à ce que nous ayons suffisamment de temps pour les choses que nous avons envie de faire avant le mariage. Nous devrons juste nous montrer… créatifs.

Les lèvres de la jeune femme se retroussèrent en un sourire séducteur, et son sexe réagit aussitôt.

Il s'éloigna d'elle.

— Je ferais mieux d'y aller avant d'essayer de me montrer… créatif, ici et maintenant, dit-il, se penchant en avant pour l'embrasser sur la joue. À bientôt.

— Ce soir, au bal des Morecott ?

Il n'avait pas réfléchi à ses projets pour la soirée, mais il allait devoir le faire. Et il saisirait toutes les occasions de voir sa future femme.

— Oui. Je pense qu'il est grand temps que je danse avec toi.

Les yeux de Lavinia brillaient d'impatience.

— Oh, que oui !

— Et mets tes lunettes.

Il retourna dans le hall, où il fit ses adieux aux parents de la jeune fille qui s'y trouvaient encore, comme il s'y attendait. Lavinia et lui avaient peut-être droit à un minimum d'intimité, mais ce n'était pas comme s'il pouvait séduire leur fille dans leur salon.

Du moins, pas aujourd'hui.

~

Après le départ de Beck, Lavinia dut passer une heure interminable avec sa mère à organiser le petit-déjeuner de mariage. Lorsqu'elle fut enfin libre, elle envoya des missives à Sarah et Fanny pour leur annoncer la nouvelle, ainsi qu'une troisième à Jane Pemberton pour l'informer du mariage avorté de Mlle Lennox. Lavinia revêtit ensuite une tenue plus appropriée pour rendre des visites et descendit annoncer à sa mère qu'elle avait l'intention d'aller voir Mlle Lennox.

— Oh, je vais venir avec toi, annonça sa mère. Je dois savoir ce qui s'est passé.

Lavinia serra les dents.

— Mère, je n'y vais pas pour écouter des ragots. Je veux que Mlle Lennox sache qu'elle a du soutien et des amies en cette période difficile.

Même si Lavinia ne la connaissait pas très bien, elle se disait qu'il était important que la jeune femme comprenne qu'elle n'était pas seule. Et tout le monde n'était pas aussi insensible que la mère de Lavinia.

Un palefrenier les conduisit jusqu'à la rue Albemarle, où plusieurs personnes semblaient avoir décidé de se rendre au domicile des Lennox. Alors que Lavinia et sa mère se dirigeaient vers la porte d'entrée, deux femmes les saluèrent d'un signe de tête.

Si Lavinia voulait lui apporter son soutien, elle ne voulait pas non plus accabler Mlle Lennox.

Le majordome les fit entrer dans la maison et les

conduisit au salon du premier étage. Mme Lennox les accueillit avec un faible sourire.

— Bonjour, Lady Balcombe, Lady Lavinia. Comme c'est gentil de passer.

La comtesse pressa ses lèvres en une ligne compatissante : ce n'était ni un froncement de sourcils ni un sourire, mais quelque chose censé exprimer un soutien tacite. Ou la pitié.

— Nous tenons à ce que vous sachiez que vous avez des amis et du soutien dans cette période difficile.

Refrénant une envie de lever les yeux au ciel, Lavinia chercha Mlle Lennox du regard, mais elle n'était pas là. Lavinia se tourna ensuite vers la mère de la jeune femme.

— Mlle Lennox accepterait-elle une visite ?

— Je crains que non, répondit Mme Lennox d'une voix triste. Elle a traversé une rude épreuve. Elle ne veut voir personne.

Une jeune femme de chambre entra dans la pièce et vint murmurer à l'oreille de Mme Lennox. Celle-ci cligna des yeux, surprise, puis reporta son attention sur Lavinia.

— Il semblerait que ma fille souhaite vous voir. Sa femme de chambre va vous conduire à l'étage.

Lavinia se retourna et suivit la domestique. Celle-ci la conduisit dans un salon situé à l'avant de la maison, où Mlle Lennox se tenait près de la fenêtre et regardait la rue en contrebas. Elle jeta un coup d'œil à la femme de chambre et Lavinia lorsqu'elles entrèrent.

— Merci, Hobbs.

La servante acquiesça et les laissa seules, refermant la porte derrière elle.

Lavinia ne savait pas trop quoi dire. Pourquoi Mlle Lennox avait-elle choisi de la voir, elle, et personne d'autre ?

Elle expira en se détournant de la fenêtre, puis elle s'avança vers un fauteuil près de l'âtre.

— Bonjour, Lady Lavinia. Voulez-vous vous asseoir ?

Elle lui montra le canapé en face du feu, et se laissa tomber dans le fauteuil.

— S'il vous plaît, appelez-moi Lavinia.

Elle s'avança vers le canapé et s'assit au bord, attendant que Mlle Lennox engage la conversation.

— Alors vous devez m'appeler Phœbe, lui dit-elle, contemplant le feu un moment. Je suis bien contente de ne pas être Mme Sainsbury.

— Je suis ravie que vous soyez contente, lui répondit Lavinia, qui ne voulait pas se montrer indiscrète au sujet de ce qui s'était passé pour qu'elle soit dans cet état. C'est bien mieux que d'être désolée ou d'avoir des regrets.

Phœbe tourna la tête vers Lavinia et sourit.

— Certes. Vous comprenez. Vous n'avez pas pitié de moi, n'est-ce pas ?

— Je me sens… mal que vous ayez apparemment souffert d'une situation désagréable. J'imagine qu'il n'est pas facile d'annuler un mariage, lui dit-elle.

C'était même inconcevable pour Lavinia, qui en préparait un.

— Particulièrement sous l'œil attentif des participants à la saison londonienne.

— Précisément. Vous me comprenez *vraiment*, répéta-t-elle, puis elle se retourna vers le feu et plissa les yeux. Je m'attends à ce que la plupart des gens me reprochent d'avoir annulé, mais j'avais des raisons exceptionnelles de le faire.

— Je ne veux pas me montrer indiscrète ou vous obliger à parler d'une chose que vous préférez taire.

Lavinia voulait que le but de sa venue soit bien clair.

— Vous êtes très gentille, lui dit Phœbe. Mais je le savais déjà, c'est pourquoi je vous ai invitée à monter. Je vous ai vue arriver et vous êtes la première personne à qui j'ai eu envie de parler. Vous êtes intelligente aussi, et vous avez souffert de la notoriété résultant des poèmes du duc Galant, dit-elle, levant des yeux légèrement admiratifs vers Lavinia. Et vous semblez avoir géré la situation avec aplomb. Je ne vous ai pas vu vous précipiter dans des fiançailles, pas comme j'ai eu la folie de le faire.

Le regard de Mlle Lennox s'assombrit. Elle poursuivit.

Le mariage n'est pas ce phare rayonnant de l'accomplissement féminin comme on veut nous le faire croire.

— Euh, oui.

Lavinia se sentait un peu malhonnête puisqu'elle était maintenant fiancée. Et elle allait le dire à Phœbe, dans un instant. D'abord, elle voulait savoir ce qu'elle pensait de Beck. Enfin, du duc Galant.

— Lui en voulez-vous ? Au duc Galant, je veux dire. Sans son intervention, vous n'auriez probablement pas eu à faire face à ce… problème. Ce mot est tout à fait inadéquat.

— C'est possible, mais je ne lui en veux pas. Non, la faute en incombe totalement à Sainsbury et à son incapacité à faire preuve de fidélité ou, à tout le moins, de discrétion, expliqua-t-elle, les yeux rivés sur ses genoux. En fait, c'est surtout à moi-même que j'en veux. J'étais si impatiente de me marier ! C'est ce que l'on attend de nous, n'est-ce pas ?

— Oui.

Le cœur de Lavinia se serra pour l'autre femme. Maintenant, elle se sentait effectivement navrée pour elle, non pas à cause de Sainsbury, mais parce qu'il semblait qu'elle avait dû apprendre une leçon douloureuse.

— Mais ce n'est pas le cas, dit Phœbe, dont la lèvre se retroussa en un bref sourire. Vos amies et vous, vous défiez les conventions. Vous restez à l'écart, et vous imposez vos propres conditions. *Vous* devez en vouloir au duc Galant, je pense. À cause de votre popularité.

— Euh, oui, répéta Lavinia, inquiète à l'idée que son malaise soit visible. Je n'étais peut-être pas impatiente de me marier, mais j'avais l'intention de le faire. Enfin, j'ai l'intention de le faire.

Elle s'interrompit, puis esquissa un petit sourire.

— En fait, je viens de me fiancer au marquis de Northam.

Sous l'effet de la surprise, Phœbe resta bouche bée.

— C'est vrai ?

Lavinia acquiesça.

— Aujourd'hui.

— Et, est-ce que cela vous rend heureuse ? s'enquit Phœbe, inclinant la tête sur le côté. Je n'arrive pas à le déterminer.

— Tout à fait. Nous allons plutôt bien ensemble. Pour cette raison, je dois remercier le duc Galant.

Elle faillit raconter la vérité à Phœbe, que Beck était le duc Galant, mais décida finalement que c'était un secret qui devait le rester. En fait, il fallait qu'il renonce complètement à ses poèmes destinés à créer des unions. Pour les remplacer, Lavinia le persuaderait d'écrire des poèmes qui inspireraient les jeunes femmes comme Phœbe à rechercher de la clarté et un but et à ne pas s'en remettre aux attentes des autres.

— Eh bien, je suis ravie que cela ait fonctionné pour vous, dit Phœbe.

— Et je suis navrée que cela n'ait pas été le cas pour vous. Vraiment. Mais cela passera, et il y aura d'autres opportunités.

— Peut-être, mais il ne doit pas nécessairement s'agir d'un mariage. Si j'ai bien appris une chose, c'est que je me marierai par amour ou pas du tout. Il devra également posséder une bonne dose d'honneur et de dignité, et faire preuve d'une grande considération à l'égard des femmes, dit-elle.

Elle grimaça légèrement, puis hésita un moment avant de demander :

— N'êtes-vous pas un peu inquiète à cause de la réputation de Northam ?

Lavinia détourna le regard. Elle détestait que la jeune femme ait posé cette question, tout en sachant qu'elle serait sur toutes les lèvres dès que la nouvelle des fiançailles de Beck se répandrait. Surtout avec elle, quelqu'un qui apparaissait à peine dans le paysage sociétal de la plupart des gens.

— Non.

Lavinia s'en était inquiétée, bien sûr, mais savoir qu'il n'avait pas regardé ou pensé à une autre femme depuis leur rencontre lui suffisait. Certes, il pouvait mentir, mais elle ne croyait pas qu'il le ferait.

— Je suis peut-être naïve, mais je crois qu'il sera un mari dévoué.

Phœbe sourit chaleureusement et joignit ses mains sur ses genoux.

— Comme c'est merveilleux ! J'espère que ce sera le cas, lui dit-elle, juste avant que son sourire s'estompe. Mais ce qui est horrible, c'est que s'il était infidèle, les gens vous regarderaient comme si c'était votre faute. On excuse presque tout aux hommes. Je suis sûr que Sainsbury trouvera une autre jeune femme crédule qui succombera à ses charmes, comme son cousin l'a fait.

— Son cousin ?

— Lord Haywood. Il avait une réputation épouvantable lorsqu'il était jeune, il a détruit au moins une jeune femme et on dit qu'il a eu des relations avec beaucoup d'autres. Pourtant, il est parvenu à épouser une héritière quelques années plus tard.

— Oui, je suis au courant des transgressions de Haywood, dit Lavinia d'un ton sombre. Heureusement, la femme à qui il a fait du tort a pu trouver le bonheur.

— Elle sort du lot, et elle a énormément de chance. Ce n'est pas le cas de la plupart d'entre nous, dit Phœbe en agitant la main. Mais je ne cherche pas à attirer la sympathie. Je survivrai à cette épreuve et j'en sortirai grandie, que je me marie un jour ou non. En attendant, j'ai convaincu ma mère de m'autoriser à repartir à la campagne.

— Oh ! Alors vous allez manquer mon petit-déjeuner de mariage.

Lavinia avait prévu de l'inviter.

— Oui, j'en ai bien peur. Je n'ai pas envie de discuter en détail de la raison pour laquelle j'ai annulé le mariage, mais les gens parleront de toute façon.

— Je ne dirai rien ! s'empressa de la rassurer Lavinia.

— Je sais que vous ne le ferez pas, du moins pas à quelqu'un qui ferait des commérages. J'imagine que vous le direz à Jane, et peut-être à vos autres amies.

— Seulement si cela ne vous dérange pas.

— Cela ne me dérange pas. De toute manière, l'événement va faire des gorges chaudes, c'est pourquoi je quitte la ville, dit-elle en se levant. Je devrais commencer à faire mes valises.

Lavinia suivit son exemple.

— Je suis heureuse de voir que vous allez bien. Cela *passera.*

— Je le sais. Mais reste à savoir si je parviendrai à m'en sortir en conservant une bonne réputation, dit-elle en haussant les épaules. Je n'ai absolument aucun regret, et c'est le plus important.

Soudain, elle se tourna vers Lavinia qu'elle scruta intensément.

— Souvenez-vous de cela. Si, pour une raison quelconque, vous décidez de ne pas épouser Northam, vous n'y êtes pas obligée. Prenez le temps d'avoir des fiançailles, et je vous recommande même de les prolonger si vous le pouvez, pour vous assurer que c'est bien ce que vous voulez. Une fois que vous serez mariée, il n'y aura absolument aucun retour en arrière possible.

Un frisson lui remonta le long de l'échine. Elle avait dit

quelque chose de similaire à Beck plus tôt dans la journée, et il avait décidé de se lancer, sans regret. Elle sourit à Phœbe.

— Je ne vois pas ce qui pourrait se produire et qui me ferait changer d'avis.

Elles se firent leurs adieux, et Lavinia redescendit au salon où sa mère l'attendait, et où Mme Lennox la remercia d'avoir rendu visite à Phœbe.

En sortant, elle ne put s'empêcher de penser aux conseils de la jeune femme, et au fait qu'elle n'en avait pas besoin. Rien ne l'empêcherait d'épouser Beck. Ils avaient l'amitié, l'attirance, le respect mutuel… et elle l'aimait.

Oui, elle était complètement amoureuse de lui. Et c'était tout ce qui comptait.

CHAPITRE 15

Comme l'alouette fait entendre sa douce chanson,
Sa sagesse et sa sérénité sont sans comparaison.
Pardon ! Compassion ! Son cœur est libéré.
Pour les mortels, sa beauté sera célébrée.

-Extrait de *Éloge de Mademoiselle Phoebe Lennox*
Par le duc Galant

G age ouvrit la porte à Beck et prit immédiatement son chapeau et ses gants.

— Marié, my lord ?

Il ne prit pas la peine de dissimuler son choc.

— Oui.

Beck se rendit dans son bureau, s'attendant à ce que Gage le suive.

— Je n'imaginais pas que vous l'envisagiez, lui dit le majordome. Non pas que je m'attende à ce que vous me révéliez tout.

— Je ne l'envisageais pas, lui avoua honnêtement Beck qui s'avança jusqu'à son bureau.

— Eh bien, j'espère que vous serez très heureux et qu'il ne s'agit pas d'une situation… précipitée.

Beck entendait le soin que Gage mettait à choisir ses mots. Il s'efforçait toujours de se montrer respectueux, tout en sachant que Beck appréciait ses conseils. Celui-ci prit place derrière son bureau.

— Vous craignez que je l'aie compromise, et que nous soyons contraints de nous marier.

— N'est-ce pas le cas ? s'enquit Gage, sans que sa question comporte la moindre trace de jugement ou d'accusation.

— Je l'ai demandée en mariage *d'abord.*

Et il recommencerait, si l'occasion lui était donnée. Il poursuivit.

— Elle était sur le point de se fiancer à quelqu'un d'autre, et j'ai compris que je ne pouvais pas vivre avec cette idée.

— Voilà qui me semble plutôt définitif, lui dit Gage.

Parce que cela l'était. Lavinia avait pris une place importante dans sa vie. Il attendait avec impatience chaque moment qu'il pourrait passer avec elle, et il avait commencé à chercher à les multiplier. Désormais, il était rassuré : ils auraient d'innombrables moments ensemble pour le reste de leur vie. Il n'y avait jamais réfléchi, du moins pas depuis qu'il avait eu le cœur brisé. Il n'aimait pas s'attarder sur des choses qui ne se réaliseraient peut-être jamais, et il n'avait jamais imaginé non plus tomber à nouveau amoureux.

Cela signifiait-il qu'il était tombé amoureux de Lavinia ? Il le pensait. Du moins, s'il savait vraiment ce qu'était l'amour. Il avait cru le savoir avec Priscilla, mais c'était différent. Lorsqu'il envisageait un avenir sans Lavinia, il lui semblait bien plus lugubre que toute la douleur qu'il avait éprouvée après le rejet de Priscilla.

— Avez-vous fixé une date de mariage ? lui demanda

Gage. Je voudrais préparer le personnel au changement dans le ménage.

Évidemment. C'était la suite logique. Beck n'avait pas vraiment réfléchi à la question. Il devait immédiatement écrire à Rachel. Elle allait probablement vouloir venir à Londres pour le mariage.

— Cela se fera assez rapidement, dit Beck. Ma fiancée est un peu impatiente.

Il ravala un sourire. Il lui était reconnaissant de son incapacité à attendre.

— Les bans seront lus demain et la cérémonie aura lieu lundi en quinze.

Surpris, Gage cligna des yeux.

— C'est rapide ! Le plus rapide possible.

— Sans permis spécial, oui.

Ce qu'il aurait volontiers obtenu, surtout pour satisfaire Lavinia. Le fait qu'elle ait capitulé face aux souhaits de sa mère pour lui accorder le mariage qu'elle voulait pour sa fille témoignait de sa gentillesse et de sa générosité. Ce qui ne faisait qu'augmenter son amour pour elle.

— Y a-t-il quelque chose à faire avant l'arrivée de la nouvelle marquise ? Nous n'avons pas beaucoup de temps, mais je suis sûr que nous pourrions apporter des changements si nécessaire.

Beck le regarda d'un air absent. Pour la première fois, il se rendait vraiment compte qu'il allait devoir partager sa maison, qu'il avait toujours chérie comme son espace privé. C'était une chose de partager Waverly Court avec Rachel et son demi-frère, surtout depuis qu'il s'était mis à penser que George hériterait un jour du titre. Mais aujourd'hui, ce ne serait pas le cas. Tout dans sa vie avait changé cet après-midi, et il commençait à peine à en comprendre l'impact.

Un sentiment de malaise l'envahit, comme lorsqu'on jette une pierre dans un lac et que les ondes perturbent la surface lisse de l'eau. Beck était peut-être tranquille en surface, mais au-dessous se dissimulait un sombre enchevêtrement, que Lavinia avait entrevu aujourd'hui. Que dirait-elle la première fois qu'il s'enfermerait dans son bureau et n'en sortirait pas pendant une journée ? Le ferait-il encore après leur mariage ?

Il s'adossa à son fauteuil en soufflant et se rendit compte que Gage attendait toujours sa réponse.

— Je ne vois pas de changements à apporter pour l'instant, mais j'inviterai Lavinia à visiter la maison et je lui demanderai son avis. Elle aura besoin d'un bureau à elle. Avec des étagères.

— Le salon de l'étage ? suggéra Gage.

Cela pourrait convenir, mais Beck se demandait s'il n'aimerait pas l'avoir près de lui. Si elle investissait le salon voisin, ils pourraient installer une porte entre les deux, et passer de nombreux après-midi comme aujourd'hui…

Et pourtant, cela signifierait aussi qu'elle serait juste à côté, avec un accès personnel, pendant ses périodes les plus sombres. Son regard se posa sur la lettre qui se trouvait sur son bureau, et il eut soudain plus envie de la lire que de songer à tout cela.

Tout ira bien. Tu l'aimes. Elle t'aime. Probablement.

Vraiment ?

— Je vais en discuter avec elle, dit finalement Beck. Merci, Gage

Celui-ci inclina la tête et s'en alla en refermant la porte derrière lui.

Beck prit la lettre de Margaret et commença à la lire. Il parcourut à toute allure les descriptions qu'elle faisait de sa vie quotidienne et de celle de sa famille. Sa fille aînée s'était fiancée, ce qui l'incita à lire plus lentement. Il n'arrivait pas à croire qu'elle était aussi âgée, mais Margaret avait douze ans de plus que lui.

Il poursuivit sa lecture, et lorsqu'il vit le nom de Helen, son cœur se mit à battre la chamade.

Cela fait si longtemps que je n'ai pas pensé à cette période de la vie de Helen. Elle était si abattue de n'avoir pas trouvé de mari. Je sais que cela l'a beaucoup peinée d'entendre parler de mon bonheur conjugal et de notre famille qui grandissait. Son geste m'a surprise, mais je me rends compte aujourd'hui que je m'y attendais un peu. Une ombre planait toujours sur elle, et je crois qu'elle était destinée à l'engloutir. J'espérais qu'elle avait trouvé le bonheur auprès de Lord Haywood, mais apparemment cela n'a pas été le cas. Je me demande ce qui s'est passé. Elle m'a dit qu'il voulait l'épouser, mais comme ce n'est pas arrivé, j'ai supposé que, dans son impatience de se marier, elle avait mal compris.

Haywood ? C'était l'homme qui avait dansé avec Helen et lui avait donné de faux espoirs ? Margaret semblait douter qu'il ait promis d'épouser Helen, mais pas Beck. Il était persuadé que Haywood avait causé des ennuis à sa sœur.

Ou bien voulait-il simplement se persuader que quelque chose, ou quelqu'un, avait poussé Helen à se donner la mort ? Et si cela n'avait été dû qu'à elle seule ? Comme l'écrivait Margaret, une ombre avait toujours plané au-dessus de Helen. Tout comme sur lui. Seulement celle de sa sœur était sans doute plus profonde et plus envahissante. Elle était souvent mélancolique et se plaignait de se sentir seule. Elle avait parfois mentionné qu'elle ne voulait plus ressentir cela, mais comme il n'était qu'un enfant, il n'avait jamais cru qu'elle parlait de manière permanente. Il n'avait pas imaginé qu'elle voudrait mettre fin à ses jours.

Et pourtant… si elle l'avait envisagé et que deux horribles femmes l'avaient poussée dans cette voie, l'aurait-elle fait ? Surtout si une autre personne, un homme, l'avait déçue ?

Beck compris qu'il était possible qu'elle ait trouvé du réconfort dans l'impensable.

Diantre ! Cela signifiait-il que c'était susceptible de lui arriver à lui aussi ? Ses périodes sombres pourraient-elles un jour le pousser à une extrémité inconcevable ? Il n'y croyait pas, ce n'était jamais arrivé. Mais une vague d'appréhension lui tendit les épaules.

Il laissa tomber la lettre sur le bureau et cligna des yeux. Son regard se posa sur la méridienne, et il ne put s'empêcher de penser à Lavinia. Son sourire sensuel, la courbe généreuse de sa poitrine, la joie pure de sa curiosité et de son désir. Son optimisme, son altruisme, sa joie de vivre absolue. Elle était l'antidote parfait au poison de son âme.

Il regarda à nouveau la lettre et eut soudain envie de se lever d'un bond et de se rendre directement chez Haywood pour l'interroger au sujet de Helen. Que lui avait-il fait ? L'avait-il trompée et abandonnée comme il l'avait fait avec la duchesse de Kendal ? Cet homme n'avait aucune honte. Le simple fait de l'avoir écouté un peu plus tôt à l'extérieur de Saint-Georges avait exaspéré Beck. Et maintenant, savoir qu'il était celui que Helen avait espéré voir lui faire la cour…

La fureur bouillonnait en lui. Il se leva et s'avança vers ses guitares : pour la première fois, il avait envie d'en prendre une et de la frapper contre le sol. Il s'obligea à respirer profondément et à calmer son cœur qui battait la chamade.

Il ne pouvait pas interroger Haywood. Ce n'était pas ainsi que l'on obtenait des informations d'un homme comme lui. Non, Beck devait établir un autre plan, et il en avait déjà un en tête.

Ce soir, après le bal, il le mettrait à exécution. Et mieux valait pour Haywood qu'il n'ait rien à voir avec la mort de Helen.

*L*e bal des Morecott était le meilleur événement de la bonne société auquel Lavinia avait assisté. Lorsque vous étiez fiancée à un marquis, tout le monde, absolument tout le monde, était gentil et charmant et ne tarissait pas d'éloges à votre égard. Peu lui importait que certaines personnes ne soient pas sincères. Pas ce soir. Ce soir, elle bouillonnait de joie et d'impatience quant à l'avenir.

Lorsque Beck arriva, la respiration de Lavinia se bloqua dans sa poitrine. Il était incroyablement beau dans ses vêtements de soirée noirs. Le blanc de sa cravate brillait contre sa peau, et elle rêvait de la lui arracher en même temps que le reste de ses vêtements.

Eh bien, il n'avait pas fallu longtemps pour qu'elle devienne une vraie dévergondée.

— Pourquoi souris-tu ? demanda Sarah à côté d'elle. Oh ! Je vois que le marquis est arrivé.

Elle avait été ravie d'apprendre les fiançailles de Lavinia.

— Nous allons danser, dit Lavinia, sans doute inutilement.

— Il était plus que temps, dit Sarah avec un sourire sarcastique.

Au lieu d'aller au parc cet après-midi-là, Sarah et Fanny avaient rendu visite à Lavinia pour savoir comment les fiançailles s'étaient déroulées. Lavinia leur avait raconté ce qui s'était passé après sa demande en mariage, mais sans trop de détails. Toutes les deux l'avaient regardée avec stupéfaction, puis elles l'avaient félicitée.

Elles étaient vraiment les meilleures des amies.

Beck se dirigea droit vers elles et s'inclina d'abord devant Sarah, puis devant Lavinia, dont il prit la main pour l'embrasser. Au cours des minutes qui suivirent, les gens se précipitèrent pour présenter leurs félicitations. Puis la mère de Lavinia arriva et se réjouit de toute la scène.

Lavinia fut heureuse d'entendre la valse débuter, car Beck et elle allaient pouvoir être seuls. Ou du moins, loin de la foule qui les entourait.

Elle posa une main sur son épaule, et lui étala la sienne dans son dos.

— J'allais te suggérer que nous nous retrouvions plus tard dans la bibliothèque, mais j'ai bien peur que nous ne puissions pas nous éclipser.

— Peut-être pas, répondit-il, l'air légèrement déçu. Mais il reste toujours demain.

Elle sourit.

— À l'église ?

Il plissa les yeux d'une manière tout à fait séduisante.

— Je t'emmènerai partout où je pourrai t'avoir.

Un frisson mêlant anticipation et un sentiment bien plus primitif la traversa.

— Je vais peut-être te traîner jusqu'à la bibliothèque, murmura-t-elle.

— Attention, Lavinia, dit-il. À moins que tu ne veuilles que je t'embrasse au milieu d'une salle de bal.

Le désir l'envahit alors qu'elle levait les yeux vers lui, mais il gardait les yeux rivés au-dessus de sa tête.

— J'aimerais que tu le fasses.

Ils gardèrent le silence un moment avant qu'elle ne reprenne la parole.

— J'ai rendu visite à Mlle Lennox aujourd'hui.

— Oh ?

Il lui jeta un coup d'œil, mais seulement brièvement. Devait-il se concentrer sur les pas de danse ?

— Je connais à peine Sainsbury, mais je n'ai pas peur de dire qu'elle est mieux sans lui.

Elle sursauta, surprise.

— Ah oui ?

Plus tôt dans la journée, il se sentait coupable. Qu'est-ce qui avait changé ?

— Sais-tu pourquoi elle s'est désistée ?

C'était la seule explication possible, et pourtant Phœbe avait précisé que Lavinia était la seule personne à qui elle l'avait dit. Elle-même avait partagé cette information avec Sarah et Fanny cet après-midi-là, mais toutes deux avaient juré de garder le secret.

— Pas particulièrement, dit-il, mais Sainsbury est issu d'une lignée néfaste.

Une lignée néfaste ? Elle finit par comprendre.

— Haywood est son cousin.

Pourtant, Beck n'était-il pas déjà au courant lorsqu'il s'était senti si mal à propos de son rôle dans la cour de Sainsbury à Mlle Lennox ?

— Oui.

Il promenait son regard sur la salle de bal, et elle jugea qu'il agissait de façon un peu étrange. Il était presque distrait.

— Je suppose que Haywood n'est pas là ce soir ?

— Je ne l'ai pas vu.

Pourquoi Beck s'y intéressait-il ?

— Je n'ai pas l'intention de rester très longtemps après la danse. Est-ce que cela te convient ?

Elle voulait qu'il la regarde.

— Est-ce que tu vas bien ?

Il baissa à nouveau les yeux sur elle.

— Oui. Simplement, je n'aime pas être sous le feu des projecteurs.

— Si tu veux partir, je comprendrais, lui dit-elle, mais elle était un peu déçue.

C'était la seule soirée où elle pensait pouvoir apprécier cette attention, mais sans lui, ce serait beaucoup moins agréable. Cependant, elle appréciait la vue qu'elle avait de la salle de bal à travers ses lunettes. Elle voyait tout et tout le monde. C'était merveilleux.

Jusqu'à ce qu'elle voie Sir Martin.

Il se tenait près des portes du patio, le front barré de petites lignes. Clairement, il la regardait de travers. Il la regardait, et il savait qu'elle le regardait.

Elle détourna les yeux.

— Oh, doux Jésus ! Sir Martin n'a pas l'air très content.

— Où est-il ? s'enquit Beck, l'air agité.

— Près des portes du patio.

Il tourna la tête pendant qu'ils se déplaçaient.

— Je le vois.

Lorsqu'elle leva le nez, Beck plissait les yeux.

— Il est simplement déçu.

— Il devra apprendre à s'y habituer, dit Beck, l'air énervé.

Lavinia lui pressa l'épaule.

— Il le fera. Je ne peux pas lui en vouloir. J'ai l'impression de lui avoir donné de faux espoirs.

Beck plongea ses yeux dans les siens avec une grande intensité.

— Lui as-tu promis quelque chose ? As-tu pris le moindre engagement ?

Les questions qu'il lui posait la déstabilisèrent un peu.

— Non.

— Bien sûr que non. Tu n'as donc aucune raison de te sentir coupable.

— Je n'ai pas dit que je me sentais *coupable*.

Elle s'interrompit ; elle se questionnait sur son humeur.

La danse s'acheva, et Lavinia regretta qu'ils n'aient pas eu plus de temps. Quelque chose devait le tracasser.

Alors qu'ils quittaient la piste de danse, Sir Martin s'approcha d'eux. Lavinia sentit Beck se crisper à ses côtés.

— Je ne crois pas vous avoir adressé mes félicitations plus

tôt aujourd'hui, dit-il. Une fois que vous avez ramené Lavinia de… je ne sais où.

Il le dit juste assez fort pour que les quelques personnes à proximité tournent la tête.

Beck se raidit davantage.

— Sir Martin, je ne pense pas que vos félicitations soient nécessaires, mais nous vous remercions.

Il fit un pas en avant, et Lavinia le suivit. Il abaissa la tête vers l'oreille de Sir Martin et parla à voix basse, mais elle pouvait encore l'entendre.

— Redites quelque chose comme ça, et je veillerai à ce que vous ne puissiez pas parler pendant un mois.

Il arbora un large sourire, puis se dirigea vers la porte du patio, entraînant Lavinia avec lui.

Dès qu'ils furent dehors, il retira son bras du sien et s'avança à grands pas vers la balustrade. Le jardin, presque totalement plongé dans l'obscurité, s'étendait au-dessous d'eux. Quelques personnes se trouvaient dans le patio, et Lavinia se hâta de rejoindre Beck, parlant à voix basse.

— Que viens-tu de faire ?

Il gardait les yeux rivés sur le jardin.

— J'ai menacé Sir Martin. Je ne le laisserai pas jeter l'opprobre sur toi.

— Il ne peut pas me faire de mal.

— Tu es bien trop gentille, Lavinia. Il ne pourra peut-être pas te faire de mal, mais il essaiera de se venger comme il le pourra. En salissant ta réputation, expliqua Beck, essuyant son front de ses doigts gantés. Bon sang ! Moi-même, je l'ai fait !

— Nous allons nous marier. En quoi cela salit-il ma réputation ?

Il tourna la tête pour la fixer brièvement, les yeux vifs et plissés.

— À cause de *ma* réputation.

Elle repensa à sa conversation avec Phœbe cet après-midi-là.

— Sans doute. Mais je m'en fiche. Ce que les gens disent ou pensent ne peut pas me faire de mal. Tu n'es plus un séducteur, et je n'ai aucun doute sur le fait que tu seras le meilleur des maris, affirma-t-elle.

Elle se rapprocha de lui, mais il reporta son attention sur le jardin.

— Sauf si tu décides de te comporter comme cela tout le temps.

Ses épaules se relâchèrent brièvement, puis il lui prit la main et l'entraîna dans l'escalier menant au jardin. Elle s'attendait à ce qu'il la conduise sur le chemin, mais au lieu de cela, il la fit rentrer dans la maison en passant par ce qui semblait être la salle de petit-déjeuner. Puis il ouvrit une porte et les enferma tous les deux dans un petit placard qui devint complètement noir dès qu'il referma.

De sa main libre, Lavinia tâtonna le long des rayonnages à sa droite pour se repérer.

— Que fais-tu ?

— J'ai juste…, commença-t-il, puis il prit une profonde inspiration et lui lâcha la main. Je t'ai dit tout à l'heure que j'étais difficile.

— Certes. Je suis capable de gérer, répondit-elle.

Elle posa les mains à plat sur son torse et sentit les battements puissants de son cœur à travers ses vêtements.

— Qu'est-ce qui ne va pas ce soir ?

— Rien.

Un sentiment de frustration naquit en elle.

— Je ne te crois pas.

— Je n'ai pas envie d'en discuter pour l'instant. Je veux que tu profites de cette soirée.

— C'était le cas. Et je vais encore en profiter, lui dit-elle, mais il allait partir. J'aimerais que tu restes un peu plus longtemps.

— Je ne peux pas.

Soudain, sa main nue caressa son cou, et il attira sa tête vers lui ; ses lèvres se refermèrent sur celles de Lavinia.

L'agacement de la jeune femme se mua en désir alors qu'il dévorait sa bouche. Elle enroula ses bras autour de son cou et se hissa sur la pointe des pieds pour l'embrasser avec fougue. Il arracha sa bouche à la sienne et déposa des baisers fougueux le long de sa mâchoire et de son cou, la laissant à bout de souffle. Il passa une main sur son flanc, puis remonta jusqu'à son sein.

Elle haleta doucement, se remémorant la sensation de sa bouche et de ses doigts sur elle plus tôt dans la journée. La chaleur irradia au creux de son ventre. Elle eut désespérément envie qu'il la touche à nouveau.

— Touche-moi, murmura-t-elle.

— Où ?

— Partout.

Il embrassa la chair au-dessus de son corsage, sa langue se promenant sur elle en envoyant des sensations délicieuses dans chaque partie de son corps. Il baissa la main pour saisir l'ourlet de sa robe et la remonter. Elle se rappela la journée passée à la sablière.

Elle ne voulait pas être la seule à être touchée. Elle avait envie, besoin de toucher à son tour. Elle retira ses gants et les laissa négligemment tomber. Puis elle lui saisit la nuque et prit sa bouche dans un baiser brûlant.

Il gémit doucement, attisant son désir. Elle fit glisser ses mains à la recherche des boutons de son pantalon. Ses gestes étaient maladroits au début, mais rapidement, il s'ouvrit.

Pendant ce temps, il avait soulevé sa jupe et la maintenait au niveau de sa taille, tandis que son autre main remontait le long de sa cuisse et trouvait son sexe. Il approfondit le baiser, et elle plongea sa main dans son sous-vêtement où elle trouva sa verge.

Il bascula le bassin vers l'avant, son sexe glissant dans sa main aussi sûrement qu'il l'avait fait plus tôt en elle. Cela s'était-il vraiment passé aujourd'hui ? Et voilà qu'elle avait à nouveau désespérément envie de lui. Peut-être était-elle vraiment insatiable, finalement. Il ne pouvait en être autrement puisqu'ils se trouvaient dans un placard en train de se livrer à des activités sexuelles au cours d'un bal. Mais elle se rendit compte qu'il s'agissait là d'un comportement habituel pour lui.

Elle se figea soudain. Un instant plus tard, il fit de même, écartant sa tête de celle de la jeune femme.

— Lavinia ?

— C'est ce que tu as fait avec toutes les autres femmes ?

Elle détestait entendre la jalousie dans sa voix, mais elle ne pouvait s'en empêcher.

Il retira sa main d'entre ses jambes et prit son visage en coupe.

— Non.

— Je t'en prie, ne me mens pas. Je sais que tu avais ce genre de rendez-vous avec des femmes. Lors de bals et autres. C'est de cette manière que nous nous sommes rencontrés, au cas où tu l'aurais oublié.

— Comment aurais-je pu ? demanda-t-il d'un ton ironique qui ne l'apaisa pas tout de suite. D'abord, j'ai rencontré des femmes… comme ça.

Il expira doucement, puis reprit.

— Deuxièmement, et c'est le plus important, je ne mens pas. C'est très différent de tout ce que j'ai pu faire ou connaître, affirma-t-il.

Il lui caressa la joue, la mâchoire, et elle sentit que sa bouche n'était qu'à un souffle de la sienne.

— Ne sais-tu pas à quel point tu es différente, Lavinia ? À

quel point tu es précieuse et merveilleuse ? Je n'ai jamais aimé aucune d'entre elles.

Une sensation de joie se libéra et se propagea en elle.

— Tu m'aimes ?

— Plus que tout. Plus que la musique. Plus que les mots. Plus que ma vie.

Rien de ce qu'il aurait pu dire n'aurait pu avoir plus de signification pour elle. Elle se sentait très bête d'avoir été jalouse.

— Je suis une femme mesquine, n'est-ce pas ?

— Tu as le droit d'exprimer tes émotions, et je ferai de mon mieux pour répondre à tes préoccupations. Mais sache ceci, Lavinia : je t'aime. Je t'aime.

— Oh, Beck ! Je t'aime aussi.

Elle avait l'impression que son cœur allait exploser.

Il l'embrassa encore, d'abord plus tendrement, puis de façon de plus en plus pressante lorsqu'elle déplaça sa main contre lui. Elle descendit à nouveau vers son sexe et elle resserra sa prise sur lui.

Il haleta, rompant le baiser, et elle craignit de lui avoir fait mal. Elle relâcha la main.

— Je suis navrée. Je n'ai aucune idée de ce que je fais.

— Tu t'en sors magnifiquement bien. Je t'en prie, ne t'arrête pas.

Elle le saisit à nouveau.

— Ce n'est pas trop serré ?

— Non, répondit-il.

La tension de sa voix la fit hésiter un instant, jusqu'à ce qu'elle se rende compte que c'était ainsi qu'il parlait lorsqu'il était excité.

Et à en juger par la longueur et la circonférence de sa verge à cet instant, il l'était *vraiment*.

— S'il te plaît, bouge ta main.

Elle fit glisser sa paume jusqu'à la pointe, puis redescendit.

— Comme ça ?

— Oui, s'il te plaît. Plus vite.

Oh ! Lui aussi aimait aller plus vite. Comme c'était charmant ! Elle sourit intérieurement et accéléra le rythme. Il lui répondit en taquinant ses replis et en introduisant un doigt en elle. Le désir se mua en lubricité flagrante, et elle ne put s'empêcher d'avancer ses hanches, en quête de plus.

— Lavinia, pose ton pied sur cette étagère.

— Quelle étagère ?

— *N'importe quelle* étagère.

Elle leva le pied et en trouva une. La position l'ouvrait à son toucher, et il enfonça deux doigts en elle, arrachant un cri à la jeune femme.

— Maintenant, sors ma verge de mes vêtements pour que je puisse te toucher, s'il te plaît.

— Tu es tellement poli ! murmura-t-elle, saisissant sa chair, et se servant de son autre main pour écarter les vêtements de Beck.

— Cela me demande beaucoup d'efforts.

On aurait dit qu'il serrait les dents. Il passa la jupe de Lavinia derrière sa jambe, la coinçant entre sa cuisse et le mur. Puis il lui agrippa la taille et la souleva légèrement avant de se nicher entre ses jambes.

— Guide-moi en toi, mon amour.

Elle eut du mal à le placer selon le bon angle, mais après plusieurs tentatives et un basculement de ses hanches, il la pénétra. Le plaisir l'envahit aussitôt, promesse de l'extase à venir.

— Maintenant, accroche-toi à moi, quoi qu'il arrive.

Il la plaqua contre le mur avec son corps, la soulevant tandis qu'il s'enfonçait profondément en elle. Elle ferma les yeux, bascula la tête en arrière, et posa le pied sur une autre étagère. De son autre pied, elle cherchait un point d'ancrage pour qu'il ait moins à la soutenir et qu'il puisse se concentrer davantage sur ses coups de reins. Bon sang ! Elle avait besoin qu'il bouge !

Elle finit par appuyer le pied contre la porte, s'ouvrant plus largement à lui, puis elle s'agrippa à son cou lorsqu'il s'enfonça en elle ; ce ne fut pas une lente montée. Elle fut projetée au sommet, où elle flotta quelques instants avant que l'extase ne la submerge, l'emportant plus haut.

Il l'embrassa, leurs lèvres et leurs langues cherchant à s'accrocher l'une à l'autre entre leurs respirations frénétiques. Puis Beck la pénétra très profondément, et tout son corps se tendit. Il gémit dans la bouche de Lavinia. Elle le voyait bien, il essayait de rester aussi silencieux que possible. Elle ne pouvait qu'imaginer l'impression que cela donnait à l'extérieur de leur havre de paix. Après quelques coups de reins supplémentaires, elle le sentit se détendre, légèrement, alors qu'il reprenait le contrôle de son corps.

Elle lui caressa le visage, et sentit la sueur sur son front.

Il se retira d'elle et laissa redescendre ses jambes, jusqu'à ce qu'elle se tienne debout.

— Tout va bien ?

Elle hocha la tête avant de se rendre compte qu'il ne pouvait pas la voir.

— Oui. Un peu flageolante.

— Désolé. Et un peu salie.

La voix de Beck était empreinte d'une nuance de regret.

— C'est à cela que servent les jupons, idiot.

Elle se baissa et souleva sa robe. Elle découvrit le dessous de son jupon que personne ne verrait jamais, puis s'en servit maladroitement pour l'essuyer, en repoussant ses mains.

— Tu n'étais pas obligée de faire ça, lui dit-il.

— J'en avais envie.

Elle entreprit de se nettoyer.

Il embrassa ses lèvres, ses joues, son front.

— Tu es une femme extrêmement attentionnée.

— J'ai l'esprit pratique.

Il éclata de rire.

— Certes. Un grand esprit pratique.

Elle sentit qu'il s'était détendu, et elle en fut soulagée.

— Je suppose que je devrais retourner au bal.

— Je te raccompagne.

— Non, pars, dit-elle. Je dirais que j'étais dans la salle de repos. Ainsi, personne ne se doutera de rien.

Il gémit doucement.

— Je ne voulais pas risquer un scandale. Mais qu'y puis-je ? Tu es irrésistible.

— Et insatiable.

— Oui, et ne change jamais, lui demanda-t-il avant de l'embrasser à nouveau. Prête ?

Elle souffla. Elle n'était pas tout à fait prête à le quitter, mais elle était consciente qu'elle le devait.

— Oui.

Il entrouvrit la porte, juste assez pour laisser passer un peu de lumière. Il ramassa les gants de Lavinia et les lui tendit.

Elle les enfila pendant qu'il cherchait les siens et faisait de même.

— Je te vois demain à l'église, alors ?

— Oui.

Elle tapota ses cheveux et appuya ses mains sur ses joues, se disant qu'elle passerait vraiment par la salle de repos, à la fois pour étayer son alibi et pour s'assurer qu'elle n'avait pas l'air échevelée. Elle se *sentait* échevelée, et c'était grandiose.

Déposant un dernier baiser sur ses lèvres, elle murmura :

— Je t'aime.

Alors qu'elle quittait le placard, elle l'entendit répondre :

— Pas autant que je t'aime.

CHAPITRE 16

*Que la vengeance, la justice des ténèbres, s'abatte sur les hommes
malveillants !
Car nulle femme ne devrait jamais avoir à endurer un si terrible
dénouement.
Ce que le péché a infligé aux justes et aux affables,
Trouvera un châtiment cruel à la lumière du diable.*

-Écrits de Beck

Alors que Beck entrait chez *White's*, la tension que
Lavinia avait chassée par ses caresses le saisit une
fois de plus. Avant le bal, il était incroyablement remonté, et
il savait que son comportement avait alarmé Lavinia pendant
qu'ils dansaient. Et puis Sir Martin avait décidé de se
comporter comme un âne, et Beck avait failli basculer.

Parfois, la colère prenait le dessus. Pas autant que le
besoin d'être seul, mais lorsque la rage l'envahissait, il n'était
pas toujours facile de s'en défaire. Il n'avait sûrement pas

réussi. Il l'avait simplement mise de côté le temps qu'il puisse la laisser l'habiter. Ce qui était le cas maintenant qu'il était ici.

Il ignorait où il pourrait trouver Haywood, mais il savait que le *White's* était le club préféré de cette canaille. Beck parcourut les pièces principales, puis s'installa dans le petit salon, d'où il pouvait observer le hall d'entrée et les arrivées des gentlemen.

Il but un whisky, lentement, pour ne pas perdre la tête, et attendit.

Plus d'une heure après son arrivée, Haywood pénétra dans le hall. Il ne vint pas dans le petit salon, mais poursuivit tout droit jusqu'à l'escalier principal. Beck laissa passer une minute, puis le suivit à l'étage. Il retrouva sa proie dans la salle du café, assis à une table avec un autre gentleman que Beck reconnut à peine.

Agrippant son verre, Beck se dirigea vers la table.

— Puis-je m'asseoir ?

Haywood leva le nez vers lui.

— Ne vous ai-je pas croisé ce matin ?

— Effectivement, confirma Beck qui s'assit et adressa un signe de tête à l'autre gentleman.

— J'étais justement en train de raconter cette débâcle à Goodwin, dit Haywood en secouant la tête. Quelle idiote ! Tant pis, c'est elle qui portera le poids de son erreur. Laurence s'en sortira très bien.

Goodwin, dont Beck se souvenait vaguement à présent, hocha la tête. Il avait le même âge que Haywood, une quarantaine d'années au moins, et aussi le même état d'esprit, apparemment.

— Elle le regrettera, si ce n'est déjà fait.

Haywood ricana.

— Je suis sûr que c'est le cas. Elle est peut-être chez mon cousin en ce moment même, à le supplier de la reprendre.

La conversation donnait à Beck l'envie de les frapper tous les deux, mais il avait un objectif et ce n'était pas celui-là. Il espérait vraiment que Goodwin s'en irait. Hélas, il dut subir sa présence pendant un moment avant qu'il ne s'excuse.

Haywood en était à son troisième verre de whisky, tandis que Beck n'en était qu'au second, qu'il buvait toujours lentement. Il avait enfin sa chance.

Beck rapprocha sa chaise de Haywood et but une gorgée.

— Je voulais vous demander quelque chose. Vous semblez être un homme d'une certaine… expertise.

L'autre homme haussa les sourcils et la curiosité éclaira son regard derrière le voile de whisky qui l'embrumait.

— Expertise, hein ?

— Vous aviez une certaine réputation avant votre mariage, qui n'est pas si différente de la mienne.

Haywood laissa échapper un rire guttural.

— Vous êtes un séducteur ? demanda-t-il, levant son verre pour porter un toast. Le seul moyen de survivre.

Beck ravala son dégoût et afficha un bref sourire.

— Il se trouve que je suis fiancé depuis cet après-midi.

— C'est vrai ? Bon sang ! Nous aurions dû célébrer votre réussite, ou nous désespérer de votre mise aux fers imminente, s'exclama-t-il.

Il éclata d'un rire sonore avant de boire une gorgée.

— Qui est l'heureuse veinarde ? demanda-t-il avec un clin d'œil grivois.

Beck avait envie de frapper cet homme et de lui dire de ne jamais parler de sa future femme de cette manière, mais il devait se concentrer sur sa mission. Il n'avait pas vraiment envie de prononcer son nom en sa présence, comme si cela pouvait suffire à la souiller.

— Lady Lavinia Gillingham.

— La gamine de Balcombe ? Elle est un peu bizarre, non ? s'enquit-il.

Il grimaça et s'excusa, montrant qu'il n'était peut-être pas complètement idiot, même si Beck n'était pas sûr d'y croire.

— J'ai bu un peu de whisky ce soir, et parfois ma langue me joue des tours !

Haywood éclata de rire à nouveau. Il but encore une gorgée, sans paraître s'inquiéter le moins du monde du fait qu'il était en bon chemin pour être ivre, et qu'il risquait de contrôler encore moins bien sa langue.

— J'espère que vous serez très heureux ensemble. Aussi heureux qu'on puisse l'être dans le mariage.

Il adressa un regard sévère à Beck, puis hocha la tête pour faire bonne mesure.

— En fait, c'est sur ce point que j'aimerais être conseillé. Vous voyez, j'ai une maîtresse et elle se montre un peu difficile, raconta-t-il, levant les yeux au ciel, essayant de ne pas s'étrangler avec cette histoire révoltante. Elle a menacé de révéler son existence à ma femme, et je ne peux pas me le permettre.

— Avez-vous essayé de la payer ? C'est le moyen le plus simple de se débarrasser d'une garce qui s'accroche.

Bon sang ! Cet homme était répugnant !

— Oui, mais je ne suis pas certain de pouvoir lui faire confiance pour garder le silence.

— Faites établir un contrat. Bon sang ! Vous pouvez même le rédiger vous-même et prétendre que votre avocat s'en est chargé. En général, ça les terrorise.

— Vous semblez avoir une très grande expérience dans ce domaine.

Haywood haussa les épaules.

— C'est vous qui m'avez qualifié d'expert.

Il rit à nouveau, puis termina son whisky. Son regard erra dans la salle jusqu'à ce qu'il aperçoive un valet de pied, qui inclina la tête pour lui indiquer qu'il allait chercher un autre verre.

Baissant la voix, Haywood se pencha sur la table et se tourna face à Beck.

— Si ce plan ne fonctionne pas, puis-je vous suggérer de recourir à la menthe pouliot ? On s'en sert pour se débarrasser des bébés non désirés, mais si la garce en prend suffisamment, vous pouvez en être définitivement débarrassé.

Ses sourcils remontèrent vers son crâne chauve juste avant qu'il ne plisse les yeux avec un signe de tête complice.

Les mots pénétrèrent le cerveau de Beck avec une douleur fulgurante. Était-ce ce qu'il avait fait à Helen ? Elle avait été empoisonnée. Attendait-elle un enfant ? Beck faillit exploser à ce moment-là.

Mais il tint bon, et il feignit la surprise.

— Êtes-vous en train de suggérer qu'elle pourrait... mourir ?

Haywood tressaillit et fit un signe de la main vers le sol, car le valet de pied venait d'arriver avec son whisky. L'homme récupéra le verre vide et s'en alla avant qu'il ne réponde.

— Cela peut arriver, chuchota-t-il. J'en ai donné à une fille une fois, il y a des années, et elle en a pris trop, non pas que cela m'ait dérangé. Elle exigeait que je l'épouse. À cause d'un bébé, bien sûr. Mais ce n'était absolument pas dans mes intentions. Je n'étais pas encore prêt à m'installer, dit-il avec une moue exagérée. Laquelle était-ce, déjà ?

Cette ordure ne s'en souvenait même pas.

Ce devait être Helen. *Forcément.*

Avec un haussement d'épaules, Haywood prit son nouveau verre.

— En tout cas, cela s'est révélé très efficace, et je m'en suis servi à plusieurs reprises depuis. La menthe pouliot, vous pourrez en obtenir chez n'importe quel apothicaire.

La rage envahit Beck, le paralysant presque. Mais il se rapprocha de Haywood lorsqu'il porta son verre à ses lèvres.

— S'appelait-elle Helen ? demanda Beck à voix basse. Petite, avec des cheveux noirs, presque comme une fée des bois.

Haywood le regarda en cillant, le verre immobile devant sa bouche.

— Oui, c'était elle.

Beck vit sur les traits de l'homme qui commençait à comprendre.

— Elle ne me ressemblait pas du tout, bien que nous ayons le même père, grogna-t-il. Vous avez assassiné ma sœur, espèce de sale ordure !

Il bouscula Haywood. Son verre lui vola au visage et il tomba de sa chaise.

Sur le sol, écroulé en un tas disgracieux, Haywood s'essuya le visage.

— C'était votre sœur ? Helen *Beckett*. Bon sang ! J'avais oublié, dit-il, soudain blême. Je ne l'ai pas assassinée. Nous voulions seulement nous débarrasser du bébé.

— « Nous » ! cracha Beck. Il n'y avait pas de « nous », vous vous contentiez d'exercer votre influence sur une jeune femme vulnérable. Levez-vous !

Haywood tressaillit.

— Pourquoi ?

— Pour que je puisse vous défier en duel, ordure !

L'homme pâlit davantage, si c'était encore possible.

— Non.

— Alors je vais le faire pendant que vous restez allongé comme un lâche.

Tout le monde dans la salle s'était tourné pour voir d'où venait le grabuge. Beck haussa la voix pour s'assurer que les gens l'entendent.

— J'exige satisfaction. Pour le meurtre de ma sœur. Nommez votre second. Le mien est le comte de Ware.

Beck ne le lui avait pas demandé, bien sûr, mais il était

certain que Felix serait d'accord. Bon sang ! Ils ne pouvaient pas se battre en duel le lendemain, car c'était un dimanche.

— Lundi à l'aube. Hyde Park, annonça-t-il avant de se pencher en montrant les dents. Et ne songez même pas à fuir la ville demain. Je vous retrouverai.

Goodwin revint et aida Haywood à se lever, puis ce dernier s'essuya le visage inefficacement.

Beck laissa libre cours à sa fureur.

— Vous avez manqué un endroit.

Il envoya son poing dans le menton de l'homme, lui fendant la lèvre. Haywood s'écroula à nouveau, et le sang s'écoula de la coupure.

— Était-ce nécessaire ? demanda Goodwin avec colère.

— Plus que cela, répondit-il, se penchant à nouveau au-dessus de Haywood. Envoyez le nom de votre second à Ware avant midi demain, ainsi que votre choix d'arme. Je suis assez habile au pistolet ou à l'épée.

Avec un dernier ricanement, Beck tourna les talons et sortit à grands pas de la pièce. En descendant, il croisa des gentlemen curieux qui se hâtaient de monter dans la salle du café pour voir ce qui s'y passait. La nouvelle de l'altercation s'était répandue, et continuerait à le faire.

Il chassa cette idée de son esprit et quitta le club rapidement. Il avait hâte d'être à lundi.

~

Beck était arrivé à l'église juste avant le début du service, se faufilant de justesse pour s'asseoir à côté de Lavinia. Ils ne pouvaient pas parler, mais elle lui adressa un sourire chaleureux, et posa sa main sur la sienne. Il tressaillit, et sa main trembla légèrement. Le sourire de la jeune femme s'évanouit, mais il serra ses doigts rapidement pour la rassurer.

Après le service, ils sortirent dans le vestibule, où plusieurs personnes les félicitèrent pour leurs noces à venir. Lavinia commençait à se lasser de toute cette attention, d'autant plus que chacun jugeait nécessaire de souligner la brièveté de leurs fiançailles, comme s'il s'agissait d'une bizarrerie, ce qui n'était pas le cas. Elle en venait à regretter de ne pas avoir demandé de permis spécial. Beck et elle auraient pu se marier le lendemain, plutôt que dans quinze jours.

La mère de Lavinia rejoignit un petit groupe de femmes dans un coin, tandis que son père conversait avec une poignée de gentlemen. Dès qu'elle se retrouva seule avec Beck, elle lui prit la main.

— As-tu un problème à la main ?

Avant qu'il puisse répondre, son père vint vers eux à grands pas, l'air sombre. Il jeta un regard noir à Beck.

— Je pense que nous devrions sortir. *Maintenant.*

Beck ne sembla pas le moins du monde surpris par le ton de son père ou par son expression rageuse, sûrement parce qu'il ignorait que *jamais* son père n'avait eu cet air-là.

— Oui, sans doute.

Beck paraissait résigné lorsqu'il se tourna vers la sortie.

Lavinia resserra sa prise sur sa main.

— Je viens avec vous.

Son père lui jeta un regard noir.

— Non. Ce n'est pas une conversation pour les jeunes femmes.

— Si cela concerne Beck, cela me concerne.

Elle n'allait pas le laisser l'exclure. Passant sa main autour du bras de son futur mari, elle les mena tous les deux à l'extérieur.

Ils se placèrent à côté de la porte et son père ne perdit pas un instant pour en venir au fait.

— Pourquoi diable défier Haywood en duel ?

Les muscles de Beck se contractèrent sous le bout de ses

doigts en même temps que les siens se relâchaient, et elle craignit de tomber à la renverse.

— C'était nécessaire, répondit Beck d'un ton acerbe et glacial.

Lavinia se tourna et retira son bras du sien. Ses jambes étaient flageolantes, mais elle refusait de montrer une quelconque faiblesse. Elle fixa Beck, dont le regard était stoïque, et la bouche figée dans une moue dure. Elle reconnaissait à peine cet homme.

— Tu as provoqué Haywood en duel ?

— Il a assassiné ma sœur.

Elle vacilla, et Beck tendit les bras pour la stabiliser. Son visage était marqué par l'inquiétude.

— Est-ce que tu vas bien ?

— *Non* ! Ta sœur a été assassinée, et tu vas te battre en duel. Comment pourrais-je aller bien ?

— S'il est effectivement impliqué dans sa mort… J'ignorais qu'elle avait été assassinée ! s'exclama son père, blême. S'il est impliqué, vous devez en informer la police à Bow Street.

— Il me l'a avoué en face. J'ai exigé satisfaction, l'informa Beck, bouillonnant de colère. Seriez-vous en train de me dire que si un homme tuait votre sœur et s'en tirait pendant seize ans, vous n'exigeriez pas satisfaction ?

Le père de Lavinia détourna brièvement le regard, avant de regarder Beck avec pitié.

— Je comprends. Cependant, sans père pour vous guider, j'espère que vous accepterez mes conseils. Ce n'est pas la bonne solution.

— Non, vraiment pas, insista Lavinia.

Elle se tourna vers son père, reconnaissante de l'attention qu'il portait à son futur mari.

— Papa, je vais demander à Beck de me ramener à la

maison dans son phaéton, l'informa-t-elle, sans lui demander la permission. À tout à l'heure.

Elle l'embrassa sur la joue, lui tirant un petit grognement de surprise.

Il regarda Beck.

— Réfléchissez à ce que j'ai dit.

Beck ne répondit pas, mais offrit son bras à Lavinia, qu'il escorta jusqu'à son véhicule. Après l'avoir aidée à monter, il lui dit :

— Tu ne me feras pas changer d'avis.

— Je le dois. Nous devons nous marier dans quinze jours. J'aimerais autant ne pas avoir à t'enterrer d'abord.

Elle tentait de mettre un peu de légèreté dans la situation, mais finit par être saisie d'un sentiment de détresse.

— Tu ne vas pas m'enterrer. Haywood est un lâche et probablement un piètre tireur.

— Alors je ne veux pas que sa mort vienne perturber le début de notre vie commune, affirma-t-elle.

Elle se tourna vers lui pendant qu'il amenait le phaéton dans la rue.

— Je t'en prie, Beck, tu ne peux pas faire ça.

— Je peux, et je le dois. Il a tué ma sœur.

Elle sentait la fureur qui se dégageait de lui par vagues, comme un feu de joie. Peut-être pourrait-elle l'apaiser un peu et lui faire retrouver la raison ?

— Que s'est-il passé ? Est-ce la raison pour laquelle tu t'es comporté de manière si étrange au bal hier soir ?

Il lui fallut un moment pour répondre. Il paraissait avoir du mal à trouver ses mots aujourd'hui, ce qui était curieux dans la mesure où ils faisaient partie intégrante de son identité.

— J'ai reçu une lettre de ma sœur Margaret. Elle y disait que Haywood était l'homme qui avait fait espérer le mariage à ma sœur. Au vu de sa réputation, j'ai voulu savoir ce qui s'était passé et je lui ai demandé des conseils par rapport à ma maîtresse.

Elle n'aurait pas cru possible de se sentir plus désemparée.

— Tu as une maîtresse ?

— Bien sûr que non ! la rassura-t-il à la hâte. Je pensais ce que je t'ai dit hier. Je t'aime, Lavinia. Il n'y a que toi.

Et Haywood, apparemment. À l'évidence, Beck ne l'aimait pas, mais pour l'instant, il se dressait entre elle et l'homme qu'elle aimait.

— Il m'a suggéré de me débarrasser d'elle avec de la menthe pouliot, qui est toxique, ingérée en grande quantité.

Lavinia avait entendu parler de cette herbe.

— On s'en sert aussi pour se débarrasser des bébés non désirés, dit-elle tout bas, incrédule. Ta sœur était-elle… enceinte ?

Elle vit les mains de Beck serrer les rênes, et les muscles de sa mâchoire se contracter.

— Oui. Et comme il ne voulait pas l'épouser, il l'a tuée, expliqua-t-il. Je suis heureux que mon père ne soit pas là. En fait, je hais l'idée qu'il soit mort en pensant que Helen s'était suicidée.

Sa voix se brisa sur la fin.

Lavinia avait envie de le serrer dans ses bras, mais elle ne pouvait pas le faire sans provoquer un accident. Elle lui toucha le bras, les yeux brûlants de larmes.

— Je suis sincèrement désolée. Je peux comprendre ce que tu ressens.

— Je ne crois pas que tu le puisses. Si tu le pouvais, tu saurais qu'il faut que je le rencontre demain. L'honneur de ma sœur est en jeu. Sais-tu à quel point cela a été horrible pour ma famille de vivre en sachant qu'elle s'était donné la mort et de garder ce secret pour la protéger ainsi que notre famille ? demanda-t-il, élevant la voix. C'est une foutue torture, et ce n'était pas nécessaire. Elle ne s'est *pas* suicidée. Haywood l'a tuée. Ainsi qu'un enfant innocent.

Lavinia fut prise de nausée. La détresse qui se dégageait de sa voix lui arracha des larmes qui coulèrent sur ses joues.

— Voilà pourquoi tu ne peux pas le tuer. Il a mal agi. *Toi*, tu ne dois pas le faire. S'il a reconnu son crime, tu peux le faire arrêter. Il sera jugé et pendu.

— Peut-être. Ou peut-être que le juge fera preuve de clémence et qu'il ne sera que déporté ou même moins. C'est un pair, et je doute qu'il soit pendu. Lavinia, il mérite de mourir pour ce qu'il a fait. Douloureusement.

Les ténèbres et la haine dans la voix de Beck l'effrayaient.

— Écoute-toi, dit-elle doucement. Tu n'es pas le Beck que je connais, l'homme dont je suis tombée amoureuse.

Ils roulèrent en silence pendant plusieurs minutes, jusqu'à ce qu'il tourne dans Park Street.

— Je suis le même homme. C'est moi, Lavinia. Tout entier. Je… ressens les choses… intensément.

Évidemment. Sinon, comment aurait-il pu écrire de si beaux poèmes ou jouer une musique aussi merveilleuse ? Il arrêta le phaéton devant sa maison et elle se tourna complètement vers lui.

Elle s'essuya les joues avec le dos de son gant.

— Je le sais bien, et je t'aime tellement pour ça. Je sais à quel point tu dois le haïr, mais si tu le tues, tu seras anéanti. *Justement* parce que tu ressens si intensément les choses.

— Lavinia, je ne peux pas le laisser s'en tirer comme ça. Je ne *peux pas*.

— Et je ne peux pas te regarder faire. Et s'il te tue ? Et si j'étais enceinte, et que je devais élever notre enfant sans père ?

Ses yeux s'écarquillèrent légèrement, et elle eut une lueur d'espoir en constatant qu'elle avait enfin réussi à l'atteindre.

— Il ne le fera pas. Je vais tuer Haywood demain. Il ne peut pas en être autrement.

Il descendit et commença à faire le tour du phaéton, mais elle se débrouilla toute seule. Elle ne voulait pas de son aide, pas quand il se comportait comme un vrai crétin.

Il fronça les sourcils en la regardant.

— J'allais t'aider à descendre.

— Je sais. Mais je ne veux pas de ton aide pour le moment. Je ne suis même plus sûre de vouloir me marier avec toi maintenant. Quel genre de mariage aurons-nous si tu ne m'écoutes pas ?

— *Moi*, je ne t'écoute pas ? On dirait que tu n'as pas entendu qu'il avait *tué ma sœur* !

Les yeux de Beck s'embrasèrent alors qu'il la fixait.

— Si, je t'ai entendu, répondit-elle sèchement. Et la solution, c'est de le faire arrêter, pas de risquer ta vie ou d'enfreindre la loi. Se battre en duel est illégal !

— Personne n'ira me le reprocher.

— Je vois qu'il est impossible de te faire entendre raison. Je ne peux qu'imaginer à quoi ressembleront les cinquante prochaines années.

— Qu'es-tu en train de me dire ? demanda-t-il d'une voix très grave.

— Je suis en train de dire que tu n'es qu'un crapaud têtu, et que maintenant, je rentre. Si tu n'annules pas ce duel, je…

Elle ignorait ce qu'elle ferait. Elle l'aimait. Tellement. Mais ce nuage qu'il traînait avec lui était bien plus inquiétant qu'elle ne l'avait cru. S'il refusait de l'écouter, pourrait-elle rester là à le regarder se noyer dans la colère ou le désespoir ?

— Tu vas quoi ? demanda-t-il doucement.

— Je ne sais pas. Et je t'en prie, ne m'oblige pas à le découvrir.

Elle se retourna et entra dans la maison, où, pour la première fois de sa vie, elle s'effondra totalement.

CHAPITRE 17

Douce dame de science, tu tempères le brasier,
Et domptes mon cœur sauvage qui s'agite sur le bûcher.
L'amour perdu dans le rêve où vivent les chansons et les histoires,
Revêt ta douce lumière et dissipe ce sortilège noir.
Avec chaleur et passion, tu bénis ce pauvre chevalier,
Mon âme et mon avenir, tu les as sûrement sauvés.

-Écrits de Beck

*B*eck sauta à bas de son phaéton, d'une humeur plus sombre qu'avant de se rendre à l'église, ce qu'il n'aurait jamais cru possible. Le palefrenier récupéra le véhicule tandis qu'il se précipitait vers la porte, que Gage ouvrit avec empressement.

— Vous êtes pressé, my lord.

Beck lui répondit par un grognement, et fila dans son bureau, claquant la porte derrière lui. Se débarrassant de son chapeau, de ses gants, de sa veste, de sa cravate et de son gilet, il se saisit d'une guitare et commença à jouer. Fort. De manière discordante. Avec hargne, haine et désespoir.

Puis il fit l'impensable. Il abattit l'instrument sur la cheminée. Le bois se brisa, des morceaux volèrent et d'autres tombèrent dans les braises. Il leva l'instrument en ruines et s'effondra sur le sol, où il resta assis pendant un temps indéterminé.

Rejetant la guitare sur le côté, il s'étendit sur le tapis, étirant ses jambes alors qu'il contemplait le plafond. Quelque part à l'intérieur, une petite partie de lui craignait que Lavinia n'ait raison, que tuer Haywood ne fasse que l'anéantir. Mais il ne pouvait pas laisser faire.

Il entendit des voix dans la pièce voisine et s'assit un instant avant qu'on ne frappe à sa porte.

— Entrez.

Gage entra et referma la porte derrière lui.

— My lord, un policier de Bow Street est ici pour vous voir.

Diantre !

Son majordome lui tendit la main, que Beck serra, et il l'aida à se remettre debout.

— Il est dans le salon.

Beck se mit en quête des vêtements dont il s'était débarrassé, mais Gage trouva le gilet et la cravate en premier. Il posa les yeux sur la guitare cassée au moment où il l'enfilait.

— Y avait-il un problème avec votre instrument ? s'enquit-il.

— Non.

Prenant la cravate, Beck la passa autour de son cou, sans se soucier de savoir s'il le faisait correctement. Le majordome s'avança et prit le relais, nouant la soie d'un geste expert. Lorsqu'il eut terminé, il récupéra la veste et l'apporta pour que Beck la passe.

— C'est mieux, dit le domestique d'une voix douce avant d'ouvrir la porte.

Beck fit son entrée dans le salon, où un homme trapu doté d'une épaisse chevelure roux foncé patientait près de la fenêtre. Il se retourna et s'inclina.

— Bonjour, my lord. Je suis venu vous entretenir de Lord Haywood.

Beck n'était pas surpris, juste très déçu. Il voulait demander qui avait dénoncé Haywood à Bow Street, mais il était certain de le savoir. Il ne dit rien. Il resta debout et attendit que le policier poursuive.

— Je m'appelle Mason, se présenta-t-il. Puis-je m'asseoir ?

— Oui.

Le policier jeta un œil au canapé, puis posa un regard incertain sur Beck, et finalement, il ne bougea pas.

— J'ai cru comprendre que Lord Haywood vous avait avoué un crime.

Il ne pouvait le nier. Tout comme il ne pouvait pas tuer l'homme, pas maintenant.

— Un meurtre.

— Oui, confirma le policier qui remua, mal à l'aise, son cou se colorant légèrement. Votre sœur, si j'ai bien compris. Cela a dû être un choc. Je comprends pourquoi vous ne vous êtes pas manifesté immédiatement.

De toute évidence, c'était une histoire qu'il racontait, et tous deux en étaient conscients. Mais le policier ne pouvait pas mentionner le duel.

— Comment l'avez-vous découvert ?

Beck n'avait pas eu l'intention de poser la question, mais elle était sortie malgré lui.

— Par plusieurs personnes, en fait. Lord Balcombe et sa fille sont venus nous rendre visite, ainsi que Lord Ware.

Ce maudit Felix avait agi dans son dos ? Beck craignait de

casser une deuxième guitare lorsqu'ils auraient terminé. Non… il n'en ferait rien.

— Pourriez-vous nous fournir un témoignage détaillant ce que Lord Haywood a dit ?

— Oui, répondit-il, même si l'idée de devoir revivre ce que cette bête avait fait à Helen le rongeait de l'intérieur. Quand ?

— Maintenant, si vous le pouvez.

— D'accord.

Il s'assit enfin, s'installant sur un fauteuil près de l'âtre et se tenant bien droit en répétant précisément ce qu'avait avoué Haywood. Il termina en précisant :

— Il devrait être pendu.

— Et il le sera sûrement, affirma le policier.

Il avait fini par s'asseoir sur le canapé, dont il se releva.

— Merci pour votre temps, my lord. Vous aurez de mes nouvelles très bientôt.

Il quitta la pièce à grands pas et Beck s'effondra dans son fauteuil.

Quelques instants plus tard, Gage entra, la démarche hésitante, la silhouette légèrement… affaissée. Il s'arrêta près du canapé et regarda Beck.

— Je suis incroyablement désolé pour ce qui est arrivé à votre sœur.

Il n'était pas surpris d'entendre que le majordome avait écouté. Il le faisait occasionnellement, et, à chaque fois, c'était une chose que Beck n'aurait pas voulu répéter. Cependant, il ne voyait pas d'inconvénient à ce que Gage le sache.

— Vous avez le don d'être exactement là où j'ai besoin de vous, quand j'ai besoin de vous.

— Je fais de mon mieux.

— Asseyez-vous, proposa Beck avec un signe de tête en direction du canapé. Si vous voulez.

Gage s'abaissa lentement sur le coussin.

— J'ai senti que vous étiez dans un état particulier. Hier déjà, et aujourd'hui avec la guitare. Il est déjà assez étrange que vous vous soyez fiancé sans rien laisser paraître, et puis tout cela, avec votre sœur.

Beck pinça les lèvres, songeant aux observations du domestique.

— Croyez-vous que mes fiançailles soient liées à… ceci ?

— Pas directement. Mais vos émotions, qui sont extrêmement profondes, comme nous le savons, sont peut-être à leur comble. Aussi bien les bonnes que les mauvaises. Vos fiançailles vous ont rendu heureux, n'est-ce pas ?

— Plus que je ne l'ai jamais été. Je l'aime plus que tout, Gage.

Même s'il était en colère contre elle à cet instant, même s'il se sentait trahi, il l'aimait.

L'expression du majordome s'adoucit.

— Je m'en doutais. Et pourtant, apprendre ce qui est arrivé à Mlle Beckett vous a fait basculer à l'autre bout du spectre.

— Oui.

C'est à peine s'il parvint à articuler le mot. Son esprit bascula dans un ravin où la lumière du soleil se déversait sur un enchevêtrement de lianes et de branches qui cherchaient à le clouer au sol. Il leva les yeux vers la lumière. Il *voulait* la lumière. Lavinia était sa lumière.

— Peut-être existe-t-il un moyen pour vous de passer à l'autre extrémité. Celle où se trouve Lady Lavinia, ou plutôt, vos sentiments pour elle.

— J'étais justement en train d'y penser.

Des mots se formaient et se rejoignaient dans son esprit. Les ombres cédèrent la place à une lueur chaude, mais pas totalement. Ce n'était jamais aussi simple.

Beck se leva.

— Il faut que j'écrive.

— Bien sûr, répondit Gage qui se leva à son tour. Dois-je commencer la transformation de cette pièce en bureau pour Madame ?

— Oui, et faites ajouter une porte, répondit Beck.

Il se dirigea vers la porte existante, et s'arrêta sur le seuil. Il se retourna.

— Merci, Gage. Je ne le dis jamais assez, mais sans vous, je crois que je me serais noyé dans l'abîme depuis longtemps.

— C'est un plaisir pour moi de vous aider. De n'importe quelle manière. Permettez-moi de vous dire à quel point le personnel est heureux d'apprendre vos fiançailles. Si vous êtes d'accord, nous aimerions porter un toast à votre santé ce soir.

— J'en serais très heureux, merci.

Beck se retourna et se dirigea vers son bureau d'un pas beaucoup plus léger que lorsqu'il l'avait quitté.

Une fois encore, il se débarrassa d'une partie de ses vêtements, puis il s'assit et commença à écrire.

~

Cette journée avait été l'une des plus longues de la vie de Lavinia. Elle se sentait totalement épuisée et peinait même à se brosser les cheveux. Mais, puisqu'elle avait envoyé Carrin se coucher, elle devait se débrouiller.

Elle prit sa brosse et alla s'asseoir devant les fenêtres. La lumière des bougies sur sa table de chevet diffusait une chaude lueur, et elle fut bientôt plongée dans un état de somnolence. Elle ne s'était pas sentie aussi sereine de toute la journée,

À l'exception de ces quelques moments à l'église où elle avait été assise à côté de Beck, son corps effleurant le sien, son parfum emplissant l'air autour d'elle, l'amour qu'elle lui portait la remplissant de joie.

Elle l'aimait encore. Même s'il la détestait, ce qui était fort possible après ce qu'elle avait fait cet après-midi-là.

Elle s'était réfugiée dans sa chambre pour se ressaisir avant l'arrivée de ses parents, mais peu de temps après, son père, *son père*, était monté la voir. Elle lui avait dit qu'elle voulait signaler le crime de Haywood à Bow Street. Il s'était montré patient et d'un grand soutien. Et il avait insisté pour l'accompagner. Non seulement parce qu'il le devait, mais parce qu'il voulait être à ses côtés. Elle avait beaucoup apprécié.

Ensuite, ils étaient rentrés à la maison et avaient passé un après-midi et une soirée tranquilles. Ils avaient même joué aux cartes ensemble après le dîner. Elle ne se souvenait pas de la dernière fois où elle avait autant apprécié leur compagnie. Cependant, elle restait mélancolique, et se demandait comment Beck avait réagi à la visite de Bow Street.

Le policier lui avait dit qu'il irait lui parler. Ils avaient besoin d'entendre son témoignage sur les propos de Haywood. Elle s'attendait à ce qu'il soit furieux contre elle, la question étant de savoir à quel point. Suffisamment en colère pour annuler le mariage ?

Terrifiée à l'idée de commettre une erreur, elle se demanda si elle devait faire de même. Elle avait du mal à suivre ses humeurs et ses émotions.

Mais l'idée de ne pas être avec lui ne faisait qu'accroître sa mélancolie. Elle se rappelait ses paroles, lorsqu'il avait affirmé ne pas pouvoir imaginer un avenir sans elle. Eh bien, elle ne voulait pas d'un avenir sans lui.

Les accents d'une mélodie lui parvinrent, comme un écho dans le vent. Elle ouvrit les yeux, se rendant compte à cet instant qu'elle les avait fermés, et posa sa brosse pour écouter.

Le son lui parvint plus fort. Venait-il de l'extérieur ?

Elle se leva et alla à la fenêtre, plissant les yeux vers la rue.

Beck se trouvait là, debout dans la lumière du réverbère. En train de gratter sa guitare.

Elle ouvrit le loquet et poussa la fenêtre.

Et il chantait.

Sa voix, comme elle s'en doutait, était magnifique. Un baryton puissant qui bourdonnait sur sa peau et s'enfonçait dans son âme. Les paroles étaient pour elle. Elles parlaient d'amour, d'avenir et d'une lumière si brillante qu'elle l'aveuglait.

Elle se tourna vers son chevet pour prendre ses lunettes. Les posant sur son visage, elle revint à la fenêtre et se pencha pour écouter. Il jouait et chantait, et elle tomba à nouveau amoureuse de lui.

Il termina sa chanson, s'arrêta un instant, puis recommença. Allait-il simplement la jouer en boucle ? Elle avait beau avoir envie de l'écouter encore et encore, elle désirait davantage autre chose.

Elle se précipita vers son armoire et trouva une robe de chambre. Elle la passa et noua la ceinture, puis dévala les deux étages et traversa le hall d'entrée. Le valet de pied eut tout juste le temps d'atteindre la porte et de la lui ouvrir.

Lorsqu'elle sortit, Beck jouait encore. La nuit était fraîche et humide, et la pluie menaçait.

Elle marcha jusqu'au trottoir et s'appuya contre la balustrade pour écouter la chanson une fois de plus. Cette fois-ci, lorsqu'il termina, il baissa sa guitare et s'approcha d'elle.

— Dois-je continuer à jouer ? demanda-t-il.

— Oui ! s'écria une voisine de l'autre côté de la rue depuis sa porte d'entrée.

— Ne vous arrêtez pas ! cria une autre voix depuis la maison située à leur gauche.

Lavinia s'esclaffa.

— Je crains que tu n'aies des ennuis maintenant que ton secret a été révélé.

— Quel secret ?

— Ton talent de guitariste, et ta voix, dit-elle avec un regard faussement réprobateur. Tu m'as menti : tu es un merveilleux chanteur. Et tu m'as promis de ne pas mentir.

Il haussa les sourcils.

— Et je ne l'ai pas fait. Tout est histoire de perception. Je pense que je suis un horrible chanteur, tout comme je pense que tu es ce que j'ai vu de plus beau au monde lorsque tu portes tes lunettes. Et tout comme je vois que je me suis comporté comme un âne, déclara-t-il.

Il pencha la tête sur le côté, puis la redressa à nouveau.

— Enfin, je vois que tu as *perçu* que je me suis comporté comme un âne. Je crois toujours que j'avais peut-être raison.

Elle se crispa, ne sachant pas ce que cela signifiait.

— Es-tu en colère contre moi ?

Il secoua la tête.

— Je l'étais. Mais je comprends pourquoi tu l'as fait, et pourquoi c'était la bonne chose à faire. Pour tout le monde. Surtout pour moi. Je pense que tu avais raison de dire que les ténèbres m'auraient enseveli.

Elle s'approcha de lui et effleura son visage, caressant doucement du bout des doigts sa mâchoire, rendue rugueuse par sa barbe naissante.

— Je ne le permettrais pas. Je ne le permettrais jamais.

— Cela veut-il dire que tu veux toujours m'épouser ?

— Bien sûr ! En supposant que tu en aies toujours envie.

Il haussa un sourcil.

— Ma chanson ne t'a pas convaincue ? Bon sang ! Je suis vraiment épouvantable.

Elle éclata de rire.

— Tu es merveilleux. Et tu m'*appartiens*. Pour toujours.

Une goutte de pluie, lourde et froide, atterrit sur son nez. Il se pencha en avant et la lécha, ce qui déclencha un frisson de plaisir le long de sa chair.

— Je dois y aller, dit Beck à contrecœur. La pluie n'est pas bonne pour ma guitare, et je ne peux pas me permettre d'en perdre une autre aujourd'hui.

— Que s'est-il passé ?

Il grimaça.

— Ces ténèbres se sont infiltrées un peu trop loin.

Elle avança, et il plaça sa guitare sur le côté pour qu'elle puisse s'appuyer contre son torse.

— Je t'en achèterai une autre.

— Quel beau cadeau de mariage !

Lavinia l'entoura de ses bras.

— C'est le moins que je puisse faire, vu que tu m'as offert des fossiles.

— Je fais également transformer le salon situé à côté de mon bureau : il deviendra ta bibliothèque personnelle, et ton bureau. Tu auras des étagères remplies de toutes sortes de livres de géologie, de fossiles, et il y aura une porte qui mènera directement à *mon* bureau.

Elle lui sourit.

— Je ne sais pas ce que je préfère.

— Heureusement, tu n'as pas à choisir.

— Toi. Tu es la meilleure partie de tout cela, dit-elle d'une voix douce.

Puis elle se dressa sur la pointe des pieds et l'embrassa, ses lèvres s'accrochant aux siennes alors que la pluie commençait à se déchaîner.

— Viens à l'intérieur !

Il jeta un coup d'œil vers la maison.

— Tes parents ne m'y autoriseront pas.

— C'est absurde. Ils seront ravis de savoir que le mariage est toujours d'actualité. Ma mère était au bord de la crise de nerfs.

— Il est tard. Je devrais y aller.

Elle lui prit la main en secouant la tête.

— Viens à l'intérieur. « Non » n'est pas une réponse acceptable.

— Je commence à croire que tu prévois de gagner toutes les disputes.

Riant, elle l'entraîna vers la maison.

— Effectivement, c'est prévu.

Il sourit, ses yeux gris-vert pétillant d'amour et de désir.

— Et il se pourrait que je te laisse faire.

ÉPILOGUE

Nous marchons dans le jardin, les mains entrelacées,
Ton amour m'appartient, entouré de beauté.
Nous ne faisons plus qu'un, ma chère, toi et moi,
Plus aucun au revoir, rien ne nous séparera.

-Le marquis de Northam à son épouse le jour de leur mariage

Devon, août 1818

— **S**ont-ils déjà revenus ? demanda Rachel, la belle-mère de Beck, en le rejoignant dans le jardin.

Il posa sa guitare et l'appuya contre le banc où il était assis. Se levant, il scruta le sentier qui menait à la plage, à plus d'un kilomètre de là.

— Non.

Lavinia et George étaient partis à la recherche de fossiles, l'un de leurs passe-temps favoris par une belle journée d'été comme aujourd'hui. Le fait que George préfère la géologie à l'apprentissage de la guitare n'était qu'un des nombreux exemples de batailles qu'elle avait gagnées.

Beck sourit intérieurement. Sa femme était redoutable et extraordinaire.

— Pourquoi souris-tu ? s'enquit Rachel.

— Je pensais à ma femme, et à George.

Sa belle-mère le regarda de derrière le large bord de son chapeau.

— Tu as bien changé depuis ton mariage. Lavinia t'a fait du bien.

— Étais-je brutal avant ? demanda-t-il, feignant d'être offensé.

Elle rit doucement.

— Bien sûr que non. Tu sembles simplement plus… posé.

Oui, c'était un bon mot pour le décrire. Il souffrait toujours d'humeurs noires, mais elles étaient beaucoup moins envahissantes. Il les traversait et retrouvait le chemin vers la lumière. Et oui, il en attribuait le mérite à Lavinia.

Elle l'avait accompagné lors du procès particulièrement horrible de Haywood, au cours duquel avait témoigné l'une des autres femmes à qui il avait donné de la menthe pouliot, Lady Kipp-Landon. En larmes, celle-ci avait avoué qu'il l'avait mise enceinte et avait insisté pour qu'elle prenne l'herbe pour s'en débarrasser. Elle n'en avait pas eu besoin, car elle avait fini par faire une fausse couche. Mais son témoignage avait scellé le destin de l'homme, qui était actuellement en route pour l'Australie. S'il survivait au voyage, il passerait probablement le reste de sa vie à l'autre bout du monde.

Haywood avait imploré qu'on lui fasse grâce, et même

Beck s'était laissé fléchir. Un jour, il avait vu la femme et les enfants de cet homme et s'était senti terriblement affecté par leur perte. Lavinia avait eu raison de dire que tuer Haywood l'aurait anéanti. Le simple fait de savoir qu'il ne reverrait jamais sa famille avait failli mener au même résultat.

Après le procès, Lady Kipp-Landon s'était excusée auprès de Beck d'avoir tourmenté Helen. Lorsqu'il lui avait demandé pourquoi elle et Lady Abercrombie, qui s'était retirée de la société pour le reste de la saison, avaient pris Helen pour cible et pourquoi elles lui avaient suggéré de se suicider, elle avait craqué et expliqué que c'était à cause de Haywood. Lady Kipp-Landon était amoureuse de lui, et elle voulait écarter toutes les autres femmes auxquelles il accordait de l'attention.

S'il avait voulu connaître la vérité, Beck ne pouvait pas dire qu'il était satisfait. Cette situation était tout simplement triste. Pourtant, avec l'aide de Lavinia, il avait trouvé le courage de laisser les ténèbres s'évanouir.

Apparemment, le pardon n'était pas une chose que l'on accordait à quelqu'un, mais un cadeau que l'on s'offrait à soi-même. Il s'était senti libre après l'avoir fait.

— George l'aime énormément, dit Rachel, les yeux rivés sur le sentier au moment où Lavinia et son fils arrivaient. Les voilà.

Elle se tourna vers son beau-fils.

— Moi aussi, je l'aime bien.

Comment aurait-il pu en être autrement ? Lavinia était gentille, généreuse, drôle et terriblement intelligente. Dans les faits, elle avait pris en charge les cours de sciences de George. Lorsqu'il retournerait à l'école, il en saurait plus que la plupart de ses camarades.

Quelques instants plus tard, George et Lavinia entrèrent dans le jardin, et le garçon portait un panier contenant les trésors du jour.

— Avez-vous faim pour le déjeuner ? leur cria Rachel.

— Je suis affamé ! répondit George.

Il tendit le panier à Lavinia, puis se mit à courir vers la maison.

Rachel éclata de rire.

— On se voit à l'intérieur.

Lavinia s'approcha de Beck et l'embrassa, ses lèvres s'attardant sur les siennes.

— Tu as le goût du sel et du vent, lui dit-il, respirant son parfum. Et tu sens la perfection.

Elle plissa le nez.

— Et qu'est-ce que ça sent ?

Riant, il jeta un coup d'œil dans le panier.

— Je vais devoir te construire une deuxième bibliothèque.

— C'est absurde, la bibliothèque de Waverly Court est immense. Je pourrais ramasser des fossiles tous les jours jusqu'à la fin de ma vie sans jamais la remplir.

— Oui, mais si tu y ajoutes des roches des Hébrides extérieures ?

Elle leva le nez vers lui, les yeux écarquillés.

— Est-ce que nous y allons ?

Il hocha la tête.

— Dans quinze jours, si cela te convient.

Elle déposa le panier sur le banc à côté de sa guitare et passa les bras autour de son cou.

— Oh, que oui ! s'exclama-t-elle.

Puis elle embrassa le côté de son visage, près de son oreille, et murmura :

— Merci, Beck.

Il l'entoura de ses bras et posa une main sur son cou pour l'embrasser. Le temps et l'espace cessèrent d'exister alors qu'il se perdait dans son étreinte, et il se passa un certain temps avant qu'elle ne détache ses lèvres des siennes.

— Nous devrions aller déjeuner, dit-elle.

— Ou je pourrais te prendre avec passion, juste ici.

— Ils peuvent nous voir depuis la maison, répondit-elle, et il entendit son sourire dans sa voix.

— T'ai-je déjà dit que tu étais parfois trop raisonnable ?

— Souvent.

— Après le déjeuner, pourrais-je te prendre avec passion ? Je te laisserai même choisir le lieu.

— Comment pourrais-je refuser une demande aussi polie ? Tu es toujours tellement poli !

— Toujours ? Qu'en est-il de la fois où j'ai déchiré ta chemise de nuit ? Ou quand je t'ai surprise dans le bain ?

— Tu as tout de même réussi à rendre ces occasions charmantes.

— Mmmh… Peut-être devrais-je écrire une ode à la marquise raisonnable et à son mari poli.

— Bonté divine ! Ils ont l'air terriblement ennuyeux !

Il baissa les yeux sur elle et lui adressa un sourire sensuel.

— Je les rendrai passionnants. Tu voudrais bien me donner quelques idées ?

— Oh, oui ! Après le déjeuner. Dans la bibliothèque, je pense, proposa-t-elle, baissant les paupières d'un air séducteur. Tu pourrais m'aider à ranger mes nouveaux trésors.

— C'est ainsi que tu appelles ça ?

Elle déposa un autre baiser sur ses lèvres, puis se détournant de lui, elle ramassa le panier et repartit vers la maison. Elle jeta un œil par-dessus son épaule.

— Tu viens ?

— Pas encore, mais je le ferai après le déjeuner.

Il prit sa guitare tandis qu'elle riait du sous-entendu.

Lorsqu'il la rattrapa, elle passa son bras dans le sien et leva les yeux vers lui.

— Je t'aime tellement, mon poète fou, mais tellement poli.

Il contempla son visage adoré. Il éprouvait tant de sentiments qu'il se demandait comment il avait pu y avoir un vide en lui, mais il avait existé. Jusqu'à elle.

— Et je t'aime, ma scientifique raisonnable et impatiente. Aussi longtemps que la terre vivra.

Les yeux de Lavinia étaient remplis d'amour.

— Et pour l'éternité.

Envie de découvrir ce qui s'est passé lorsque Fanny a rencontré un homme mystérieux à Noël avec qui elle a échangé un baiser interdit ? Ne manquez pas le prochain livre de la série des *Insaisissables*, *Le Duc des Baisers* !

Merci beaucoup d'avoir lu *Le Duc Galant*. J'espère que vous l'avez aimé ! Vous avez hâte de connaître la suite des aventures de Sarah et Fanny, les amies de Lavinia ? Bonne nouvelle, le prochain livre de la série, *Le Duc des Baisers*, raconte l'histoire de Fanny. Ensuite, ne manquez pas l'histoire de Sarah dans *Le Duc Boute-en-train*, qui n'est autre que Felix, le comte de Ware. Ils se connaissent depuis des années, c'est la jeune sœur de son plus vieil ami. Il n'y aura sûrement jamais d'étincelles entre eux…

NOTES

CHAPITRE 1

1. *Note de la traductrice* : femme intellectuelle, littéraire. Le terme a très vite pris une connotation péjorative.

CHAPITRE 3

1. *NDLT :* institution fondée en 1660 destinée à la promotion des sciences.

DU MÊME AUTEUR

Les Insaisissables

Le Comte sans héritier

L'inaccessible Duc

Le Duc Audacieux

Le Duc Malhonnête

Le Duc des Désirs

Le Duc Provocateur

Le Duc Dangereux

Le Duc Solitaire

Le Duc Ravageur

Le Duc Menteur

Le Duc Galant

Le Duc des Baisers

Le Duc Boute-en-train

The Unexpected Duke

The Charming Marquess

The Wounded Viscount

Le Club des Ducs Fringants

Une nuit de séduction par Erica Ridley

Une nuit d'abandon par Darcy Burke

Une nuit de passion par Erica Ridley

Une nuit de scandale par Darcy Burke

Une nuit d'adieu par Erica Ridley

Une nuit de tentation par Darcy Burke

Les Insaisissables: The Pretenders

A Secret Surrender

A Scandalous Bargain

A Rogue's Redemption

À PROPOS DE L'AUTEUR

Darcy Burke est l'auteure à succès USA Today de romance sexy, sentimentale historique et contemporaine. Darcy a écrit son premier livre à 11 ans, une fin heureuse entre un cygne accro à la magie et une femelle cygne qui l'aimait, avec des illustrations extrêmement pauvres.

Native de l'Oregon, Darcy vit en bordure des vignes avec son mari guitariste, une fille artiste d'un incroyable talent, et un fils débordant d'imagination qui écrira sans doute un jour mieux qu'elle (et peut-être dès demain). Ils forment une famille-à-chats un peu folle, avec deux bengals, un petit chat en quête de notoriété qui porte le nom d'un fruit, un vieux maine-coon rescapé plutôt arrogant, et une collection de chats du voisinage qui trainent sur la terrasse et entrent quelquefois. Vous trouverez Darcy au chai, dans son confortable fauteuil d'écrivain avec son portable et un ou trois chats sur les genoux, en train de plier son linge (ce qu'elle adore), ou encore devant le télévision avec sa famille. Ses havres de bonheur sont Disneyland, le week-end du Labor Day au Gorge, Le Danemark et partout au Royaume-Uni – tant que sa famille y est aussi. Retrouvez Darcy en ligne à https:// www.darcyburke.com et suivez-la sur ses réseaux sociaux.